中国现代文学馆青年批评家丛书

中国现代文学馆 编

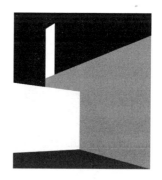

文学的末法时代
或早期风格

黄德海 / 著

图书在版编目（CIP）数据

文学的末法时代或早期风格 / 黄德海著 . —北京：北京大学出版社，2019.7
（中国现代文学馆青年批评家丛书）
ISBN 978-7-301-30220-0

Ⅰ.①文⋯ Ⅱ.①黄⋯ Ⅲ.①中国文学—当代文学—文学研究 Ⅳ.① I206.7

中国版本图书馆 CIP 数据核字（2019）第 001308 号

书　　　名	文学的末法时代或早期风格 WENXUE DE MOFA SHIDAI HUO ZAOQI FENGGE
著作责任者	黄德海　著
责 任 编 辑	李书雅　黄敏劼
标 准 书 号	ISBN 978-7-301-30220-0
出 版 发 行	北京大学出版社
地　　　址	北京市海淀区成府路 205 号　100871
网　　　址	http://www.pup.cn　新浪微博：@北京大学出版社 @培文图书
电 子 信 箱	pkupw@qq.com
电　　　话	邮购部 010-62752015　发行部 010-62750672 编辑部 010-62750883
印 刷 者	三河市国新印装有限公司
经 销 者	新华书店
	660 毫米 ×960 毫米　16 开本　16.5 印张　196 千字 2019 年 7 月第 1 版　2019 年 7 月第 1 次印刷
定　　　价	49.00 元

未经许可，不得以任何方式复制或抄袭本书之部分或全部内容。
版权所有，侵权必究
举报电话：010-62752024　电子信箱：fd@pup.pku.edu.cn
图书如有印装质量问题，请与出版部联系，电话：010-62756370

丛书总序

中国现代文学馆是在巴金先生倡议和大批著名作家的响应下，于1985年正式成立的国家级文学馆，也是目前世界上规模最大的文学博物馆。中国现代文学馆的主要任务是收集、保管、整理、研究中国现当代文学书籍和期刊，以及中国现当代作家的著作、手稿、译本、书信、日记、录音、录像、照片、文物等文学档案资料，为文化的薪传和文学史的建构与研究提供服务。建馆30多年以来，经过一代代文学馆人的共同努力，中国现代文学馆的事业不断发展壮大，现已成为集文学展览馆、文学图书馆、文学档案馆以及文学理论研究、文学交流功能于一身的综合性文学博物馆，并正朝着建成具有国际影响的中国现当代文学资料中心、展览中心、交流中心和研究中心的目标迈进。

为了加快中国现代文学馆学术中心建设的步伐，中国作家协会党组决定从2011年起在中国现代文学馆设立客座研究员制度，并希望把客座研究员制度与对青年批评家的培养结合起来。因为，青年批评家的成长问题不仅是批评界内部的问题，而且是一个对于整个青年作家队伍乃至整个文学的未来都具有方向性的问题。青年批评家成长滞后，特别是代际层面上"70后""80后"批评家成长的滞后，曾经引起文学界乃至全社会的普遍担忧甚至焦虑。因此，客座研究员的招聘主要面向"70后""80后"批评家，我们希望通过中国现代文学馆这个学术平台为青年批评家的成长创造条件。经过自主申报、专家推荐和中国现代文学馆学术委员会的严格评审，中国现代文学馆已经招聘了4期共41名青年批评家作为客座研究员。第五批客座研究员的招聘工作也已经完成。

7年多来的实践表明，客座研究员制度行之有效，令人满意。中国作家协会党组书记钱小芊在第四届客座研究员离馆会议讲话中，充分肯定了设立客座研究员制度的重要意义，同时对他们未来的学术研究提出了希望。首先是要认真学习马克思主义文艺思想，特别是要认真学习习近平总书记在文艺工作座谈会上的重要讲话，切实加强文学批评的有效性。其次是要真切关注文学现场。作为批评家，埋头写作是必然的要求，但也非常需要去到作家中间、同道人中间，感受真实、生动、热闹的"文学生活"，获得有温度、有呼吸的感受与认识。因此，客座研究员要积极关注当下中国的现实和文学的现场，与作家们一起面对这个时代，相互砥砺，共同成长。

作为"70后""80后"批评家的代表，他们的"集体亮相"，改变了中国当代文学批评的格局和结构，带动了一批同代际优秀青年批评家的成长，标志着"70后""80后"青年批评家群体的崛起，也预示着"90后"批评家将有一个健康的发展空间。为了充分展示客座研究员这一青年批评家群体的成就与风采，中国作家协会和中国现代文学馆决定推出"中国现代文学馆青年批评家丛书"，为每一位客座研究员推出一本代表其风格与水平的评论集。我们希望这套书既能成为中国当代文学批评的重要收获，又能够成为青年批评家们个人成长道路的见证。丛书第1辑8本、第2辑12本、第3辑11本，已分别在2013年6月、2014年7月、2016年11月由北京大学出版社推出，在学术界引起较大反响。现在第4辑10本也即将付梓，相信文学界、学术界对这些著作会有积极的评价。

是为序。

中国现代文学馆
2018年秋

我始终希望把自己的犹豫表达清晰

黄德海　刘雅麒

刘雅麒：你说"如果一个人没有在文字中清晰地表达出自己内在的卓越，我就不再关注"。近期阅读的哪些文字让你感受到了作者内在的卓越？你心中好文字的标准是什么？

黄德海：我借此机会再推荐一遍唐诺的《眼前：漫游在〈左传〉的世界》吧。即便在唐诺自己的所有书里，我也觉得这是最好的一本，把看起来遥远的历史置放于我们所处的当下，闳深、阔大、沉郁、博学，即便是看起来枝蔓、芜杂的部分，也自有其延伸的道理。这或许也提示了我，好文字是没有固定标准的，几乎每种好文字都有自己独特的好，不受以往标准的限制，所以我好像一时也没法举例自己对好文字的标准。

刘雅麒：你对文学的鉴赏力和文学批评的自信从何而来？

黄德海：我对这两样都不太自信，如果不是很不自信的话。我记得有次看到钱锺书先生出的试题，考某诗是受某家某派影响。这应该是钱先生认为文学鉴赏的基本水准，也是文学批评的基本要求，很遗憾，我觉得自己不在这水平线之上。如果非要给自己一点安慰，我觉得我比较明确的是，我在文学批评的写作中，始终希望把自己的犹豫表达得清晰。

刘雅麒：你认为当代中国文坛中，文学创作与文学批评二者的关系是怎样的？你认为两者的关系应该是怎样的？

黄德海：从我读到的文章来看，文学创作和文学批评最容易出现的是依附关系，即批评依赖于创作，或赞或弹，都是围着作品打转，想破脑袋攒一些新词，或者旧词翻新来应对作品，思路宕不开。这很可能是把事物出现的先后当成了逻辑先后的结果。在我看来，文学批评应该也必然是在一个竞争的位置上——跟所有优秀的头脑和优秀的作品竞争，一起完成对人类精神的探索。只要通过作品写出了社会和人心未经勘测的部分，文学创作和文学批评就一起来到了该在的位置，在我看来，它们之间的区别，甚至怎么称呼它们，倒不是很重要。

刘雅麒：你批评别人的作品时，眼光独到而犀利，你会用这种审视的眼光去看自己的作品吗？你觉得自己写的文章的长处和短板分别是什么？

黄德海：谢谢你的谬赞，但我真的称不上独到和犀利，或许只算表现出了一点憨人的诚恳。我想我看自己的文章，会比看任何其他人的文章苛刻，因为更知道其中的缺憾和陷阱，以及因为自己偷懒或不够认真带来的问题。我觉得自己的文章没什么值得谈论的长处，倒是触目的短板往往而是，有时候想到这个就会沮丧。不过，好在有很多师友的鼓励和鞭策，让我得以不时从沮丧中振拔起来，更加努力地写出下一篇文章。

刘雅麒：你认为写作是可以被教会的吗？你如何看待大学中文系的课程设置与培养目标？

黄德海：写作这件事，更多的是凭借热爱和惊喜而逐渐摸索出来的。对一个不喜欢写作的人，教是很难教会的；而对一个喜欢写作的人，适当的教又是必要的。这个意思甚至可以扩展到更广的范围，即任何技艺，都需要天生的热爱，并期望遇到一个能给予适合自己教法的老师。大学中文系的课程设置和培养目标背后有其理想，我觉得这理想是培养出统贯古今中外的文学人才，使之在此领域展现出自己的内在卓越。虽然现实跟理想有很大的距离（或许任何理想都是这样），但有心的学习者应该往那个理想去努力，做自己能做得好的那部分，而不是被不够理想的现实牵绊住。

刘雅麒：复旦中文系带给你最大的收获是什么？导师张新颖对你的影响有哪些？

黄德海：刚进复旦读书时，我不知为什么发了一次高烧，在炎热的阳光下都冷得发抖，但我仍然坚持着去冷气很足的大教室听了德里达的演讲。虽然演讲的内容是他书里写过的，但我就此感受到了前沿的气息。我此前的学习和阅读以经典为主，囫囵着把文学史或思想史上数得出名字的书吞下去不少，不管历来对这经典的理解，也不去想经典想讲的究竟是什么。这种阅读方式损害了我的阅读兴趣，几乎让我不再想读任何书。到复旦读书之后，各种前沿思想忽然蜂拥而至，虽然各种说法良莠不齐，我自己也多是一知半解，但似乎在某些特殊的时刻，这些说法中的某一个误打误撞地给我启开了某部经典的大门，让我感受到其中流动不绝的生机，也就重新有了阅读的乐趣。张新颖老师对我最大的影响，是他没有按他的方式来要求我，也没有给我划定必须要学习的范围，而是给了我充分的空间，让我得以慢慢认识自己的性情，并按自己的性情发展下去。

刘雅麒：你欣赏的同行有谁？

黄德海：在《书房一角》的序里，周作人说："从前有人说过，自己的书斋不可给人家看见，因为这是危险的事，怕被看去了自己的心思。这话是颇有几分道理的，一个人做文章，说好听话，都并不难，只一看他所读的书，至少便掂出一点斤两来了。"我倒不怕被人掂出斤两，只是我欣赏的同行多是我视之为师的，公开说出来，等于把这些自己尊重的人挟持为自己私淑的老师，有点儿不恭敬，所以我还是不提他们的名字吧。

刘雅麒：你喜欢阅读的书籍类型是什么？不同阶段对书籍的选择各有什么侧重？

黄德海：大的类型，我应该算是喜欢阅读人文社科类作品，哲学、历史等，但有时也读科普作品。不同阶段，喜欢的类型确实有侧重。本科时主要读美学、文学理论，康德的《判断力批判》、黑格尔的《美学》、莱辛的《拉奥孔》、徐复观的《中国艺术精神》等，都是当时爱读的书；研究生期间对哲学着迷，有一阵爱显摆读过维特根斯坦、胡塞尔和海德格尔，其实都没怎么读进去，只是因为对书的好胃口，就那么硬吞下去了而已。后来对古典作品的审慎节制和变化万端感兴趣，柏拉图、色诺芬和孔子、老子、庄子都不时会读，也读各类解经的书，谈不上什么拿得出手的心得，可偶尔会在阅读中得到切实的安顿。

刘雅麒：对你影响深远的作家作品是什么？你重读次数最多的一本书是什么？为什么？

黄德海：大学时，林毓生的《中国传统的创造性转化》曾对我产生过巨大的影响，把我从某种教育灌输的教条中打捞出来，重开了一条思路，并引导我阅读了博兰尼、马克斯·韦伯、以赛亚·伯林等。后来的学习和阅读方式有所变化，不能单独说是被某些作家作品影响了。到现在为止，我重读次数最多的书应该是《笑傲江湖》，因为我从高中时读过之后，每年至少复习一遍，因为其中有动人的土生气息，以及人生和技艺的相生相克与相反相成。

刘雅麒：现在每天的生活、工作状态是怎样的？通常何时阅读、写作？你有怎样的阅读习惯？

黄德海：很开心对我来说工作不是负担，甚至是某种促进，只要较为高效地完成，脑子便可以转向读和写。我现在阅读和写作几乎不分，有时候觉得自己是一边读一边写，也就是一边学习一边表达，没法截然分出哪段时间阅读，哪段时间写作。我读书过去习惯做笔记，现在喜欢贴条子，贴完条子放段时间，有些当时觉得精彩，再看觉得无甚特别的，就把条子去掉。这样重复两三次，最后剩下一些去不掉的条子，就找个时间抄一遍。

刘雅麒：父母和家庭对你的性格、价值观、人生观有哪些重要影响？

黄德海：父母和家庭对我最大的影响是他们对生活朴素的态度，就是好好活着，踏实做事。偶尔陷入虚无和绝望的时候，他们这种对生活的朴素态度会拉我回来，让我不至于走得太远。

刘雅麒：令你印象深刻的童年经历是什么？

黄德海：太早的事我不太记得。大约十一二岁的时候，我生了一场奇怪的病。每到下午，就开始发烧，打上退烧针，便难受得更加厉害，有时候会在床上滚来滚去。如此持续了十几天，人就没了精神，眼神看东西都是散的。见惯世事的奶奶伤心地说，这孩子的命怕是保不住了。后来，母亲就带我到一个据说会叫魂的老太太那里去看，怪病才被确认为掉了魂。老太太教了母亲一个办法，我约略记得是把桃枝和一双旧鞋压到枕头底下，然后往某个方向烧香之类。如此这般，我睡了一觉，第二天，病居然真的好了。自那之后，我觉得好长一段时间自己力气小了，眼睛却意外地看到了很多此前没注意到的东西，觉得有点神奇。可能是我心理作用。

刘雅麒：你喜欢与什么样的人交朋友？

黄德海：我喜欢跟愿意并且能够勤奋的人交朋友，因为才华和天赋都可以放进这里面，我自己能从中得到激励。

刘雅麒：你看过的书籍或者影视作品中最有代入感的人物形象是什么？

黄德海：令狐冲吧，因为自己并不是这个性情，所以很愿意在想象中经历另外一种性情的可能生活，这或许是对相反的自我的喜欢吧。

刘雅麒：你喜欢的影片是什么？

黄德海：杨德昌的《牯岭街少年杀人事件》，当年觉得这是时代某个面向的投影，内在重重叠叠，表现从容自如，能从中感受到杨德昌调度场景的天才。侯孝贤的《童年往事》，让我觉得几乎是每个人（或经历或羡慕或期望避免）的童年，结尾敛尸人迟缓的一瞥，带着无奈的责备，至今想来仍会心里一沉。埃米尔·库斯图里卡的《地下》，那苦中作乐的狂欢感，那载着跳舞者的裂开来的大地，有着生机勃勃的活力和天马行空的想象。

刘雅麒：你通常如何排解负能量？

黄德海：最好的方式是预防负能量产生；次好的（方式）是盯住这个负能量，一击而中；防守的方式是不要把负能量迁移出去，存在心里，慢慢消化，让它有可能成为营养，而不是牢骚——这是理想的排序，因为能量级不太够，我通常使用的顺序正好相反。

刘雅麒：现阶段你觉得最难以突破的是？

黄德海：头脑对某些东西不敏感（或者说对其感知存在缺陷），因而即使喜欢，也无法领略其中的美与壮观。比如我对各种前沿物理学和生物学感兴趣，可最终只能耳食，无法深入，这真是无法弥补的遗憾，无法完成的突破。

刘雅麒：最近比较关注的社会问题？

黄德海：皎皎白驹，食我场苗。絷之维之，以永今朝。所谓伊人，于焉逍遥。

皎皎白驹，食我场藿。絷之维之，以永今夕。所谓伊人，于焉嘉客。

皎皎白驹，贲然来思。尔公尔侯，逸豫无期。慎尔优游，勉尔遁思。

皎皎白驹，在彼空谷。生刍一束，其人如玉。毋金玉尔音，而有遐心。

刘雅麒：你有哪些比较难忘的梦境？

黄德海：有段时间老是梦见自己被追杀或者被围困在某个角落。但印象最深的梦是，我坐在宿舍里，蔫蔫的，对什么都提不起劲头。走廊上语声渐渺，我看见自己在一间灯火通明的屋子里读书，情境好像是冬天，因为身上裹着毯子。我大约是被书迷住了，因为不断用已经发红的手掌拍打着桌子。一个不知是什么的东西，黑魆魆地向读书的我袭来，拿走了我的什么东西。读书的我丝毫没有觉察，继续不时地拍下桌子。我大声地提醒读书的我注意，但声音仿佛被什么扼住了，压根发不出来。我只能眼睁睁看着读书的我，被那个黑魆魆的东西不停地从身上一次次拿走什么。读书的我仍然没有注意，还在兴高采烈地拍着桌子。我看见读书的我一点点枯槁下去，只剩下一副支离的骨架。这时，那个黑魆魆的东西又来了，直奔那副骨架。我实在急坏了，用尽全身的力气提醒那个读书的我，快跑！快跑！读书的我依然一动不动，黑魆魆的东西碰上骨架，骨架慢慢倒下。我走上前，急切地要扶起那副骨架，骨架慢慢转过了头，突然以不可思议的速度向我袭来。我觉得身上有个地方咯噔一下，什么东西确定无疑地流失了。我从梦中醒来，好大一会儿不能动弹。比起这一次梦魇，我觉得别的梦大部分可解，甚至都还能够较好地相处。

刘雅麒：你理想的一天会怎样度过？

黄德海：第欧根尼·拉尔修《名哲言行录》记载，有一次色诺芬被苏格拉底拦住去路，苏格拉底问他在哪里可以买到各种食物，色诺芬逐一道来。苏格拉底话锋一转，紧接着问："人在哪里可以变得美好？"色诺芬哑然无对。"来跟我学习吧。"苏格拉底吩咐道。我理想的一天，或许就是希望有一个苏格拉底这样的人,愿意喊上我去跟他学习。

刘雅麒:如果可以携带三本书去荒岛,你希望是哪三本?为什么?

黄德海:《周易集解》,经得起反复阅读,在孤悬的环境里看易经怎么对待困境,"独坐荒岛读周易,不知春去已多时"。《金刚经》,每次读,都能让人得到深深的安慰。《劳作与时日》,我估计荒岛上需要自己琢磨怎么生活下去,让这本书提醒自己不要逸豫,在劳作里过自己的时日。

刘雅麒:如果你生活在先秦,你希望是诸子百家中哪一家的门徒?为什么?

黄德海:我相信我没这样的福分,所以说出来的只能算是奢望。我奢望成为庄子的门徒吧,因为我有时候完全想不出庄子为什么会说出那么准确而精妙的话,似乎非世间人所能,近侍或许可以有机会窥得一二。另外,从庄子书中看,他对任一学派的形成,期望的是闻风相悦,师弟关系松散,并不成团地聚在一起,这样人自在些。

刘雅麒:如果有机会跟古今中外的任何人对话,你希望是谁?你希望与他/她聊些什么?

黄德海:我相信我希望对话的人我自己都没有对话的资格,如果真有这样不可思议的幸福,我选孔子,因为他既能根据人的不同状态给出不同的对应方式,又有点老婆心切,贪心的我或许可以多听上一句两句。想跟他聊的可不少——"学而时习之"的"之"到底何指?"吾道一以贯之"的"一"是什么?他跟老子见过面吗,如果见了,究竟说了些什么？……不过，等一等，要再认真地想一想我的问题——"在这世界上，有些话我们说出来的时候，必须万分谨慎，尤其是当我们穿上了'幸运的套鞋'的时候"，你现在既然在希望中给了我幸运的套鞋，我就必须万分谨慎，甚至愿意拿出此生的主要精力来准备我的问题，因为这是人不会再有的幸福之一。

刘雅麒：未来三至五年的规划有吗？

黄德海："眼前无异路"，我一般不想这么远的计划，只做手头该做的事。认真做完这一件，如果幸运，这件事会提示该做的下一件，就"像跳动的火焰点燃了火把，立即自足地延续下去"。

目 录

知识结构变更或衰年变法
　　——从这个角度看周作人、孙犁、汪曾祺的"晚期风格" / 001

在虚构中重建生活世界
　　——从这个角度看《世界》《盗锅黑》和《傩面》 / 019

虚构·非虚构·三重练习 / 044

漫长的新旧交替
　　——2015年非虚构文学综述 / 053

"断裂"及其所创造的
　　——韩东和他的批评史 / 069

地狱焰火中的幽微良知
　　——莫言的三个中篇兼及《檀香刑》 / 093

一次隐秘的成长
　　——格非的《隐身衣》 / 105

一个时代的样貌在小说里
　　——徐皓峰的小说及其他 / 115

想象的追逐游戏
　　——东西《篡改的命》 / 127

城乡同构，德泉悖论，以及隐秘的活力
　　——梁鸿《神圣家族》 / 137

驯养生活
　　——田耳的《天体悬浮》/ 149

龙衔海珠，游鱼不顾
　　——哲贵和他的信河街 / 159

小说的末法时代或早期风格
　　——霍香结《灵的编年史》/ 170

参看世间悲喜
　　——《离弦之箭》及霍艳的小说 / 181

附录

从"抄书"到"两个梦想"
　　——周作人后期思想述评 / 192

知识结构变更或衰年变法

——从这个角度看周作人、孙犁、汪曾祺的"晚期风格"

一个坚持写作的人，因身体进入晚年，由健康而至衰退；或因各种遭遇，思想上发生剧烈的震荡，以至于长期维持的文字和写作风格，会发生较大的变化。在变化之后的作品里，人们有时会"遇到固有的年纪与智慧观念，这些作品反映一种特殊的成熟、一种新的和解与静穆精神，其表现方式每每使凡常的现实出现某种奇迹似的变容（transfiguration）"[1]，正是中国传统赞誉的"人书俱老"。另有一种变化之后的作品，却"并不圆谐，而是充满沟纹，甚至满目疮痍，它们缺乏甘芳，令那些只知选样尝味之辈涩口、扎嘴而走"[2]，过去中国文人称之为"苦词未圆熟"。

作家们的晚年之作，爱德华·萨义德称之为"晚期风格"（late style）。在中国现当代文学史上，很少见到作家晚年的成熟和解之作，更多的，是如深秋果实经虫噬咬之后的涩口、扎嘴。涩口、扎嘴之作

---

[1]〔美〕艾德华·萨依德：《论晚期风格——反常合道的音乐与文化》，彭淮栋译，麦田出版，2010年，第84页。

[2]〔德〕西奥多·阿多诺：《贝多芬：阿多诺的音乐哲学》，彭淮栋译，联经出版公司，2009年，第225页。

能被称为"晚期风格",而不是心智灭裂后维持的死而不僵,照萨义德的说法,作品就不但要证明其作者在思想或文字上与其此前有异,还要"生出一种新的语法"[1]。这种晚年生成的新语法,会"撕碎这位艺术家的生涯和技艺,重新追寻意义、成功、进步等问题:这是艺术家晚期照例应该已经超越的问题"[2]。中国传统通常称这晚年的改变为"衰年变法",而细按其故,变法本身往往伴随着一个作家的知识结构变更。下面即将讨论的三位作家,都在衰年变法时伴随着知识结构变更——或者两者根本上是一回事。

一

在谈周作人之前,似乎有个可能的误解需要澄清,即"晚期风格",非即指"此风格出现于漫长人生或艺术生涯晚期、迟暮、末年之谓",只要作品与其之前的作品"构成一种本质有异的风格",就可以命名为"晚期风格",因为生涯中期就会有"晚期风格的影子或种子"[3]。甚者如周作人,其生涯中后期的变化,与其生涯晚期一以贯之,因而其生涯中后期的作品,不妨就径称为他的"晚期风格"。

1932 年 2 月 25 日,周作人在辅仁大学演讲。这次连续八次的系列演讲,为后来的历史学家邓广铭(恭三)记录,周作人亲自校订后,命名《中国新文学的源流》,交北京人文书店出版。这本小书为周作人的前期文章做了个自我总结,"把文学史分为'载道'和'言志'两派的

---

[1] 〔美〕艾德华·萨依德:《论晚期风格——反常合道的音乐与文化》,彭淮栋译,第 84 页。
[2] 同上书,第 85 页。
[3] 同上书,译者序,第 48—49 页。

互为起伏，所谓'文以载道'和'诗以言志'",他主"言志"而绌"载道"[1]。在文章事业的前期，周作人着意经营"自己的园地"，希望自适其志而排斥道德说教，如他自己所说，"我很反对为道德的文学，但自己总做不出一篇为文章的文章，结果只编集了几卷说教集，这是何等滑稽的矛盾"[2]。此后一段时间，周作人也常在书的前言后记中表达对自己"载道"之文的不满，"照例说许多道德家的话，这在民国十四年《雨天的书》序里已经说明，不算新了"[3]；"《苦口甘口》重阅一过之后，照例是不满意，如数年前所说过的话，又是写了些无用也无味的正经话。难道我的儒家气真是这样的深重而难以湔除么"[4]。

1945年，周作人六十岁，在所写《立春以前》的《后记》中，周作人一改过往加于道德文章的反感，对"载道"文章的肯定，变得相当坚决："民国卅一年冬我写一篇《中国的思想问题》，离开文学的范围，关心国家治乱之源，生民根本之计……个人捐弃其心力以至身命，为众生谋利益至少也为之有所计议，乃是中国传统的道德，凡智识阶级均应以此为准则，如经传所广说……以前杂文中道德的色彩，我至今完全的是认，觉得这样是好的，以后还当尽年寿向这方面努力。"[5]而在《过去的工作》中，他甚至因这一改变，更改了对过去的认知："民国八年《每周评论》发刊后，我写了两篇小文，一曰《思想革命》，一曰《祖先崇拜》，当时并无什么计划，后来想起来却可以算作一种表示，即是由

---

[1] 张文江：《营造巴比塔的智者——钱锺书传》，复旦大学出版社，2001年，第19页。
[2] 周作人：《雨天的书》，河北教育出版社，2002年，第3页。
[3] 周作人：《药堂杂文》，河北教育出版社，2002年，第1页。
[4] 周作人：《苦口甘口》，河北教育出版社，2002年，第1页。
[5] 周作人：《立春以前》，河北教育出版社，2002年，第190页。

文学而转向道德思想问题。"[1]

周作人的此一转向，不妨看成他"晚期风格"的成形。此一转向固然与他事敌引起文化界的强烈反应相关，却也与他的内在思想息息相应。如王汎森所言，此一时期"周作人则专心致志于提倡一种新道德哲学"，虽然"大量写这类文字是在敌伪下做事时。这些文字可能一方面呼吁时人体恤沦陷区人民的现实感受，不要以道德高调的'理'来评判他们；一方面又为自己的行为辩解，希望人们考虑现实景况而予以谅解。心情及用意很复杂。不过，这些言论亦与其前后思想相当一致"。[2]周作人的道德意识以及他"前后相当一致"的思想，就是他自己梳理出来的所谓"非正统的儒家"。

"非正统的儒家"想法之形成，可从周作人推崇"中国思想界之三盏灯火"开始："鄙人……于汉以来最佩服疾虚妄之王充，其次则明李贽，清俞正燮，于二千年中得三人焉。"[3]"我尝称他们为中国思想界之三盏灯火，虽然很是辽远微弱，在后人却是贵重的引路的标识。"[4]随着认识的深入，这一思路延伸到更远的时代，周作人慢慢确立了"非正统的儒家"的说法，思维更形缜密："禹稷颜回并列，却很可见儒家的本色。我想他们最高的理想该是禹稷，但是儒家到底是懦弱的，这理想不知何时让给了墨者，另外排上了一个颜子，成为闭户亦可的态度，以平世乱世同室乡邻为解释，其实颜回虽居陋巷，也要问为邦等事，并

---

[1] 周作人：《过去的工作》，河北教育出版社，2002年，第83页。
[2] 王汎森：《中国近代思想与学术的系谱》，河北教育出版社，2001年，第122页。
[3] 周作人：《药味集》，河北教育出版社，2002年，第1页。
[4] 周作人：《苦口甘口》，第64页。

不是怎么消极的。"[1]"单说儒家，难免混淆不清，所以这里须得再申明之云，此乃是以孔孟为代表，禹稷为模范的那儒家思想。"[2] 至此，周作人所谓的"非正统的儒家"一系，基本梳理清楚——由上古的大禹和稷肇端，中经孔子、颜回和孟子发扬，由墨子承其余绪，落实到汉之王充，延之明之李贽，清之俞正燮。在周作人看来，这是一个对中国思想有益，却两三千年隐而不彰的传统。

这个传统，核心是"适当的做人"[3]，避免过与不及。其阐发，即周作人反复致意的"两个梦想"："在不久前曾写小文，说起现代中国心理建设很是切要，这有两个要点，一是伦理之自然化，一是道义之事功化。"[4]"伦理之自然化"，就是承认道德伦理使人从生物中脱离出来，但同时强调，这种道德伦理的崇高，不可走得太远，否则容易成为不自然的伦理观。"道义之事功化"，即反对空头道德，提倡力行，所谓"道义必见诸事功，才有价值，所谓为治不在多言，在实行如何耳"[5]。

循此以观周作人中后期至晚年的作品，包括翻译在内，草蛇灰线，固有踪迹可寻。简而言之，即凡事强调"重情理、有常识"的一面，而不取高远凌空一端。此一原则，周作人奉行至卒。在遗嘱定稿中，周作人特别强调了对所译《路吉阿诺斯对话集》的重视，"余一生文字无足称道，唯暮年所译希腊对话是五十年来的心愿，识者当自知之"[6]。持此对照周作人在《欧洲文学史》中对路吉阿诺斯评价，其重视之原因，

---

[1] 周作人：《药堂杂文》，第6—7页。
[2] 同上书，第12—13页。
[3] 周作人：《苦口甘口》，第63页。
[4] 同上书，第13页。
[5] 周作人：《知堂乙酉文编》，河北教育出版社，2002年，第70页。
[6] 张菊香、张铁荣：《周作人年谱（1885—1967）》，天津人民出版社，2000年，第919页。

可得而明:"Lukianos 本异国人,故抨击希腊宗教甚烈,或谓有基督教影响,亦未必然。Lukianos 著 Philopseudes(《爱说谎的人》)文中云,唯真与理,可以已空虚迷罔之怖。则固亦当时明哲,非偏执一宗者可知也。"[1] 在周作人看来,路吉阿诺斯"疾虚妄,爱真实"的一面,及其对世间的明哲态度,正与其对"非正统的儒家"之提倡相近。

至此,或可讨论周作人的知识结构变更。他"晚期风格"之前的大部分作品,在思想倾向上,多致力于文学方面,正是传统"经史子集"四部分类中的"集"部。用周作人自己的话来说,这些作品"是无用的东西。因为我们所说的文学,只是以达出作者的思想感情为满足的,此外再无目的之可言。里面,没有多大鼓动的力量,也没有教训,只能令人聊以快意。不过,即这使人聊以快意一点,也可以算作一种用处的:它能使作者胸怀中的不平因写出而得以平息;读者虽得不到什么教训,却也不是没有益处"[2]。事敌之后,他的"文学小店"早已关门,自己也"由文学而转向道德思想问题",梳理出他自己称谓的"非正统的儒家",且文章如"经传所广说",欲有益于世道人心。此类文字,按之传统分类,可以划归"子"部——"诸子者,先王经世之意也"[3]。至此,周作人的知识结构,已由集部而转入子部,其所著述,也由文学作品而转为拟"子",气象已然变换,非所谓文学家所能框囿。

让人稍觉可惜的是,因种种原因,晚年周作人未能在此基础上继续更新其知识结构,最终只能株守上一个时期的思想成果。更因其竭力反对的虚妄,在他活着的时候就露出了狰狞的面目,而他也未得子

---

[1] 周作人:《欧洲文学史》,河北教育出版社,2002年,第52—53页。
[2] 周作人:《儿童文学小论暨中国新文学的源流》,河北教育出版社,2002年,第14—15页。
[3] 张尔田:《史微》,上海书店出版社,2006年,第69页。

部《老子》"执今之道以御今之有"之旨，不能顺天应人，以当世之道对待当世之问题，以致只好不断感叹着"寿则多辱"，郁郁赍恨而终。

二

相对于周作人，孙犁晚期文章风格变化之剧，让人咋舌。除去孙犁自己所说"十年荒于疾病，十年废于遭逢"[1]的"荒废期"（1957—1976），他前后两个阶段的差别，即由此前"荷花淀""芦苇荡"《风云初记》的清新明媚一转而为"耕堂劫余十种"的枯槁疏简，更兼后期作品蕴含的沧桑之感，几让人有两世文章之叹。孙犁的这种晚年之变，大概更合萨义德意义上的晚期风格："这经验涉及一种不和谐的、非静穆的（nonserene）紧张，最重要的是，涉及一种刻意不具建设性的，逆行的创造。"[2]除了当时每个人都经历的艰难时世，还有什么左右着孙犁的写作风格吗？

孙犁喜欢书，爱护书，是出名的，如他《书箴》所言："我之于书，爱护备至：污者净之，折者平之。阅前沐手，阅后安置。"[3]此爱好，孙犁贯彻终生。从孙犁的各类回忆来看，对他壮年期的写作起支配作用的书籍资源，主要是文学作品，古典类如《西厢记》《牡丹亭》《封神演义》《红楼梦》《聊斋志异》《浮生六记》等；现代作品则是各类译作，如鲁迅和周作人的翻译、英法小说、泰戈尔作品，还包含当时流行的各类唯物史观艺术论著；新文学作品则如陈独秀、胡适、鲁迅、茅盾、

---

[1] 孙犁：《孙犁全集》第5卷，人民文学出版社，2004年，第132页。
[2] 〔美〕艾德华·萨依德：《论晚期风格——反常合道的音乐与文化》，彭淮栋译，第85页。
[3] 孙犁：《孙犁全集》第2卷，第369页。

废名、老舍、丁玲等人的著作；新报刊则有《大公报》《申报》《小说月报》《现代》《北斗》《东方杂志》《读书杂志》等。这一阅读序列，与新文学运动之后走上文学道路的人，并无显著的不同。

因为对书的热爱，"文革"结束之后，当大部分作家或陷入怨气冲天的回忆，或彷徨无所事的时候，孙犁却开始了一段让人心动的读书生活。孙犁晚期较早的一批文字，写在他包书的封皮上，以《书衣文录》志之。这些书，除去不多的文学作品，大宗是四部分类中的史部。文学是孙犁的"本行"，但晚年孙犁的读书爱好，发生显著的变化，如他自己所言，"我的读书，从新文艺，转入旧文艺；从新理论转到旧理论；从文学转到历史"[1]。"我现在喜欢读一些字大行稀，赏心悦目的历史古书，不喜欢看文字密密麻麻，情节复杂奇幻的爱情小说"[2]。因爱好的变化，孙犁写下很多读史笔记。其中，前四史孙犁均有涉猎，此外尚写有读《魏书》《北齐书》《宋书》《旧唐书》等的文字。另如关于《哭庙纪略》《丁酉北闱大狱纪略》《清代文字狱档》等的文章，也是关于历史著述的笔记。

孙犁读历史书让人感兴趣的地方，是他能把自己身经复杂时代领受的特殊体验，融入对历史的阅读中。如读《史记·叔孙通列传》，孙犁写道："汉武帝时，听信董仲舒的话，独尊儒术，罢黜百家，并不是儒家学说的胜利，是因为这些儒生，逐渐适应了政治的需要。就是都知道了'当世之要务'。"[3] 读《旧唐书·魏徵传》，孙犁如此评论魏徵的直谏："魏徵之进谏，唐太宗之纳谏，是有一定时机的。太宗初年，励精

---

[1] 孙犁：《孙犁全集》第9卷，第336页。
[2] 孙犁：《孙犁全集》第7卷，第198页。
[3] 孙犁：《孙犁全集》第9卷，第210页。

图治，正需要有一个魏徵这样的人。这就是宋代人所说的：赶上了好时候。但魏徵说话，也是要看势头的。"[1] 类似的评论，后来进一步发展为"乱"辞，即文章结尾的"耕堂曰"。如读《后汉书·马援传》末尾，"耕堂曰"："马援口辩，有纵横家之才，齐家修身，仍为儒家之道。好大喜功，又备兵家无前之勇。其才智为人，在光武诸将中，实为佼佼者。然仍不免晚年悲剧……功名之际，如处江河漩涡中。即远据边缘，无志竞逐者，尚难免波及，不能自主沉浮。况处于中心，声誉日隆，易招疑忌者乎？虽智者不能免矣。"[2] 孙犁读史书的笔记，此类言论甚多，从不游谈无根，而是观古知今，言辞中有对历史和时代的切肤之感。

甚而言之，孙犁读文学作品及与文学写作者有关的文字，也用了读史的方法。如读《刘半农研究》中，"耕堂曰"："安史乱后，而大写杨贵妃；明亡，而大写李香君；吴三桂降清，而大写陈圆圆；八国联军入京，而大写赛金花。此中国文人之一种发明乎？抑文学史之一种传统乎？"[3] 又如读《东坡先生年谱》，至苏轼被文字之祸，遭妇女恚骂，孙犁感叹曰："古今文字之祸，如出一辙，而无辜受惊之家庭妇女，所言所行，亦相同也，余曾多次体验之。"诸如此类的言论，足见孙犁观世之深，反身之切，判断问题之直截，已部分达到了"不知言，无以知人也"（《论语·尧曰》）的程度。

更有甚者，连孙犁晚年创作的"芸斋小说"，虽多涉人情，却也大多寥寥几笔，运笔更倾向史传，而非文学。即如几乎每篇小说末尾所缀"芸斋主人曰"，较之《聊斋志异》"异史氏曰"的就事论事，孙犁的

---

[1] 孙犁：《孙犁全集》第9卷，第164页。
[2] 同上书，第422页。
[3] 同上书，第404页。

感慨往往有纵论古今之概，让人大起苍茫之感。如《葛覃》结尾："人生于必然王国之中，身不由己，乃托之于命运，成为千古难解之题目。圣人豪杰或能掌握他人之命运，有时却不能掌握自己之命运。至于凡俗，更无论矣。随波逐流，兢兢以求其不沉落没灭。古有隐逸一途，盖更不足信矣。樵则依附山林，牧则依附水草，渔则依附江湖，禅则依附寺庙。人不能脱离自然，亦即不能脱离必然。个人之命运，必与国家、民族相关联，以国家之荣为荣，以社会之安为安。创造不息，恪尽职责，求得命运之善始善终。葛覃所行，近斯旨矣。"[1] 此类议论，不似小说的曲终奏雅，更像是模拟史传的"赞"辞。

对"芸斋小说"，孙犁有自己的持平之论："我晚年所作小说，多用真人真事，真见闻，真感情，平铺直叙，从无意编故事，造情节。"[2] 而对其晚年文字风格，孙犁《谈简要》中的话，可为夫子自道："人越到晚年，他的文字越趋简朴，这不只与文字修养有关，也与把握现实、洞察世情有关。"[3] 而这篇谈论简要的文章，发轫点是刘知几的《史通》："夫国史之美者，以叙事为工；而叙事之工者，以简要为主。"[4] 或许可以说，晚年孙犁，在文字上也开始追慕史书境界，讲究语言的质实有力，而不再斤斤于优美动人。这大概就是孙犁晚年作品，让部分人觉得干枯乏味的原因。

按四部的划分，孙犁晚年读书，用力在史、集两部，尤其倾心史传，而对经部和子部，则较少措意。关于经，孙犁说："我实在没有能

---

[1] 孙犁:《孙犁全集》第7卷，第171页。
[2] 同上书，第238页。
[3] 同上书，第224页。
[4] 同上书，第223页。

从经书中，得到什么修养。"又说："我对经书，肯定是无所成就了。"[1]关于子书，孙犁说："读子书的要点：一是文字；二是道理。"他对子书中的"玄虚深奥之作，常常不得要领"，而对子部中的"《老子》一书，我虽知喜爱，但总是读不好"；"《庄子》一书，因中学老师，曾有讲授，稍能通解"，[2]但"老实说，对于这部书，我直到现在也没有真正读懂"[3]。对列于子部的释家书，孙犁则说："对于佛经，我总是领略不到它的妙处，读不进去。"[4]从上所言，大略可以知道，孙犁为什么读的多为史、集之书了。

在这些晚期文字里，孙犁并没有虚设高标，让自己凌空蹈虚，而是老老实实地写下自己的认识。这是孙犁诚恳面对自己的努力，因而也就保留着身上的累累伤痕，"并没有把它们做成和谐的综合。身为离析的力量，他在时间里将它们撕裂，或许是以便将它们存诸永恒"[5]。在阿多诺的语境里，这种撕裂的碎片是对全体性的否定，加深了晚期风格的深度。而在中国语境里，这种撕裂性表现，或许更是一个人向上之路的试探，达至更高的程度，撕裂的东西或许可以重新变得连续。比如，从孙犁的读书范围来看，史、集真的跟经、子有那么遥远的距离吗？

读史，孙犁的注意力主要放在列传上，其力未达世家，更没有一窥本纪之究竟，且往往因社会动荡和自身经历，对历史只做冷峻想，其中的悲愤之情，也往往稍过。我们不妨设想，如果天假以年，孙犁由

---

[1] 孙犁：《孙犁全集》第9卷，第120、122页。
[2] 同上书，第130、129、128页。
[3] 孙犁：《孙犁全集》第5卷，第293页。
[4] 孙犁：《孙犁全集》第9卷，第130页。
[5] 〔德〕西奥多·阿多诺：《论乐集》，转引自〔美〕艾德华·萨依德《论晚期风格——反常合道的音乐与文化》，彭淮栋译，第91页。

史部的列传而至世家，而至本纪，而至书、表，更进而读《春秋》，则可由史至经，见到"天地不仁"生机勃勃的一面，更进一步认识自身在历史及当下的位置，从而在纷纭的史实中找到虎虎生气。而由读集部的"知人"，孙犁也可进而认识文学的整体，体会如《诗经》中不同时代、不同地位、不同人物间种种不同的情感状态，从而丰富自身的认知范围，由丰富而达致单纯，不致枯槁。

其实，孙犁这样延伸的契机已经有了，"读中国历史，有时是令人心情沉重，很不愉快的。倒不如读圣贤的经书，虽然都是一些空洞的话，有时却是开人心胸，引导向上的。古人有此经验，所以劝人读史读经，两相结合"[1]。虽然话里仍有对经书的偏见，但倘若不是年老精衰、边读边忘，而是由读而爱，那么，孙犁是不是会有机会找到经、子中并非空洞而是向上的力量，达至丰富的单纯呢？孙犁是否也可以摆脱晚年予人的枯索寡恩之感，再现生命的勃勃生机呢？

三

1984年，孙犁在一篇文章中谈到汪曾祺的《故里三陈》，说自己的作品是纪事，不是小说，而汪曾祺的，却"好像是纪事，其实是小说"[2]。为什么汪曾祺的小说是小说，而孙犁自己的，却是纪事呢？我以为其中的秘密，在汪曾祺小说的抒情性。这一抒情性界定，不包括他产量不高的20世纪40年代和形势特殊的20世纪60年代作品，而是指

---

[1] 孙犁：《孙犁全集》第5卷，第332页。
[2] 孙犁：《孙犁全集》第7卷，第238页。

汪曾祺复出之后，20世纪80年代末之前的小说。不管是《受戒》《岁寒三友》《大淖记事》，还是《七里茶坊》《徙》《鉴赏家》，即便其中有痛疼，也表现为淡淡的哀愁，总体上仍满含对人世的爱意，如他自己所说，"我的小说有些优美的东西，可以使人得到安慰，得到温暖"[1]。因此之故，汪曾祺爱称自己为"中国式的抒情的人道主义者"[2]。

中国式的抒情的人道主义之关键，是对人的关心，对人的尊重和欣赏；其来源，汪曾祺自己归为儒家讲人情的一路。汪曾祺觉得，《论语》里的孔子是一个活人，可以骂人，可以生气着急，赌咒发誓。他喜欢《论语·子路曾晳冉有公西华侍坐章》，"暮春者，春服既成，冠者五六人，童子六七人，浴乎沂，风乎舞雩，咏而归"，认为是很美的生活态度。他也爱读宋儒的诗，"顿觉眼前生意满，须知世上苦人多"，认为是蔼然仁者之言，对苦人充满温爱和同情。而其小说中淡淡的哀愁，汪曾祺也自报过家门："我买了一部词学丛书，课余常用毛笔抄宋词，既练了书法，也略窥了词意。词大都是抒情的，多写离别。这和少年人每易有的无端感伤情绪易于相合。到现在我的小说里还带有一点隐隐约约的哀愁。"[3] 或许是因为20世纪80年代早中期的作品多是温煦的旧梦，汪曾祺小说中对人世的温情和隐约的哀愁达至了和谐。这一时期作品中流露出的，是"一种更新的、几乎青春的元气，成为艺术创意和艺术力量达于极致的见证"。如果没有此后的衰年变法，汪曾祺的这一批作品，凝聚了他此前对中西文学、民间文学、戏剧甚至书画的理解，

---

[1] 汪曾祺：《汪曾祺全集》第四卷，北京师范大学出版社，1998年，第300页。
[2] 汪曾祺：《汪曾祺全集》第三卷，第301页。
[3] 汪曾祺：《汪曾祺全集》第四卷，第286页。

而能以饱满的笔意出之,可以称得上是他"毕生艺术努力的冠冕"[1]。

20世纪80年代中后期以来,汪曾祺陆续创作了《八月骄阳》《安乐居》《毋忘我》《小芳》《薛大娘》《窥浴》《小孃孃》等。此前小说艺术已臻完满的汪曾祺,忽然风格一变,文字由优美转为平实,即他自己所谓的:"我六十岁写的小说抒情味较浓,写得比较美,七十岁后就越写越平实了。"[2]有论者将他的这一变化称为"反抒情",认为在这些作品里,汪曾祺不再着意铺排风景来烘托人的真善美,不再抓住细节来探测人性的深度和弹性,不再编织陡转、巧合来凸显世界的善意和生命的温暖,而是更多用力于矛盾、空隙、皱褶、破碎之处。[3]对这一变化,汪曾祺自己也很担心:"这种变化,不知道读者是怎么看的。"[4]此种心情,或许正是他在诗中所写,"衰年变法谈何易"[5]。

读者呢,几乎照例忽视了他此一时期的作品,关于汪曾祺的谈论,几乎牢牢锁定在他的抒情时期。后一时期的作品如《小芳》,连他女儿看了,都说不喜欢,"一点才华没有!这不像是你写的!"[6]在如此情势下,汪曾祺仍然坚持自己的选择,肯定内在有什么东西改变了。在我看来,他对纪晓岚和毕加索的认识变化,尤其富有意味。

汪曾祺认为,中国古代小说大别为两类,唐人传奇和宋人笔记。在他看来,唐传奇"情节曲折""文辞美丽",是"有意为文";而宋人

---

[1] 〔美〕艾德华·萨依德:《论晚期风格——反常合道的音乐与文化》,彭淮栋译,第84、85页。
[2] 汪曾祺:《汪曾祺全集》第六卷,第61页。
[3] 翟业军:《论汪曾祺小说的晚期风格》,载《中国现代文学研究丛刊》,2011年第8期。
[4] 汪曾祺:《汪曾祺全集》第六卷,第61页。
[5] 汪曾祺:《汪曾祺全集》第八卷,第43页。
[6] 汪曾祺:《汪曾祺全集》第五卷,第246页。

笔记则"无意为文",故"清淡自然""自有情致"。[1]汪曾祺喜欢宋人笔记胜于唐传奇,可有意思的是,对继承笔记传统的《阅微草堂笔记》,汪曾祺却常致不满,并举纪晓岚对《聊斋》的批评为据,以证纪之不懂想象:"今燕昵之词,媒狎之态,细微曲折,摹绘如生。使出自言,似无此理;使出作者代言,则何从而闻见之?"[2]因此之故,汪曾祺疑心鲁迅对《阅微》"叙述复雍容淡雅,天趣盎然"的评语是揄扬过当,因他觉得此书"实在没有多大看头"[3]。

然而在《全集》失收的《纪姚安的议论》中,汪曾祺却看法大变,认为鲁迅对《阅微》的"评价是有道理的,深刻的,很叫人佩服"。并认为鲁迅对此书叙事所下"雍容"二字,"极有见地",非他此前认为的"过于平实,直不笼统"。更有甚者,他此前觉得"叫人头疼"的议论,也改换了看法,否则,他也不会在此文标题中冠以"议论"二字。[4]此一转变,大体可见汪曾祺晚期作品中平实风格的由来。此文或许暗示着他从对《聊斋》才子气的欣赏中走了出来,对作品的阅读心态更为开通,也始重平实雍容之风。这样的转变,是对文学概念的进一步扩大,也影响了汪曾祺对非文学类著述的评价,如他读陈寅恪《柳如是别传》,就称其"是一个长篇的抒情散文,既是真实的,又是诗意的"。如此认识,将汪曾祺此前思想中分茅设蕝的想象与事实,渐渐融为一体。

汪曾祺是最早对西方现代小说有所借鉴的作家之一,所谓"我是较

---

[1] 汪曾祺:《汪曾祺全集》第五卷,第249页。
[2] 语见纪晓岚《阅微草堂笔记》之《姑妄听之·跋》,引文自汪曾祺《汪曾祺全集》第五卷,第249页。
[3] 汪曾祺:《汪曾祺全集》第四卷,第297页。
[4] 以上引文自汪曾祺《纪姚安的议论》,载《中国文化》1991年第2期。

早的,也是有意识地动用意识流方法写作的中国作家之一"[1]。而20世纪80年代早期的创作,虽然他经常强调,"我的一些颇带土气的作品偶尔也吸取了一点现代手法"[2],却很少在其中看到现代主义的影子了,更多表达的是向中国传统小说回归的愿望:"我给自己提出的要求是……回到民族传统。"[3] "我写的是中国事,用的是中国话,就不能不接受中国传统。"[4] 上面所述关于讲人情的儒家,也是这种向传统回归的表现。而至1991年,汪曾祺忽然在给朋友的信中,斩钉截铁地说:"变法,我是想过的。怎么变……现在(想得)比较清楚了:我得回过头来,在作品里溶入更多的现代主义。"[5] 在一本书的重印后记中,他宣言:"我今年七十一岁,也许还能再写作十年。这十年里我将更有意识地吸收西方现代文学的影响。"[6] 看了几篇拉丁美洲的魔幻小说,他也忽然文思大动,"我于是想改写一些中国古代的魔幻小说,注入当代意识,使它成为新的东西"[7]。以上种种表明,现代主义已重入汪曾祺视野。

在重新引入现代主义的过程中,一个有趣的细节,是汪曾祺对毕加索看法的转变。在1986年写的《张大千和毕加索》中,他引毕加索对张大千说,"中国的兰花墨竹,是我永远不能画的",并由此而引申,"有些外国人说中国没有文学,只能说他无知"[8]。毕加索推崇中国艺术

---

[1] 汪曾祺:《汪曾祺全集》第六卷,第60页。
[2] 汪曾祺:《汪曾祺全集》第三卷,第302页。
[3] 同上书,第289页。
[4] 汪曾祺:《汪曾祺全集》第六卷,第495页。
[5] 汪曾祺:《汪曾祺全集》第五卷,第183页。
[6] 同上书,第164页。
[7] 同上书,第250页。
[8] 汪曾祺:《汪曾祺全集》第四卷,第84、85页。

的话，汪曾祺在不同场合引过，显然有一种对中国传统艺术得到现代巨匠认可的得意。而在去世前不久，他却忽得一梦："毕加索画了很多画。起初画得很美，也好懂。后来画的，却像狗叫。""晨醒，想：恨不与此人同时，——同地。"[1] 破坏优美和好懂，而是鬼哭狼嚎，呕哑嘲哳，像难听的狗叫，这正是现代主义的风气，要毁灭清新完整之美。从汪曾祺晚期的作品来看，其主题的残酷设定，风格的略形简朴，荒诞感的显露，对人心和人生残酷底色的体察，都打破了他此前一个时期小说中的和谐之美。或许就像他自己写的，"现实生活有时是梦，有时是严酷的、粗粝的。对粗粝的生活只能用粗粝的笔触写之"[2]。这样的想法，不得不说与他晚年对现代性的重新认识和吸收有关。

因此之故，汪曾祺晚期作品处处留下撕扯和裂痕，"没有呈现问题已获解决的境界，却衬出一位愤怒、烦忧的艺术家……搅起更多忧虑，将圆融收尾的可能性打坏，无可挽回，留下一群更困惑和不安的观众"[3]。应该注意的或许是，在汪曾祺这里，其撕裂性的晚期风格，不只是指向一种"面对存有（Being）时的有限和无力"[4]，更可能是一种因知识结构变更而带来的向上表现，从而部分打破了过往小说几成定谳的固定认识，在小说中容纳下更多的东西（比如议论），思想也走向更广阔的空间。就像汪曾祺对《阅微草堂笔记》的认识变化之后，进而有认识乾嘉之际的雄心，认为此时期"是中国的知识分子思想解放的黄金

---

[1] 汪曾祺：《汪曾祺全集》第六卷，第488页。
[2] 同上书，第332页。
[3] 〔美〕艾德华·萨依德：《论晚期风格——反常合道的音乐与文化》，彭淮栋译，第85页。
[4] 〔德〕西奥多·阿多诺：《论乐集》，转引自艾德华·萨依德《论晚期风格——反常合道的音乐与文化》，彭淮栋译，第89页。

时期……他们从'存天理,灭人欲'的理学囹圄中挣脱出来,对人,对人性给予了足有的地位……我们应该研究戴东原,研究俞理初,对纪姚安这样的学术地位并不显著的普通的但有见识的知识分子也应该了解了解。这样,对探索五四以来的思想渊源,是有益的。对体察今天的知识分子的心态,也不是没有现实意义"[1]。一个人年龄会增大,精力会不济,笔力会减退,而这种虽至衰年,仍然保持精进之态,依旧努力更新自己知识结构的努力,才是让人振拔的力量,也才会有真正意义上的"永锡难老"——这或许是汪曾祺,也是周作人和孙犁,带给人们的最有益的启发。

(刊于《南方文坛》2015 年第 6 期)

---

[1] 汪曾祺:《纪姚安的议论》,载《中国文化》1991 年第 2 期。

在虚构中重建生活世界

——从这个角度看《世界》《盗锅黑》和《傩面》

一

薇拉·凯瑟《我的安东妮亚》里,克莱里克先生讲解维吉尔《农事诗》中的"Primus ego in patriam meetm...deducam Musas"(因为如果我活着,我要成为第一个把诗神缪斯带进我的故土的人),这里的"patria"(故土)指的"不是一个国家,甚至也不是一个省,而是明乔河边诗人诞生的乡村一小块地方。这不是夸夸其谈,而是一个既大胆而又诚心、谦虚的希望,希望他能把诗神缪斯带到……他自己小小的'故土',带到他父亲'下坡延伸到小河边,到那些树冠零落的老山毛榉树边'的田地里"。现今世界,我们恐怕很难再有如此明确的故土之感了吧,不停地在不同空间之间游荡居停,差不多才是生活的真实境遇。小说中安东妮亚的感慨,在目前的时代差不多是奢侈的了:"我在城市里总是感到痛苦。我会寂寞得死去。我喜欢住在每一堆谷物、每一棵树我都熟悉,每一寸土地都是亲切友好的地方。我要生活在这里,死在这里。"[1]

---

[1] 〔美〕薇拉·凯瑟:《啊,拓荒者! 我的安东妮亚》,资中筠、周微林译,外国文学出版社,1983年,第335、371页。

或者不只是在城市,不停切换的空间,会让人产生或重大或轻微的不适之感,"每个民族的历史、身份感和语言方式,都包含着外人难以洞悉的深层逻辑,也可以称之为'共享的精神能量'。它缓缓流淌,犹如弯曲的长河;浑浊、幽深;从潜潜暗流中,时而溅出血色的浪花。从一个比较熟悉的水面上,很难揣测清楚另一条陌生河水的颜色和形状。"[1] 如果把这里的"每个民族"换成"每个地域",这是否可能是前面提到的不适的原因?现在的人们,是不是很多都经历过从一条(地域的)暗流转向另一条暗流的生活?我们在一块土地上习与性成的言行举止,要在另一个世界经受考验,即便最终学会了所有的社交性交往,却无论如何也找不到那种恰恰好好的感觉?而当这些走入另外暗流的人们回到故土,因为没有伴随着这一条河流的变化而变化,也难免会与一切事物都有了或许不算轻微的不协调之感?

写上面那段话的王昭阳看来,这身心无法安顿的原因,源于社会已经变成了自我至上者组成的废墟。废墟几乎平面化了所有生活细节,夺走了全部生活情趣,废墟里的人们汇集成强大的磁场,"不停地要求变换,又强烈渴望皈依;每个人极其孤独,又习惯性地排斥一切细腻的、长远的、涉及感情的联系,因为缺乏真实内心付出的能力。这个强大集体磁场不断更换偶像、排斥过去,又不断自我伸张,寻求对一张没有真实表情的面孔做无限度的复制。任何一个正常人,总待在这么一个磁场、这么一群人中间,也是要得抑郁症的"[2]。或者如 D. H. 劳伦斯所言,是因为人们失去了"有生命力的祖国":"人们自由的时候是

---

[1] 王昭阳:《与故土一拍两散》,中信出版社,2013年,第170页。
[2] 同上书,第52页。

当他们生活在有生命力的祖国之时,而不是他们四处漂泊之时。人在服从于某种出自内心深处的声音时才是自由的。服从要出于内心。人从属于一个充满生机的、有机的、有信仰的共同体,这个共同体为某种未完成或未实现的目标而努力,只有这样他才是自由的。"[1] 这里的自由,也不妨换成前面所言的"安顿",也即人安顿自己身心所需的"地之灵"——

> 每一个大陆都有它自己伟大的地之灵。每一个民族都被某一个特定的地域所吸引,这就是家乡和祖国。地球表面不同的地点放射出不同的生命力、不同的振幅、不同的化学气体,与不同的恒星结成特殊的关系……但是地之灵确是一个伟大的现实。尼罗河流域不仅出产谷物,还造就了埃及国土上各种了不起的宗教。中国造就了一切中国人,将来也还是这样。但旧金山的中国人迟早会不成其为中国人,因为美国是一个大熔炉,会熔化他们。[2]

劳伦斯的这段话,极富意味地将"地之灵"的空间意义和精神含义融而为一,就如《诗经》中的一国之风,既是这一地域的物质存在,也是其精神显现,最终形成了这一区域总体的惯性文化系统,也即一整个的生活世界。现代社会发展的加速度所要脱离的惯性系,恰恰是这现实和精神"地之灵"的约束,身体的自由迁徙和精神的强力解缚结合在一起,最终让人处于双重的悬浮状态,身心流浪遂成为无解的常态。这

---

[1] 〔美〕D. H. 劳伦斯:《论经典美国文学》,转引自陆建德《思想背后的利益》,广西师范大学出版社,2005年,第250页。
[2] 同上书,第249页。

是一个人们不得不面对的悖论,一边挣扎着从生长于斯的"地之灵"中解脱出来,一边又不得不因为这解脱而陷入惶惑甚至痛苦之中:"他们全都被一种变化的意愿——改变他们自身和他们所处世界的意愿——和一种对迷失方向与分崩离析的恐惧、对生活崩溃的恐惧所驱动。他们全都了解'一切坚固的东西都烟消云散了'的世界的颤动与可怕。"[1]

不只是回不去,后来者甚至变本加厉,变成了这一不断加速的游荡过程的助推者,"早就把生活中无数卑微的细碎一一混进他们切身所处的文化经验里,使那些破碎的生活片段成为后现代文化的基本材料,成为后现代经验不可分割的部分"。于是,人们一方面"无法为那些遍布眼前的零碎的物件重新缔造出一个完整的世界——一个从前曾经让它们活过、滋育过它们的生活境况",与此同时,语言和精神失去了它的肉身,"昔日为人所乐道的国家语言,在现今世界里也已经尽丧其功能,成为无用的死文字了"。[2]

远兜远转,不过我应该没有忘记,西塞罗曾对预言了罗马必将衰亡的尤提卡的伽图(Marcus Cato of Utica)提出过批评:"伽图用心良苦,但有时却危害了国家,因为他讲起话来仿佛在柏拉图的理想国,而不是在(罗马城的建立者——引者)罗穆卢斯(Romulus)的遗产上。"[3] 希望不会有误会,前面的论述并非混淆了不同的时空背景,也不是建立于脱空理论和虚拟前景,而是试图勾勒一个总体的精神图景,并

---

[1] 〔美〕马歇尔·伯曼:《一切坚固的东西都烟消云散了:现代性体验》,徐大建、张辑译,商务印书馆,2013年,第12—13页。
[2] 〔美〕詹明信著,张旭东编:《晚期资本主义的文化逻辑》,陈清侨、严锋等译,生活·读书·新知三联书店,2013年,第347—348、359、371页。
[3] 〔美〕培根:《论古人的智慧》,李春长译,华夏出版社,2006年,第10页。

最终可以在这一整体中看清楚我们置身的这一具体时空，把文章建立在这方土地的遗产之上。在这个零碎的、由诸多死文字堆积出来的时代，一个小说写作者是不是有必要意识到自己的"地之灵"，用现有的文字来重新洗濯出一种可供栖居的"国家语言"，并在虚构中重建已经并继续在毁弃之中的生活世界呢？

二

鉴于容易出现的误解，开始讨论具体作品之前，或许有必要先说几句关于"虚构"的话。虚构不只是简单的"what if"设定——What if 老鼠会说话，What if 狗狗能驾驶飞机，What if 小鸭可以自由飞翔……如此设定只是起步，实质性的虚构要复杂也艰难得多，是一个更为高级的、受制于自洽（self-consistent）性要求的完整世界，它必须合理，精确，完备。[1]甚至可以说得更坚决一些，虚构就是对偶然性的排除，用必然构成一个自洽的完备世界，如列奥·施特劳斯所说："在柏拉图的对话中，没有什么是偶然的；任何东西在其发生的地方都是必然的。在对话之外任何可能是偶然的东西，在对话里都是有其意义的。在所有现实的交谈中，偶然拥有相当重的分量：柏拉图的所有对话［因此］都是彻底虚构的。柏拉图的对话都是以一种基本的虚假、一种美丽的或者魅惑的虚假为基础的，也就是说，建基于对偶然性的否定。"[2]

---

[1] 参看万维钢《万万没想到——用理工科思维理解世界》，电子工业出版社，2014年，第129—131页。

[2] Leo Strauss, *City and Man*, Chicago, 1959, p.60. 转引自林国华《诗歌与历史：政治哲学的古典风格》，上海三联书店、华东师范大学出版社，2005年，第42页。

袁凌的中篇小说《世界》，恰恰起自一次偶然，刘树立因矿难失去了双眼，"没有一丝亮光，一丝也没有，他的眼睛被扣在两个锅底了，锅底那样完整，像是造酒的天锅和地锅，找不到接口缝隙"[1]。此后紧接着的，当然是无数更可能的偶然，比如受难者最容易想到的轻生，"刘树立……只剩下一个想法，是等她走以后就跳窗。他知道病房在六层，头冲着地面跳，一定会死"（7页）；比如开始适应黑暗世界遇到的各种问题，"脚碰到了门槛，和刚才碰到脚盆一样闷痛"（7页），"睡眠也和以往不一样，有点把握不住长短，醒来之后时常有些惶恐，担心不到或者是超出了夜晚的界限"（18页）；比如需要应对别人有意的试探或无意的关心，"有一次在路上提水遇见姜老二，姜老二也不避，对直过来，两个人差点碰到一起了，桶里水都洒了出来。现在晓得是试他"（26页），"他愿意一直待在这里，要穿过黑暗的灶房，没有人突然前来，问你好些没？在家里习惯了，行走撞不着东西啵？他们在亮处问他，他不能在黑里藏起来，他却是在黑的里面"（12页）。

是的，我们无法避免这无数的偶然，甚至，在现实的所有偶然中，一个不小心，刘树立可能会烫残自己的双脚，栽进猪圈或摔下山坡一去不回。只是，在虚构的世界中，这一切偶然都是他重新建立自己生活世界的必然。他需要弟弟的话来建立自己重新生活下去的支柱："你这么一死也容易，可是你还没见着普儿，两个女儿你也一个没见到。将来孙娃子出世，你想见也见不到，想抱也抱不成。你的手还在，你还能抱孙儿。"（7页）劝解本身并无多大说服力，其作用是唤起，唤起

---

[1] 收入袁凌《世界》，中信出版社，2018年，第6页。以下凡出此书的引文，不另注，随文标页码。

刘树立此前植根于这个世界形成的牢固人生观，唤起他早就明白的那些道理："哪个想歪（方言，义似为拼命——引者），是奔的命，奔得动就在地里奔呢，实在奔不动了还不是没得法。奔不动了就是儿女的事了呢。"（39页）用尽全力去"歪"，人也或许会偶然获得了自己的报偿："刘树立把孩子接到手里的时候，想到了弟弟在山西的那句话。两条手臂被孩子压得实实在在的，确实自己一直有这么一双手臂，割漆烧窑中炼得更壮实，正好环抱外孙。"（21页）看起来似乎也没有什么了不起，只是人间片刻的温暖，却切切实实，是辛劳人世里一点点足以让人心开的安慰。

对一个失去双眼的人来说，要重新跟那个曾经熟悉的世界慢慢地建立起联系，可不是一件简单的事。在袁凌的小说里，这个重新建立联系的过程，虽然磕磕碰碰，麻烦不断，刘树立都凭着自己顽韧的意志走了过来。仿佛是给予意志的报偿，在重建的每一个进步的节点上，包括过程本身，都始终伴随着某种奇特的安顿性鼓励："脚底接触到石拱桥，一种坚硬却带着湿润的细致感觉传来，像是一缕线进入了心里，心思开始搜索是什么，忽然知道是青苔。青苔还好好地生在没经多少车辙过的石条桥面上。一时间，青苔绵绵匀净的样子出现在眼前，回到了眼睛干净的年轻时候。"（4页）就这样一线一线，心里成片的黑暗透进丝丝的亮光，失去坐标的空间有了参照物，手脚也开始听使唤，新世界开始有了秩序，从家开始——"他一直在摸到和想起很多东西，他就把这个房子一点点地想起来了"（13页），"家变得熟悉了，恢复了从前的样子，他感觉得到那些房间和门，连门槛也可以自如地过去，他并没有什么不熟悉的地方"（15页）。渐渐地，刘树立可以剁菜，挑水，收拾庄稼，跟普通的日常建立起了良好的关系，人们也跟他设想的一样，逐渐习惯了面对这个人，"习惯了在他看不见的情况下和他对面说话。提水的时候，两条狗也不再吼他"（36 页）。

"一年回头了，没有一件东西会待在原来的地方"（44 页），何况是一个人经历了如此一桩不幸。除了跟生活紧密关联的那些，他肯定少了或者多了某种东西，而不会待在原来的地方。自然，有些事是目盲的刘树立做不好的，比如到湾口挑水吃力，点苞谷无法成行，"掌握不了间隔，动不动就挖跑了，踩着套种的刚出土的洋芋苗"（44 页）。要说幸运的话，是刘树立因为这个灾难，回忆起一些过去或许不会记起的东西，"像是才触到一个世界的入口"，那童稚心中的神仙桥，小时候家里深的湿润的院子，母亲素朴而严苛的教诲，自己经过了时光之后的温和忏悔，都细细在心里流淌了一遍，省察过的人生便有了更为清澈的样子。当然，还有妻子的劳碌和美好，"刘树立似乎看见妻子的手，捏住切刀把的地方发白，手里上有细致的皲口。应该在火屋里来剁，可是妻子习惯了对着大门，光线好"（8 页），"妻子有一下子把光柱披在身上，从肩膀到下襟斜披着，像她嫁过来的那天，穿着绣花的红绸棉袄，从肩膀到领口再到下摆有两条斜的金线"（9 页）。若有天意，不只是医生说的，"视力失去之后，器官会进行补偿，听力会变得更灵敏"（5 页），而且在身体的眼睛关上之后，一个人心里的眼却开了，"人家说你眼睛还看得到，我晓得不是那个原因。你心里看得到"（62 页）。

或许还不只是回忆，心里的眼打开之后，另外一些此前不会意识到的东西也涌入进来，即便是平常如听评书，"跟着那个世界走得很远了，似乎一样的有山水，过了城河，和好汉们在校场，闹了花灯。一场阑珊过后，归于寂静，一百年的时间过了，依旧在板凳上，声音来自小小的匣子,凭空曲折地到这山里面来,土屋外面密密地落雪的世界"(14页)。这是艺术给予人的想象,一个人可以凭此神游八方,"见过许多种族的城国,领略了他们的见识"[1],将原先因为日常按压下的内心野气,用某种特殊的方式释放出来。再接下去,自然的生灵也传递出更丰富的信息,"听出来了,这是一种相思鸟,总在夜里啼叫,开始的一声婉转细致,像思念刚起头,还包含着隐秘的欣喜,渴望着应答。因为没有回应,逐渐地变得急迫、尖细,直到最后无法忍耐,把到了顶点的相思投掷出去,归于平息,一会儿却又开始了下一次过程,让人担心它会耗尽了自己的生……人说树木百草春天发芽生长,晚上却睡着了,相思鸟唤着它们晚上趁人睡着了继续生长,竹子拔节,树芽鼓出树皮,苔藓渐渐活泛,白天人出门的时候,一切都一夜间变过来了,叫人不敢信自己的眼睛。"(19页)。自然的造化之功与人对世界的领受之间有了紧密的关联,看起来不过是乡野一点儿难得的闲暇,却由此显现出富足的生机,给人在劳作中继续时日的力量。

不必一一罗列下去,在袁凌笔下,因为意外导致失明的刘树立,就这样一点一点重新建立起了自己的生活世界。在这个世界里,有自然氤氲出的生机(小说中在在可见),有技艺对人的宽解(比如评书和歌郎的歌),有对生灵的理解和安顿(比如对待蟒和狐狸),有凋败的乡村还留存的鸡鸣狗吠,有素朴的世界观继续起作用的人生选择,有地理先生对生者和死者的安慰,有算命先生对人生的劝谕……这个在失明人心里重建的世界,边关之地的环境、方言、习俗,恶人的凶心和傲慢、善人的素朴与坚持,慢慢融合为一体,"地之灵"缓缓浮现,一

---

[1] 〔古希腊〕荷马:《伊利亚特·奥德赛》,陈中梅译,上海译文出版社,1998年,第697页。

个完整的世界升起,人可以在其间稍微从容地起居坐卧。或许在这个意义上,一个小说才不必是真实发生的,却因为作者无比坚韧的心力,变成一种实实在在的祈祷,给危殆的人生某种独特的支撑:"艺术就像祈祷一样,是一只伸向黑暗的手,它要把握住慈爱的东西,从而变成一只馈赠的手。祈祷就是跃入消逝与生产之间的改变一切的弧光中,完全溶进弧光中,把它无法估量的光包容到自己的生存这张极易破碎的小摇篮里。"[1]

这祈祷的效果不必远征,除了自己重建生活世界,刘树立还来得及见到这效果更广远的一部分。在煤矿的窝棚里,刘树立收工的时候就教当班工人念自己编的《十劝》和《煤窑十二月》,类似于过去的所谓"劝人方",教工人们不要赌博,要坚强,要记得家乡的好山好水,看起来卑之无甚高论,经过时间和世事的发酵,居然就有了那么一点效果。害刘树立盲了双眼的耿长学,后来也因事故失去双腿,只能坐在轮胎上做事。他跟刘树立说:"你给我们的那些教育,我都记得。叫人要自立,坚强。我没得文化,也不懂得。这一段装了轮胎以后,就琢磨了坚强是啥子意思,我一想到你眼睛看不到了还在地里做活路垒坎子,我就晓得我也能多坚强一股子。"(61页)小说临到结尾,刘树立的妻子堪堪就要离开人世,却又活转过来,对刘树立说起话:"昨晚上又是这两只眼睛在追她,她就使劲地跑,跑着跑着到了一个很安静的地方,豹子眼睛不见了,她感觉自己是闭着眼睛在跑,却在眼皮里面感到了光,心里的怕和绝望就一丝丝消了,她试着睁开眼睛,天已经亮了。"

---

[1] 〔奥地利〕卡夫卡口述,〔捷克〕雅诺施记录:《卡夫卡口述》,赵登荣译,上海三联书店,2009年,第40页。

（69页）妻子眼皮里面的光，不正是刘树立心里的光？在如此艰难的尘世，有这样难得的光，不就是一个写作者能够给出的最好的东西之一？

三

跟袁凌小说的渊渟岳峙相比，舒飞廉的作品看起来衣袂飘飘，叙述中明显带有轻微的狂欢感，调子也从容舒展，文字顶针续芒般一个赶着一个，流利得像春日里的轻雷。小说里出现的各样物什，舒飞廉都写得足够耐心，举凡村庄的节气时令、草木虫鱼、手艺匠作、玩物吃食、家长里短，都能品咂出一番味道。人，便在这时序变化和俗世烟火里存身，村庄里的种种，也就与荒蛮中的飞潜动植不同，有着人的气息温度，算得上草木有思，因人赋形。即便人悄悄来到前景，因为早知道万物有其情实，人便不是置身在布景里，急匆匆在情节里起伏，而必然是在万事万物里行住坐卧，一行一动，便也带动着叶摇犬吠，水起涟漪，有着不疾不徐的内在节奏。小说的情节呢，进进退退，曲曲折折，似乎并没有要奔向固定的目标，遇到什么人间景致、俗世奇观，就牵丝攀藤地写出去，看着随时要停下来，却又不断绵延过去，"好像是一道流水，大约总是向东去朝宗于海，它流过的地方，凡有什么汊港湾曲总得灌注潆洄一番，有什么岩石水草，总要披拂抚弄一下子才再往前去，这都不是它的行程的主脑，但除去了这些也就别无行程了"[1]。

---

[1] 周作人：《〈莫须有先生传〉序》，见周作人著，钟叔河编订《周作人散文全集（6）》，广西师范大学出版社，2009年，第22页。

你看，这是《盗锅黑》里的金安想到自己的死，我们看不到明确的悲伤，只见一路流水一路歌，脱轨列车样迤逦歪斜下去，却有一种古怪的妥帖："将棺材盖支棱着，弄一个像老鼠夹子一样的机关？有一天，动不得了，不要活了，心灰意冷，带十几个杨二嫂的包子馒头，趁天黑，一个人，将新油漆味与沙树板子松香混合着的棺材，背到小澴河堤边提前挖好的墓地里，六尺深，三尺宽，六尺长，头朝东，脚朝西，仰面躺进棺材里，枕着新荞麦枕头，盖着新棉被，一边吃包子，一边由支起来的板缝里看一线蓝天里早晚光线变换，日月星辰隐现，听堤上草木间蛐蛐叫，吱吱嘘嘘，稀里稀里，它们的二泉映月，听小澴河隔着堤在泥岸下石头上流淌，水牛蹭背似的，听村里传来的哗哗的麻将声。妈说馒头要慢慢嚼才好吃，才甜，他将这句话也告诉过儿子。吃完馒头，最后下决心，将引绳一拉，啪的一声，棺材盖带着泥土盖下来，堆在四围的泥沙也瀑布般倒入，将他盖进黑暗里，最后的黑，没有一丝光，也不要魏家河的八个男将黑衣黑裤抬棺，也不要汪梁冈的三个和尚念经，也不要黑龙潭的两个道士作法，也不要匡埠的五人乐队打锣吹唢呐，也不要凤英领着三个女子哭，也不要儿子顶着白麻布，腰里捆着草绳子，在小强旁边抽烟，也不要公安干警儿媳妇在儿子身侧玩手机，也不要小宝向培优班告假说爷爷死了，老师点头同意，又布置作业说回来要写一篇作文《我的爷爷》。"[1]

舒飞廉笔下，那个特殊的"地之灵"似乎一直都在，天地人安安稳稳地生长在一起，天干地支、子丑寅卯、日月星辰、阴阳昏晓，都跟人无隔，就是眼前的事事物物，"金安早上五点就醒了。窗外一团漆

---

[1] 载《上海文学》2018 年第 8 期。此下引文出于本篇者，均自此，不另注。

黑,繁星在银河里,白霜在田野上,微光荧荧,大概都奈何不了冬月寅时的黑"。世界不经意间豁朗朗打开,却仍然不离自己的一亩三分地,"出村口,上小澴河堤的时候,晨色初萌,天也就是蒙蒙亮。他自己种的三亩稻田、菜地一条一条,伸展在澴河堤下面"。父母的坟地在这里,还没有在岁月的催逼下湮没于荒草,"清明节,金安给娘老子的坟拔草、砍去拇指粗细的构树棵,又每人的坟头上培了唐僧帽一般的新土块","过年过节,还给他们烧纸,酹酒,跟他们喃喃自语地讲话"。偶尔有时候,还不知怎么就进入了如幻如梦的情境:"可惜这十个字刚刚沉到桥下面,被桥洞里的喜头鱼跟鳜鱼吃了,被缠着桥墩的荇菜吃了。这些鱼跟水草,马上又迎来了涂丽丽说出来的字:'金神庙的好菩萨,你保佑我将哥哥的孩子平安生下来!'比起宝渝的洋腔洋调,鱼跟水草会喜欢逐吃涂丽丽的话,又温和又婉转,像放了糖,放了桂花碎的糊米酒。"

这个"地之灵"所在的地域,作者清楚地知道,或许写作本身就是有意的选择:"在玫瑰红的黎明里,可以远眺东边大别山的列列青山,在光芒如箭的夕阳里,也可以西望云梦泽故地上蒸腾起来的烟水,我身边的这些村落,就在群山与平原的交界上。"这"地之灵"的确富有当地特殊的神采,高远的天和切近的地、季节的轮换和岁月的更替、生人和逝者的世界,细密地绾合起来,带给人特殊的力量:"四季轮转,日月星辰交替,犯霜惊露地向前跑,朝晖夕阴里,惊起一群群喜鹊与斑鸠,空荡荡的原野,遇到人不多,踢到鬼没有,经过我们村的坟,别人村的坟,墓碑高高地立成林,新坟上花圈环绕,我也不怕了,汗由头顶往下流,辣眼睛,与身体上的汗水会合,滴到水泥路与堤面上,好像自己的感官、情绪、漫无边际的思考也在与乡土交织在一起。这是一种特别的体验,好像你是在星星的凝视下,亡灵的凝视下,童年穿开裆裤的我的凝视下跑步,大地回馈我一些珍贵的领悟。"[1]

不只是"地球表面不同的地点放射出不同的生命力、不同的振幅、不同的化学气体,与不同的恒星结成特殊的关系","地之灵"还需要"人从属于一个充满生机的、有机的、有信仰的共同体"。在舒飞廉写的这块土地上,精神上的共同体并非某种信仰,也跟法律和制度规范的那些并不相同,而是民间弹性十足的道德和伦理,茅茨不剪,藏垢纳污,却也谑而不虐,富有生机:"(瞎子)树堂没娶到媳妇,手也没闲着,这附近村子里的小寡妇老娘们,谁的奶子屁股没被他摸过?……树堂摸她们的时候,她们笑他打他骂他,像被洋辣子蜇到屁股,等旁边没人,又会心虚地悄悄问树堂:'瞎子我的奶子是不是显小了……'春上早谷发蘖,春雨潇潇,细密如同牛毛,一群人前前后后田间薅苗,树堂点着竹竿在路上走,多少次被她们一拥而上,将他的裤子扯得精光,将泥巴塞了一裤裆,他又打又笑又骂又哭,捂着下身蹦得像个猴子。'树堂长的是驴子鸡巴',她们都晓得的。这也是性骚扰?"一老一少两个人,在这样的乡间,那身体上的安慰,竟似也不涉肮脏,"涂丽丽腾出右手,曲到背后解开胸衣的背扣,回来撩起毛衣,让两只饱满的乳房跳脱出来,一边将上身俯到金安头上"。便是两个老人,也在混沌里把日子过成了小阳春:"晚上他们两个在一楼客房里早早洗睡,外面是滴水成冰的雪夜,房内却是打阳春的花朝……杨二嫂有时候叫得像杀猪似的,金安想去捂她的嘴,她不让……这辈子,恐怕就这一回了,所以听到鸡叫起床前,杨二嫂摸到金安不屈不挠的'烧火棍',又缠着他

---

[1] 舒飞廉:《云梦出草记·后记》,黄山书社,即出。

要了一回。"

　　有时候你会奇怪，想象中愚昧落后、保守禁锢的乡村，居然不管不顾地容纳了很多现代人心目中的荡检逾闲和色胆包天，还用不到鼓起余勇喊什么"礼法岂为我辈所设"。不管是严格的法律还是严苛的道德，其"适用范围不包括俗世，因此俗世得以有宽松变通的余地，常保生机"，这或许就是"礼不下庶人"的那点儿意思，庶人"不必有礼的'堂堂正正'，俗世间本来是有自己的风光的"[1]，这才是乡野间"无观的自在"，你"以为它要完了，它又元气回复，以为它万般景象，它又恹恹的，令人忧喜参半，哭笑不得"[2]。不只是伦理，就是面对鬼神，乡村人除了敬畏谦让，也把多年的神灵活成了邻人："成精就成精，我这个年纪了，怕个什么，兵来将挡，妖精来了吃一棒。它活过来，只怕比小宝还乖些。"或许这就是王瞎子道家一样的哲理："曲成万物而不遗。人是曲的，事是曲的，路是曲的，理是曲的。直？直是最小曲嘛。"或许这就是王瞎子徒弟魏瞎子的曲："他坐在那里拉二泉映月，黑暗里好像有千千万万条曲线由弓弦上发出来，都是女人的屁股线与奶子线，又让人悲伤，又让人欢喜，又有神，又有鬼，又有观音菩萨，又有婊子妓女，又高又低，又粗又细，又左又右，又丑又美，又善又恶，又冷又热，又干又湿，又麻又痒，冷暖循环，四季轮换，在天上地下绕，在阴间阳间绕，在黑与亮中绕，有时候比娘纺的线还要齐整，有时候比沤在一起的苎麻堆还要缠绕。"

　　然而，无论怎样欢喜自如的存在，都不可能完全封闭，半主动半

---

[1] 阿城：《闲话闲说》，江苏凤凰文艺出版社，2016年，第68页。
[2] 同上书，第77页。

被动的交流，是人们要面对的必然——这未必是什么坏事："中国文化的最深部分，在上层统治阶级和下层民间文化中有一个循环。上层没有了，却转移到最低层，过了一段时间以后，又从最低层返回最高层，有一个圈子。"[1] 现今形势下，这个循环恐怕在被迫中断之后，要再一次循环起来。这一次，乡村里的人们已经"不得不"跟城市，甚至是各种世界因素一起循环，即使一个小小的稻草人，也能见出这土洋间的不断的交融："清明节的上午，金安放下镰刀与锹，在坟头与地头之间扎了一个稻草人。俄罗斯娃娃万卡是现成的，将破碎的背带裤用稻草密密麻麻地裹起来，戴上他的新草帽，将它绑在十字形的柳架上，两只手合在一起，一上一下，交错握着一条剥皮白柳木棍子，棍子前面，系着一条小宝用旧的红领巾，风一吹，就呼呼啦啦响，好像有一束火苗在绿萌萌的秧苗上飘。"与此相应，城市也无法自我封闭，"不得不"纳入各种乡村的元素："（流觞曲水）就在沙湖公园的旁边，装修得像宫殿似的，有假山，绕着假山有假的瀑布，由自来水管子里放出来的假河水，河水也九弯八绕，在房间外面哗哗流，河水里有假的荷叶，假的竹子，假的芦苇，假的石头，插的假花，有一些石头里放了音箱，播着他们由农村录来的青蛙叫、蛐蛐叫、黄莺叫。"

如此剧烈的变化，当然无法期望在其中迁徙流转的人不受影响，那个让王昭阳身心无法安顿的东西，也在暗暗操弄着此地的人们。比如涂丽丽刚进流觞曲水做事，就"天天晚上做噩梦"；比如她口中的哥哥，"是有抑郁症的，没有人知道"；比如那个替人消灾解难的瞎子树堂，"咚的一声，跳到铺满流霞的小澴河里去"；比如负气归乡的金安，

---

[1] 潘雨廷著，张文江记述：《潘雨廷先生谈话录》，复旦大学出版社，2012年，第333页。

也难免"成天摆个二胡杀鸡阵,脸皱得像一碟凉拌苦瓜"。只是,他们得学着让自己不停留在这些折磨人的地方,慢慢宽解自己,安慰逝者,把这剧烈变化带来的一切,一点一点地化解在自己的日常里——比如涂丽丽发现,"人就是这样,好中有坏,坏中有好,洗完澡,干干净净,一出门,又会变脏,人人其实都是不干不净的"。比如树堂,就得了人最真挚的怀念,"这么好的瞎子,武汉的宝通寺门口,有吗?归元寺门口,有吗?古德寺门口,有吗?"比如对那个患抑郁症的哥哥,老金安就有话要说:"活着谁没几条伤口,要么在身上,要么在骨头里,要么在心上,有了伤,就有了黑,又有几个爬得出来?你可以推开书房的门,走到花花绿绿的世界上去,去找一点热,一点火"。就连金安自己,也会在杨二嫂半嗔半责的话里,听到些什么吧:"老强徒,做人要开心唉!"

没错,我不否认,如此几乎称得上是完满的结局,如此堪堪要落在开心快意的尾声,很难在现实中寻觅出来用为典型。但在舒飞廉的虚构里,这个自在的生活世界就那么活灵活现地在着了,给看到这一幕的人带来了切实的安慰不是吗?在精神的日常里有了这么一个世界,人是不是会稍微减轻一点对变幻和不幸的执着,试着在思想的流动中走出精神的某些困境呢?如果真的可以这样,这不正是虚构能对世界起到的作用之一?也正是在这里,虚构的生活世界参与了现实生活世界的循环,成为社会自净行为的一个组成部分,禊除了其中的不祥,就像这方土地上的澴河,"你们一条条脏水流进澴河里,它还不是清亮清亮的?它在流,能自己干净自己"。

四

　　似乎有意避免太过具体的起始，肖江虹《傩面》的开头，像一个绵延不绝的隐喻，一下子把时空拉到了遥远荒僻之地："蛊镇往西二十里是条古驿道，明朝奢香夫人所建，是由黔入渝的必经之道。只是岁月更迭，驿道早已废弃，只有扒开那些密密麻麻的蒿草，透过布满苔藓的青石，才能窥见些依稀的过往。"[1] 驿道穿过半山，再往山里走一阵，便能看到傩村周围的环境，"既无绕山岨流的清溪，也无繁茂翠绿的密林。黄土裸露，怪石嶙峋，低矮的山尖上稀稀拉拉蹲伏着一些灌木，仿佛患上癣疾的枯脸。傩村有半年在雾中。浓稠的雾气，从一月弥漫到五月，只有夏秋之交为数不多的日子，阳光才会朗照"（89页）。是这样没错，不管一个人准备走得多远，总归要有一块栖居之地，无论繁华还是冷落，丰厚还是贫薄。

　　在这遥远荒僻之地，傩村人建立了属于这块土地的、来路正大的安稳，过着自己畅心舒怀的日子，仿佛无怀葛天之民："午饭在院子里吃，拉一条长桌，上头都是常见货，腊肉、豆花、凉拌鱼腥草。饭食的香味在空气中流淌。一直卧在墙角打盹的黄狗也抖掉困乏，循着香味在饭桌下穿来穿去。"这样一群无忧无虑的人，一路走来，"贫穷、疾病、天灾人祸、生离死别似乎都抹不去他们没心没肺的烂德行。多少有点好事，就乐得忘乎所以"（127页），光是"爬过百岁这坎儿的就有六七个"（89页）。对了，还有傩，那个几乎承载着他们生荣死哀以及

---

[1] 收入肖江虹《傩面》，安徽文艺出版社，2018年，第89页。以下凡出此书的引文，不另注，随文标页码。

所有人世牵系的精神寄托："阳光温暖，很快倦意就上来了，七八颗花白的脑袋低垂着，口水牵着线长淌。孙子曾孙子们摸出手帕慌乱地擦。口水擦净，儿孙们掏出傩戏面具，龙王、虾匠、判官、土地、灵童，如此种种，往老癫东们面壳上一套，天地立时澄明。"他们"老眼猛地一睁，刚才还混沌的眼神瞬间清澈透亮"（90—91页）。

不知道是不是可以说，傩村的人们已经有了自己的"地之灵"，完满到足以构成一个"伟大的现实"？不等有结论，怀疑已经先来了——如此安宁平顺的日子，是不是一个臆想的桃花源，作者只虚张声势地把幻想的美好强加上去，不管不顾地挡住了时代的风雷？显然，肖江虹没有如此草率地把行动缓慢却气力壮大的"现代"排斥在乡村之外，那个看起来本该属于远方的怪兽，跟随着一个年轻女人的步伐回到了傩村："高跟鞋在傩村铺满枫叶的石板路上，敲打出压抑的闷响。一袭红裙在傩村漫无边际的黄色里像一朵妖艳的蘑菇。"（100页）这个从城里来的女人，在回到这片生养自己的土地时，显然有些衰败，有点仓皇，她"走得很慢，虽然化了妆，还是没能掩盖住脸上的颓败。旅行包上上下下，在肩和手之间慌张地转换。脚步也显得格外凌乱，到底是昂首大步，还是俯身慢走，女人还没有拿定主意"（100页）。

这个叫颜素容的女子，怀抱的应该是乡村年轻男女共同的梦想，"把钱挣足后，就在那个能吹海风的城市过完一生"（101页）。她／他们大部分跟老傩师秦安顺的孩子们一样，"一天麦子没扬过，扛着行李进城去了"（136页），于是乡村里只剩下了"老病"。没办法推测，那些离开乡村进入城市的人，是不是有着跟颜素容同样的心事，用尽力气也换不来一夜安眠："早先一闭眼，能见到无数斑斓的光圈，大小不一的彩色圈儿在一个硕大的空间里飘来荡去。天光泛白时，连眼都不敢闭上了,合了眼只有一个黑洞,见不到底,身体呼啦啦往下落,落啊落啊,落了好久都不见底。"(107页)能知道的只是,他们早已不喜欢老一辈心爱的傩戏,因为"从书本上晓得了这个世界是物质构成的,才发现这玩意儿的无聊。一个人穿身袍服,戴个面具煞有介事地跳来跳去,好好笑"(114页)。何止是年轻人,即便是傩师秦安顺,在这个传统里几乎快要过完一生,问他城里好还是乡下好,也毫不犹豫地回答:"当然城里好了,要不你们咋个脚跟脚的往城里跑咯?"(171页)

可能跟沈从文相似,肖江虹把自己的作品安放在这样一个乡村,要表达的不只是城乡的"对比"和"对立","要说的是城和乡之间的紧密关联",是傩村这个荒僻遥远之地和"大都市、和整个中国的紧密关联"。他对现代的关注,也"并不与对地方性、乡土性问题的倾心关注相对立,相反,他企望能够在矛盾纠结中清理出内在的一致性"[1]。这个一致性,或许就结结实实地生长在颜素容走进城市之后的记忆里:"傩村总是人来人往。树木、花草、石头、远处的枯山和近处的瘦溪,是最近几年才成了记忆的主体。刚进城那些年,闲暇时想起傩村,全是熟悉的脸。爹妈的脸,姐妹的脸,姑爹姑妈的脸,甚至平素那些老旧皱皮的脸。甚至还在睡梦中见过傩神的脸:山王、判官、灵童、度关王母、减灾和尚。这些面孔,只在睡梦里才会活过来,在山间跳,坝子里跳,堂屋里跳。最玄乎一次,她看见好多傩面在她的额头上跳。剧目是'延寿傩',黑白无常和一群小鬼,踩得她眼皮生疼。"(101页)

虽然颜素容对此有些不屑,"傩村人算啥?我吃过,穿过,玩过,横比竖比也比你们窝在这里一辈子强"(101页),但不可否认,她记忆

---

[1] 张新颖:《沈从文精读》,复旦大学出版社,2005年,第120页。

中的一切,正是傩村拥有自为生机的原因,把任何意外或外来的东西,都在一个深厚的系统里化解。不只如此,记忆里的这一切,也恰恰是傩村复杂的精神构成。说精神构成大概并不准确,显得太过抽象,傩村人用来抵挡尘世艰辛的那种东西,在《史记》称为"谣俗":"就是风俗,跟古希腊的 nomos 相近。nomos 可以解释为长久以来的民俗,又可以解释为法律,又可以解释为歌谣……老百姓一代代这样过来,谣俗就是风土人情……关系到那里土地的出产,关系到那里人的性情,关系到那里人的自然想法。"[1] 在《傩面》里,那些山石溪流、花草树木、劣质烟草、糟辣椒炒腊肉,那些慢悠悠立在斜坡的黄牛……那些黑下来的脸、上了霜的脸、咬牙切齿的脸、衰朽老迈的脸,那些以责骂表达的疼爱……都有着谣俗老成持重的样子,落地生根,勤力生长,与时荣枯,即使在怎样的艰辛忙迫里,也有着人世间的自在裕如。

这谣俗或谣俗中难得的自在裕如,起码在肖江虹这篇小说里,来自那个生活中几乎无处不在的傩。因为傩,人懂得敬,"动刀之前有个仪式,得念上一段怕惧咒……毁了面具是小事,神灵散去了就是大不敬了。所以下刀之前得有个说明,傩面师管这个叫礼多神不怪"(94—95 页);因为傩,人变得谨慎,"现在好了,师傅早就去了,就算耳鼻颠倒也不会挨打了。不过秦安顺反而变得谨慎了,每次刻面,到了紧要处总要彷徨一阵,次次都想改,最后成型的还是老式样"(122—123 页);因为傩,人能事事节制,"药锄一番起落,就从泥地里翻出了一大堆(何首乌——引者)。把那些瘦弱的重新埋回去,秦安顺顺着山脊梭回了地面"(130 页);因为傩,人可以从容面对逝者,"寨人都安慰

---

[1] 张文江:《古典学术讲要》,上海古籍出版社,2018 年,第 62 页。

秦安顺，秦安顺却拍着老太婆棺材笑呵呵说：走得干干净净，啥苦没受，不晓得她前世修了啥子大德，我羡妒她啊"；因为傩，人也能够安然面对自己的生死，"晃晃脑袋，秦安顺说不管还剩多少日子，我都好好等着"（145页）。

敬、谨慎、节制、从容、安然……这不几乎是从经典中一路传承下来的美德？也果然就跟经典密切相关，你看那谷神傩的唱词——

> 一镇东方甲乙木，麒麟献寿；
> 二镇南方丙丁火，双凤朝阳；
> 三镇东方庚辛金，魁星占斗；
> 四镇北方壬癸水，挂印封侯；
> 五镇中央戊己土，紫微高照；
> 老的勤来少的勤，种片庄稼好喜人；
> 懒人田地生青草，勤人田地草不生；
> 懒人收成三五担，勤人仓满笑吟吟；
> 到春来，肯起早，绫罗绸缎穿上身；
> 数九寒天不受冷，不受饥来不受贫。

（125—126页）

方位，干支，节令，五行，瑞兽，正是传统中的经典搭配，接下来责懒赞勤，也不正是自古相传的"无逸"传统？在这个傩的世界里，传承下来的美德没有在现代失去其活生生的扎根能力，而是在一个叫作傩村的地方好端端长养着，从而在此地形成了完整的生活形态。这完整的形态，甚至跟鬼神的世界也建立了良好的关系："傩村人以为，人死了会去另一个地方，可毕竟路径不熟，需要个引路的，这样傩戏里头就有了引路灵童，灵童唯一的活计就是带故去的人找到那个新的地方。"（109页）人呢，却也早就消去了鬼神携带的巫魇，用人世清明的理性洗濯一过，因而另一个世界也就得以加入日常。如《盗锅黑》中一样，傩村的鬼神也邻人一般，判官"抬抬手，示意秦安顺起身，前几次，秦安顺死活不动，想着来者不善，哪能说走就走"（96页）；鬼神对人不够尊重，人也会使性子："不说个子丑寅卯我就不走了，我也是七老八十的人了，饶你鬼神我也不怕。"（98页）不只是鬼神，戴上傩面，秦安顺甚至看到了自己父母年轻的时候，把自己已有或没有的记忆，重新在傩的世界里走过一遍，确认此世的可堪留恋。

这个虚构的傩的世界，传统与现在，鬼神与活人，想象与现实，奉生和送死，完完整整结合在一起，扩大了由单向的现代和活人构成的越来越趋于单薄的社会，重建起一个更为完整的生活世界："生活的完整性是人类在漫长的历史中建立起来的，保持和维护生活的完整性是人类生活的基本意识和行为，就是在因此而生的一些仪式、礼俗、风尚当中，也自有一份与久远历史相联、与现实生活相关的庄严。"[1]那些看起来是迷信或是幻想的一切，并非毫无价值，一旦这丰厚的生活世界被删削，"他们生活的完整性就必然遭到严重破坏，他们的情感、信仰和生命状态就会变得'枯燥'，从而引发种种问题"[2]。好在，从城市回来的颜素容还能体味到这丰厚的荒凉残照，或许不久于人世的她终归会明白，她刻意对父母做出的恶言恶语，并不能消除父母的念想，

---

[1] 张新颖：《沈从文精读》，第124页。
[2] 同上。

"娃啊！你想错了，你不念着别人，也不要别人念着你，也是一种念着"（155页），从而有可能在离去之前获得一缕人世难得的温情。或许，终于挣扎着透出的这缕温情，也是一篇在虚构中重建复杂生活世界的小说，所能传达的最大善意。

五

有一回，我在一个法国人写的随笔里看到一段话："'脱去自然（sauvagerie），远离禽兽，回归自然（nature）！'这句乍看自相矛盾的话出现在松尾芭蕉一部诗集的卷首。在日本人眼里，这样的表述再正常不过，因为在他们的眼中，'自然'不是荒郊乱石，不是一团乱麻，而是一片精心营造的空间，其间亦可生活，亦可沉思。"[1] 如果是这样，人从事的所有精神活动，就不只是一种标示优越的思维练习，而是通过对人类卓越技艺（art）的认知，与喜怒无常的自然（nature）保持审慎的距离。这或许可以澄清我们长期以来的一个误解，即经典中称述的自然，应该合理地看成人鬼斧神工的造物，并非真正狰狞的原始状态。回到我们面对的三个作品，是不是可以说，即便是荒凉破败的地方，一旦人用自己的虚构重建了生活世界，"地之灵"就会在其中冉冉升起，那个几乎要失去栖居可能的土地，也就此变得丰盈起来？

或者，再把话说得清楚一点，即便时代是由破败的废墟构成的，一个有志的写作者，仍然可以试着在这片废墟上重建一个相对健全的生活世界，人可以稍微自如地安放自己的身心，抵挡第一部分所说的各

---

[1] 〔法〕热拉尔·马瑟：《简单的思想》，黄蓓译，华东师范大学出版社，2013年，第201页。

种各样精神灾害的袭来？就像《我的安东妮亚》中，女主角一直记得凯利长老的话："每个人来到世间都有所为，我知道我应该做些什么。"对一个写作者来说，这个"应该做些什么"，或许就是要记住："德国人用'Dichtung'指'诗'，诗人是'Dichter'，而作诗就是'dichten'。这个动词除了具有古希腊的'制作''技艺'的意义之外，在日耳曼语系里还保留了更古朴的形象意义，即'笼罩''覆盖'。这意味着：诗人的使命是用言辞编织一张网，来呵护世人不受自然风雨的吹打。"[1] 那么，《世界》用意志和细心、《盗锅黑》用自在和裕如、《傩面》用习俗和丰厚重建的生活世界，是不是恰好提供了这样一种必要的精神呵护，并由此标示出了小说作者对此世的认真和郑重？

---

[1] 林国华：《诗歌与历史：政治哲学的古典风格》，第101页。

虚构·非虚构·三重练习

这个变化越来越快，让人感觉越来越小却越来越生疏的现实世界，每一天生出的新鲜事物和由此形成的新颖经验，多到无论你用怎样的方式捕捉，仿佛都只能挂一漏万，怎么也打捞不起全部，只能眼睁睁看着语言对着绝尘而去的它们叹息，内心无比焦虑。尼耳斯·玻尔曾经说过："如果一个人不曾对量子物理学感到困惑，那他就根本没有理解它。"我们现在几乎可以说，如果一个人不曾对变怪百出的现实感到困惑，那他就一定没有真的去感受它。

面对如此现实，诸多有心的写作者，索性完全放弃了对现实世界的追赶，用想象的世界应对复杂万端的现实。那些设计完美的封闭世界，是现代的代达罗斯式迷宫，以此朝向现实或完成某些精微的游戏。与此同时，另一些写作者则毅然踏足深河，用自己的文字去追逐瞬息万变的现实，不去管自己的笔永远也追不上那远远走在人认识之前的现实，以有涯之思事无涯之实，把自己的忧思与创伤放进文字，企图写出这世界深处的裂痕与痛疼。

前者，是古老相传的虚构技艺；后者，则新被称为非虚构。

一

柏拉图笔下的苏格拉底曾经谈到练习的重要——一个共同体中的人，应该"按其天赋安排职业，弃其所短，用其所长，让他们集中毕生精力专搞一门，精益求精，不失时机"。即便像下棋掷骰子这样的游戏，"如果只当作消遣，不从小就练习的话，也是断不能精于此道的"[1]。不管从事什么工作，都需要天赋和不断的练习，相对于常人无法预知也无法轻易断定有无的天赋，或许具体切要的练习更为重要。

虚构和非虚构的对称意义提醒我们，这是一种属于技艺的界限练习。不管谈论一本怎样平凡或奇特的书，强调技艺大概都不是多余的事。一个人在成为伟大的艺术家之前，差不多必须首先是个卓越的工匠。技艺是练习的产物。一个伟大的写作者，必须已经具备了最为基本的写作技术，才能用高度的创造性来赢得自己在文学封神榜上的地位。或者可以这样说，技艺保证了写作者进入竞争者的行列，而创造性则几乎是不朽的唯一保障。二者结合，才有可能拒绝笨拙者的一味模仿，聪明人的变相投机。

技艺必须保持其冰冷的面貌，以便拒绝所有在界限上的含混不清。在技艺层面，虚构和非虚构有一条截然不可跨越的鸿沟。对非虚构写作者来说，只写事实，"不准虚构"是天条，绝不能违背。这一天条要求非虚构写作者跟随现实，深入自己的写作对象，不用自己的想象或推断替代走马观花看不到的现实深层，从而保证作品触碰到了事实坚硬的内里。或者这么说好了，非虚构写作者受到如现实所是那样写作的限制，

---

[1]〔古希腊〕柏拉图：《理想国》，郭斌和、张竹明译，商务印书馆，1986年，第66页。

从而必须比普通观察者更殚精竭虑地对自己的素材下功夫，故此能够更好地写出现实极为深层的微妙关系。正是在这个意义上，非虚构的限制让写作者更好地从素材中汲取了能量，捆绑作品手脚的技艺界限，反过来成了诚恳的写作者走出现实迷宫的阿里阿德涅线团，刺激他们在穷途或歧路结成的困境里找出一条崎岖的小径。

反向来看虚构，似乎舒展也自由得多，几乎可以在任何一片虚拟的空地上凭想象撒野不是吗？其实不然。虚构出来的人物和事情，需要写作者对现实洞烛幽微。虚构要赢得信任，写作者应对现实生活明察秋毫，"每一个想象都需要寻找到一个现实的依据"[1]。只有确认了现实依据，虚构才不只是简单的"what if"设定——What if 老鼠会说话，What if 狗狗能驾驶飞机，What if 小鸭可以自由飞翔……如此设定只是起步，实质性的虚构要复杂也艰难得多。那是一个更为高级的、受制于自洽（self-consistent）性要求的完整世界，它必须"合理，精确，完备"。在这个自洽的世界里，逻辑系统越复杂，其间的联系越紧密，人极力摸索到的模糊部分越具清晰度，给人的阅读感受就越深。这个自洽的世界可以是疯狂的，但虚构写作者必须意识到，这疯狂必须得有机会成为某种现实。否则，写作中所谓的大胆，不过是谵妄；所谓的新奇，不过是狂悖。

因非虚构写作对世界的深入和虚构写作创造新世界的野心，很容易让人产生洞悉世界之谜的幻觉。为了避免在一个如此严重问题上僭越，或许有必要指出，无论虚构还是非虚构写作者，都必须意识到，在技艺层面，自己追逐的是一个绝无可能被人的思维完全覆盖的世界。

---

[1] 余华：《飞翔和变形——关于文学作品中的想象之一》，《文艺争鸣》2009 年第 1 期。

现实的变化永远快于技艺，而那个凭观察和想象塑造出来的世界，与人一样带有先天的局限。然而，可以让人略微骄傲一点的是，"人对界线的确认和思索，正是人对自我生命处境的确认和思索，乃至于是对人的世界基本构成、人的存有的确认和思索，而且，唯其如此才是具体的、稠密充实的"[1]。正是界线上那些将断未断的存亡绝续时刻，那些人置身其间的挣扎和努力，往界限两边拓展的深度和广度，才让人生成了精致微妙的样式，也造就了严密深湛的艺术。

如此一来，我们是否也可以说，作为对立的概念的虚构和非虚构，有意间提供了一条斩截的界线，也无意中抛出了一条有益的绳索。这界线把虚构和非虚构一分为二，让两者在各自的界限内向更深更远处探求。与此同时，在某个更为深藏不见的地方，两个方向不同的探求，仿佛也都在试着摆脱技艺给予的拘囿，挣扎着朝向某个更深更远的所在。

二

对技艺的强调当然要防备一个相反的误解，一个诸多优秀写作者容易掉入的误解，即认为技艺是作品唯一值得重视的东西。这里所需的提示或许是，技艺上的分茅设蕝只是一项人为的规定，写作上的形式选择，在更深入的意义上，可以是天性的不同选择——有人偏爱虚构，有人习惯非虚构。性情之不同，各如其面，对虚构和非虚构，甚而至于任何写法上的倾向而言，每个写作者的选择，不但是技艺的，同时

---

[1] 唐诺：《眼前：漫游在〈左传〉的世界》，广西师范大学出版社，2016年，第116页。

是性情的。苏格拉底早早就认识到了这个问题:"在最初的状况下每一个人并不是生来跟别人一模一样的,而是生性有差别的,各人适合于自己的行当。"

根据不同的性情,对世界的接受和认知方式,有的是凭逻辑和推理,条分缕析地把握;有的则通过一种对现实和未来的图像式知识,整体性地把捉。前者不妨称为逻各斯(logos)式的,后者则是"秘索思"(mythos)式的——"内容是虚构的,展开的氛围是假设的,表述的方式是诗意的,指对的接收'机制'是人的想象和宗教热情,而非分析、判断和高精度的抽象",其表现载体则是诗、神话、寓言、故事等等[1]。在逻各斯大行其道的今天,秘索思因其对于神话、艺术和文学的基质性作用,为人们认知世界的方式另辟出一条可能的路线。需要强调的只是,秘索思式思维的载体并非一定是虚构作品,因为真的故事仍然是秘索思的题中应有之义。

被现代概念拆分出来的现实,其实是一个类似于康德"物自体"的概念,如此隔离出来的现实,人永远不会知道其内里究竟是什么。而写作中的现实,即用秘索思形式把握的现实,无论是以虚构还是非虚构路径进入,都依赖于人对所谓现实的认识,却并不就是"客观现实"。所有出现或暗示在写作中的"现实",其实质都是人的心理图景,是人凭思维以不同方式"施设"出的现实。

无论虚构还是非虚构写作者,作为叙事作品的创作人,他们都是秘索思的后裔。对准现实最快也最有效的方式,无过于采用适合自己性情的方式。大而言之的逻各斯或秘索思,小而言之的虚构或非虚构,

---

[1] 陈中梅:《Mūθος 词源考》,《文学》,2013年春夏卷。

只是每个不同性情的个体选择的适合自己的对准方式，一个人选择用虚构还是非虚构来完成自己的作品，不过是其一次次对准性情的练习。

跟任何创造性工作一样，"几乎所有优秀的作家都处于和现实的紧张关系中"[1]。对瞬息万变的社会有机体发言，需要特殊的灵感，并由长期的研究和热情来保证。真正对准现实的作品，要"承受着来自现实世界的所有欲望，所有情感和所有的想象"，写作过程中，写作者还"必须保持始终如一的诚实，必须在写作过程里集中他所有的美德，必须和他现实生活中的所有恶习分开"[2]。如此，作家的智慧和警觉才不会受到伤害，读者也才能在完成的作品中，嗅到独特和惊奇的气息。无论虚构还是非虚构，都只是不同写作者根据自己不同性情选择的对准现实和时代的练习。

非虚构并不比虚构更对准现实和时代，毋宁说，非虚构提法的出现，确证了用文字对准现实和时代的艰难。横亘在虚构和非虚构之间的矛盾，在对准的意义上可以取消。技艺层面的绝对界限和性情与现实层面的对准，可以更准确地看成一种伯纳德特意义上的"未定之二"（indeterminate dyad）——"构成一对组合的事物不是独立的单元"，不能简单地看成二，"它们是整体的部分，在某种程度上互相包含对方"。[3]作为一对组合事物的虚构与非虚构，一起构成了既相反又相成的对现实和时代的秘索思认知努力。意识到这一点，会让我们对未来的写作保持某种略为乐观的期望。

---

[1] 余华：《活着 忍受生命赋予的责任》，《兰州日报》，2006年6月27日。
[2] 余华：《我能否相信自己》，人民日报出版社，1998年，第185页。
[3] 〔美〕萝娜·伯格编：《走向古典诗学之路——相遇与反思：与伯纳德特聚谈》，肖涧译，华夏出版社，2007年，第3页。

三

索性把上面的意思说得更清楚些——人必须在人群中生活，而看取自己置身的现实，每个人都有不同的方式。无论是虚构还是非虚构，或者更为难以命名的叙事方式，甚或是完全非叙事的方式，表达出来的都是现实经人的思维折射之后的图景。表达这幅图景的方式，跟每个人的性情选择有关，而不同的方式最终一起构成了对现实整体的认识。需要强调的只是，所谓性情的选择，只是在起初的意义上，每个人对性情的判断，仍然会随着情势的发展而发生变化——比如虚构写作者写出非虚构作品，或非虚构写作者涉足虚构作品。

然而，即使人人都按自己的性情做出了选择，属人的作品仍然会存在上面提到的无法克服的缺陷：一个作品写不出比现实更多、更准确的现实。现实在空间上的无限和在时间上绵延，早就取消了这个可能。人的思维和认识永远无法覆盖现实的全部，对无边无际的现实来说，人的认知总是有漏有余的，写作者一不小心就会被弥漫的现实压垮，从而陷入深深的困顿。

这永远无法覆盖的主要原因，是如"物自体"样的现实概念，早就人为地把现实与人一歧为二，而忘记了人就是现实的一部分，与现实是同根之木、并蒂之花——造物所创造的一切，"没有一样是少于或低于他自己的"[1]，现实中一切的根源，也正是人身上一切的根源。只因为重重的概念或思维约束，才让人与现实看起来背道而驰。正因与现实

---

[1]〔德〕马克斯·文森：《无执之道：埃克哈特神学思想研究》，郑淑红译，华夏出版社，2016年，第54页。

同根同源，人也才有可能不假外求而完满具足，凭借对自身的深入认识，先于被人们指称的现实而抵达现实。"箭中了目标，离了弦"，用叙事先行对准那个变动不居的现实世界，现实将在叙事击中其核心的那一刻溃然而解，如土委地。

更严谨一点来说，将先行抵达现实的文字称为叙事，还多少有些不够准确。在写作《追寻逝去的时光》之前，普鲁斯特已经写了不少文章，有一本未完成的小说，还有成千上万的笔记，但新作品始终找不到满意的形式。造成这一困境的原因，普鲁斯特认为，不是自己缺乏意志力，就是欠缺艺术直觉。他为此苦恼不已："我该写一本小说呢？还是一篇哲学论文？我真的是一个小说家吗？"以后来者的目光看，怎样为普鲁斯特的作品命名，甚至普鲁斯特如何走出了这一困境，都并不重要。要紧的是，这个寻找的过程提示后来者，为自己只千古而无对的先行抵达寻找独特的形式，正是一个天才的独特标志。

"志气与修业，都是单衣薄裳被寒风所吹而得成材的。"[1] 创造，乃至不世出的天才性创造，标志着一个写作者来到了人迹罕至的地方。在那里，写作者必将无中生有，把一个将起未起的时代呈现出来。那里需要耐心和坚韧，需要忍受孤独的勇气，当然也需要明白，欲在作品中创造出一个领先于时代的时代，超拔于现实的现实，并与其相与言笑，就必须走到时代的边际，去到那洪荒的所在，倾听鸿蒙中的歌声。

那个在现实丛林里跋涉并涉入洪荒的人，永远没有一条现成的路，那路只能靠他自己开辟出来。走这条路的人，要有"先进于礼乐，野人也"的气魄——最先接近礼乐的人，是创始性的"野人"，前行的路上

---

[1] 朱天文：《黄金盟誓之书》，山东画报出版社，2010年，第256页。

还没有依傍。当写作者的才华、品味，乃至于性情、感受力和判断力，通过陌生而精微（或伤痕累累）的形式表达出来的时候，新文体即将出现，新的文学世界也将徐徐展开。这时候，新的文体被称为虚构、非虚构甚或任何一种命名，都不过是后置的说明，不再困扰先行者。让人振奋的是，写作者通过自己的努力，完成了洪荒中的先进练习，写作中的新路出现了。

不妨试着把问题调整到阅读上来——我们在阅读各类叙事作品的时候，或许每个人都深藏着一个隐秘的期待，盼望出现那么一种作品——作者对世界及自身的独特观察和思考，储备已久的阅读积累，多方面的写作才华，都在这个文本里得到了充分展示。先行抵达现实的作品出现了，它们努力理解着历史和眼前的一切，寻找出其至深根源，确认时代发展的大势所在，不为一时一地的人物悲喜逾恒。虽然作品结束于某个不得不然的时间点，却"试图寻求一种非时间性的东西，把它从任一个特定时空、从人的历史抽离出来拯救出来，不让它遭受人的干扰和污染，甚至也无须人为它辩护"[1]。如此，不管现实怎样复杂万端，不管是否把人加进去，不管是虚构还是非虚构，作品都已经安然涉过了遗忘之河，穿行在以往和将来的光阴里。

---

[1] 唐诺：《眼前：漫游在〈左传〉的世界》，第49页。

漫长的新旧交替

——2015年非虚构文学综述

一

自《人民文学》2010年开辟"非虚构"栏目以来，非虚构文学便在中国风行开来。不用说几乎是现象级的梁鸿《中国在梁庄》《出梁庄记》，即便是书写历史风云舒卷的阿来《瞻对：终于融化的铁疙瘩》，相对另类的李爽《爽》，引人忧思的《词典：南方工业生活》，清丽可人的李娟《羊道》，都能引起人们特别的阅读感受，各杂志也开辟出与非虚构相关的栏目，如《收获》的"说吧记忆"、《当代》的"往事"和"纪事"、《花城》的"家族记忆"、《读库》和《时尚先生》里的各类文章等等。及至2015年下半年，该年度的诺贝尔文学奖，颁给了以非虚构为写作重心的斯维拉娜·亚历塞维奇（Svetlana Alexievich）。因为诺奖的震荡波，中国早已有之，于今为盛的非虚构文学，又掀起了一轮热潮。

没有一个固定年份的起讫，会让事物截然二分，因此，在开始2015年的非虚构综述之前，让我们先回到2014年。这年7月，袁凌《我的九十九次死亡》出版。在这本记述作者经历的九十九次死亡的书里，写有各种各样人的死亡，老死，病死，横死，处死……从孩提开始，死亡就悄悄来临，"这像是一种暗中的挑选……出天花、汤火关、落树、蛇咬、瘟（溺）死、掉魂，都是挑选的手段，命运像是一副巨大的筛篮，只有那些躲过了筛眼，留在筛子里面的孩子能够存活"[1]。不只是人，还有树的死，熊的死，狗的死，各种动植飞潜的死，各类物品的消失……树犹如此，人何以堪。或许因为对死的郑重，这本书有显而易见的抒情气息，仿佛面对命运的、有分寸的叹息，重了，怕惊扰了逝者，轻了，又不能达成安慰。

不过，生与死的界限，在这本书里也没那么明显，所有的死者，在此之前都是生者，他们有自己的喜怒哀乐，跟所有生者的喜怒哀乐一起，构成了一个完整的世界；而那些更早逝去的人，也化为鬼神，庇佑或干扰着这个他们曾经生活其间的人世。姨爹是镇鬼的，可在他死之前一年，"经常对姨婆说他看见鬼，一辈子他镇了好多鬼，都来报仇。开始他还能靠法术对付，可是老了，到了年底，就不行了，姨婆守在床边，除了姨爹啥也没望见，可是姨爹说床上除了他，还有满床的鬼"[2]。鬼神究竟有没有，谁也不知道，所以孔子有"敬鬼神而远之"的态度。作者呢，也不置可否，或许"走运的人、火眼高的人，鬼就不敢来冲犯；不走运的人，火眼低的人，鬼就找上了。一般人年轻的时候火眼都高，所以老年人给年轻人说鬼，没有几个相信的，要等到他们自己老了，就和鬼神的世界渐渐亲了。六七十岁的老人，其实已经有一半活在鬼界了"[3]。

这鬼神的世界稍一扩展，我们看到的，就几乎是一个因果牵连的

---

[1] 袁凌：《我的九十九次死亡》，广西师范大学出版社，2014年，序第v页。
[2] 同上书，第38页。
[3] 同上书，第127页。

世界。外婆老了，幺舅很冷漠，后来竟用橘子噎死了之。外婆过世之后，"幺舅接连遭了两次灾星：一是他得了伤寒，倒床一个多月；二是有一晚上，他在外婆原来住的房子里睡觉，加了火门窗关得死死的，结果煤气中毒了，口吐白沫，弄到卫生院好容易救转来。这两件事情发生以后，幺舅爷到外婆墓门前去了一趟，烧纸，恳求外婆保佑"。然而，幺舅终于没能免于责罚，他去跑摩的，"两辆大车一上一下，他在拐弯的时候超车，抵到了两辆车中间，夹得极死"[1]。这样鬼神参与、报应不爽的事，在这本书里所在多有。只是，读过后我们或许会明白，鬼神存在可以不论，但对鬼神的存在相信与否，对因果牵连的相信与否，在在影响着活人的世界。

其实也未必全劳鬼神，摊开看人的一生，差不多也是一次因果之链的循环。安爷爷出身地主，没有野心，雕章刻字，赖以存身。一个贫农姑娘看了他写的春联，主动要求嫁给他，也就有了幸福，有了儿女。不幸她早早离世，安爷爷拉扯大儿女，由儿子陪同，去了西安，"待在碑林里，费掉三张门票。他终于看到了两本书上的草字，还有更多字帖的来处"[2]。安爷爷去世后，我去跟刻碑的王恒利了解他们的交谊，"王恒利却忽然哭起来了，说袁仁安还有这个孙子，想着访问他的事情，将来写下来"[3]，也算得了安慰。仿佛都不是大不了的事情，不过是平淡的一生吧，却也略有波澜，在乱世里，能经受幸福，获得过满足。在人与人密集的关系缝隙里，在斗争如火如荼的时代，安爷爷算是逃过了厄运，避免了极度的不幸。如果说因果，这平淡换来的近乎幸福，

---

[1] 袁凌：《我的九十九次死亡》，第 266 页。
[2] 同上书，第 83 页。
[3] 同上书，第 85 页。

也可以算是因果给予的报偿了。

如此一来,即或有忤逆,乡村的生活,也近乎安稳了,却并不是。在这里,人情薄如纸,人命如草芥,那些尘肺患者,那山洪中的少女,街上的疯子,被枪毙的小偷,棚屋里的幼女,吃观音土胀死的乡亲,溺死在粪池的婴儿,被掐死的孩子,被生父强奸的女儿,被塞在便槽里的普法青年……都提示着我们,这不是无论魏晋的桃源,书里写的,更常见的是旧秩序的崩塌,那些参与了人世生活的鬼神和因果,也差不多是旧秩序的残留,并不是新体系的产物,甚而至于对现实的关心,也浸染着作者的笔,内里的心疼,慢慢渗透出来。这一点,从袁凌2015年新写的几篇文章里,可以看得更加明显。除《被叫走的母亲》还有对旧秩序的叹惋,此外的作品,不管是《他吸完最后一瓶氧气,没有等到新年》《在悲痛最深邃处寻找宁静》,还是《矿工雪夜逃生记》《一个现代隐士的偶然死亡》,甚而至于《上访一辈子的美丽女人》,都是对新体系建立中被遗漏者的命运的忧虑、无奈,甚至痛惜。

对消亡和即将消亡的一切的怀念,对新体系建设中个体命运的担忧,是很多作品的主题,如马宏杰《最后的耍猴人》,如申赋渔的《匠人》。《最后的耍猴人》深入一个个具体的耍猴人身边,关注他们的辛苦与坚韧,也对他们遭遇的不公深怀同情,把一个即将消失的群体,用文字呈现出来。《匠人》则具有明显的哀婉气息,书里写到的瓦匠、篾匠、豆腐匠、扎灯匠、木匠、剃头匠、修锅匠、雕匠、花匠、铁匠、杂匠、裁衣、教书匠、称匠、织布匠,或者已经消失,或者行将消失,或者早就失去了这个名称的本来意义,变成了新体系的一环,流水线的一角,不再有手艺人那种自足的质感。作者写这本书,仿佛也是为了怀念:"那些不复存在的匠人们的脸,一次次地出现,一次次地把我拉回到那个已经消失了的年代。"[1]

那个消失的年代，也有人与神鬼的相处之道，也有因果之链。"新房开工了，上梁时要有人唱吉祥话。这吉祥话是说给神灵听的。歌要唱得好，要让神灵听得悦耳。听得悦耳了，才会记得这话，才会把吉祥施给主人家。"[2] 几几乎有颂神的意味了，"美盛德之形容，以其成功告于神明者也"。而因果呢，也历历分明。申家遭人纵火，那个纵火的人家，"连续出了二代呆子。 百年前，当他还在世的时候， 个道士就当面告知了这个预言"[3]。编排理由告发，致使裁衣枉死的铁匠，不但自己身遭悲惨的命运，后代也身死寿夭者众。这个复杂的因果之链，几乎贯穿了全书，像盘旋不已的一段节奏，时不时就会出现。

在鬼神之外，乡村生活也有自己的运行规则，"千百年来，乡村里主要还是依靠自治。日出而作，日落而息。虽然失去了政府管理，也还算平稳"[4]。人情呢，也好好维持着，大关节上，绝不疏忽。比如大家对剃头匠的态度，就很奇怪。大年三十这天，"申村的每一户人家，都会在这天的下午来拜访剃头匠。有人送来刚蒸出来的馒头，有人送豆腐，有人送鱼送肉。还有人送米送面送油或者自家腌的香肠鸭蛋"[5]。小小剃头匠，为何如此得人尊敬？原来抗战时期，剃头匠曾用剃刀手刃了为非作歹的日军中队长。

没错，做了这些的人，不该被忘记，也不会有人忘记——2015年，

---

[1] 申赋渔：《匠人》，民主与建设出版社，2015年，前言部分。
[2] 同上书，第295页。
[3] 同上书，第54页。
[4] 同上书，第283页。
[5] 同上书，第69页。

是抗日战争胜利七十周年。对中国人来说，那漫长的十四年，是耻辱与荣耀并存的十四年，而旧秩序的崩塌和新体系的萌芽，在这长长的十四年里，也显得格外醒目。

二

2015年，抗战题材的作品大量涌现，粗略来分，可划为全景式作品和个人性作品。全景式作品，或书写抗战的全局，如王树增的《抗日战争》；或抗战某一方面的总体情形，如李延国和李庆华的《根据地》、徐锦庚的《台儿庄涅槃》、孙晶岩的《北平硝烟》、李林的《雪沃东北：民族英魂88旅》、彭荆风的《旌旗万里：中国远征军在缅印》等；或抗战中某些少为人知的角落，如章剑华的《承载》、王龙的《刺刀书写的谎言》、高建国的《一颗子弹与一部红色经典》、铁流的《一个村庄的抗战血书》等。作品太多，不能遍举，要说的，是这些作品，或从全局宏观书写抗战，或从某个局部全景展现抗战细节，或在某个范围内发掘抗战传奇，都从某种意义上重新让人回到那个艰难时代，并在这艰难中展示了抗战军民捍卫国土、浴血奋战的荣耀。

王树增《抗日战争》，三卷，一百八十余万字，是作者读万卷书、行万里路、走访亲历者的结果。该书大处着眼、小处落笔，牢牢把握住抗日战争的各关键时段，却又从各时段的上下四旁入手，全面展示了战争的起因、发展、结果，并始终贯穿着有血有肉的人物，书写饱满而生动。因为忠实材料和贴近人物，作品部分摆脱了以往抗战叙事中常见的意识形态偏见，回到人物行事的具体，把抗战中形势的转换、局面的复杂，参与抗战、为抗战做出重大贡献的人物，包括他们的英勇和犹疑、勇敢和偶尔的怯懦，对抗战持不同看法者的思考，都一一写进书里。这样的书写方式，既能看到抗战的艰难，也较为全面地展示了人物在战争中的表现，让人感受到抗战荣耀的同时，也在宏大背景的对照下，对具体人物能产生同情的了解。

该书的序章《世界上还有另外一种逻辑？》，讨论日本侵略中国的逻辑。在受到西方列强的劫掠之后，日本人产生了奇怪的"补偿论"："在强国面前，隐忍所有的屈辱和损害，同时向弱国动用武力，把在强国那里的损失——包括物质上和精神上的——统统补偿回来。"这样的选择，违背了常理，"常理应该是：受到劫掠，弱者顺从屈服，强者奋起反抗，两者必选其一。而日本两者都没有选，不去劫掠者那里讨回损失，却去劫掠别人以挽回损失"[1]。这个奇怪的逻辑背后，是世界新旧秩序交替时国家道德观的混乱。这种国家层面的混乱状况，落实下来，就是残酷的得失成败，如日本这样，把整个中国拖入一场残酷的战争，数千万人的生命，就葬送在这里。

这个战争的结果，看起来让人瞠目："战争彻底破坏了中国的民族工业和经济建设，日军对中国不设防城镇的轰炸达到了疯狂的程度，中国多数的城市成为一片废墟，广大的城镇成为一片焦土。穷凶极恶的日军，铁蹄所至肆意烧杀抢掠，其行为之野蛮残暴和灭绝人性，导致中国人民所遭受的战争蹂躏之悲惨酷烈程度在世界战争史上绝无仅有……"[2] 日人一炬，可怜焦土。如此残暴的破坏，如此惨烈的战争，让中国人自晚清开始慨叹的"三千年未有之大变局"，更有了刻骨铭心

---

[1] 王树增：《抗日战争》第一卷，人民文学出版社，2015年，第5页。
[2] 王树增：《抗日战争》第三卷，第562页。

的铁证。

陷入战争的旋涡里的人固然要决死一战，而这战争动荡波及的人们，其命运，也不可避免地被冲击、被改变了。有关这一部分的文字，不妨称为关于抗战的个人性书写。其中较为特殊的一种，是张雅文的《与魔鬼博弈——留给未来的思考》。这本书把视野扩展到世界反法西斯战场，写了中国、德国、日本等多位反法西斯者的具体故事。他们超越了简单的民族划分，勇敢地"站在了良知和人性一边"，让作品在残酷的战争中写出了人性中共通的善良。刘梅香口述、张哲执笔的《梅子青时——外婆的青春纪念册》，主体部分也是抗战十四年，外婆当时就读的湘湖师范曾七迁校址，饮食困难，衣不蔽体，还要经受大量身边人死亡的折磨："这次轰炸不光死了七个人，还有三四十个人受伤……轻伤的人被转到松阳县里的卫生所，而那些尸体，据说血肉模糊，有的肚肠都飞到树上挂起来，是胆子大的老师和同学一捧肉一捧肉运出去埋掉的。"[1] 李彦的《尺素天涯——白求恩最后的情书》，则从一个侧面，勾勒出了白求恩不为人知的一段情感生活，而这人性丰富复杂的部分，是在全景式的抗战书写中少见的。前面提到的《匠人》里那段铁匠的告发事件，也与这场战争有不可分割的联系。而在这类文字中最曲折细微的，则是金宇澄的《火鸟——时光对照录》。

《火鸟——时光对照录》的叙事非常耐心，一面是作者的叙述，一面则是引用笔记、传闻、口述历史、父亲的日记、书信，两者彼此映照，有时互为说明，有时互为补充，有时又显得互相矛盾。就在这样

---

[1] 刘梅香口述、张哲执笔：《梅子青时——外婆的青春纪念册》，北京联合出版公司，2015年，第105页。

的参差对应之中，文章进入了尘封历史的后宫，撬开了人性的诸多幽微之处。文中有一细节，看后顿觉惊心动魄。1937 年，日军途经黎里镇，却无从驻扎。黎里镇的"维持会"迫于平望日军压力，决定送几个最无亲眷的尼姑到平望交差——"远远就听到女人哭声，镇里人人晓得，是几个尼姑的声音，一艘菜贩小船要送这几个女人去平望了，哭声越来越响了……天落无穷无尽细雨，小船一路摇，尼姑一路哭，桨声哭声，穿进一座接一座石桥洞，朝镇西面慢慢慢慢开过去……这是啥世界？！"[1] 没错，让人想到莫泊桑的《羊脂球》，同样的无助无告，却又因为交代和描写得少，反比《羊脂球》多了些什么，那桨声伴随的哭声，把人性里无明笼罩的残忍和尼姑们的无奈，勾画得异常清晰。

作品里还写到了女作家关露。关露，1932 年加入"左联"，同年入党。1939 年，潘汉年让其到汪伪机关做策反工作，对外不得对"汉奸"身份有所辩解。1943 年，至日本出席"第二届大东亚文学者代表大会"。1945 年抗战胜利后，国民党欲治其"汉奸罪"，组织将其调往解放区，不久即遭"汉奸罪"隔离审查，就此患精神分裂。1955 年受潘汉年案株连入狱两年，1967 年又被关入秦城监狱，1982 年 3 月平反，同年 10 月自杀。这段话，几乎是全文照搬，逸笔草草，却写出了某种可怕的真实，让人感叹时代的不仁，造化的弄人。

这当然不是偷懒，已经讲过了，金宇澄的叙事非常耐心。关露命运中的罅隙，《火鸟——时光对照录》的主体部分，即作者父亲自少至老的遭际，填补了进去。全面抗战爆发，父亲进入中共秘密情报系统，自此惊扰不断，并于 1942 年被日本宪兵逮捕。虽然并没有叛变，可随

---

[1]《火鸟》引文，均自《收获》，2015 年第 5 期。

后的岁月里，仍然被自己人审讯，最和缓的结论是"被捕后表现消沉"与"极不负责"，真可以说是，"祸患踵至，幽明互映，是这代人'不胜扼腕'运命的寻常……"那些平常的人间事，那些普通人的喜怒哀惧，如积薛残碑，揉在这命运的主线索里，作品也就撬开了人性与时代交织中的缝隙，把满满的命运之感，写了进去。

1967年，十五岁的作者问四十八岁的父亲，"当年他为什么不做工，不做码头工人，不到炼钢厂做学徒，或者拉黄包车？如果这样，我家肯定不会多次被抄，就是安稳的'无产阶级''工人阶级'成分了……"这质问，也在提示着我们，那个已经被战争轰炸得千疮百孔的旧秩序，还要经受更多的磨砺，人免不了在其中翻滚，而更新的秩序隆隆的巨人脚步声，早就声声入耳。

三

先从《匠人》的一个故事讲起。1958年，生产队派了两个人，带了绳子和铁锹，把各家各户的银杏树挖了，栽到很远的公路边上。爷爷心疼自家的树，怕被弄死，就陪来人一起去栽好。1962年，风潮过去，人们去公路边把自家的树又挖回去。移过去的时候，树死了一批，移回来的时候，又死了一批，爷爷心疼的那棵树，也移栽了回来——"树出去了三年，瘦了一圈。之后，又花了三十年，它重又变得茁壮。"[1] 放大看，这几乎是中国百年来的历史缩影，如勤动者之烹治小鲜，翻来翻去，鱼就碎了。

---

[1] 申赋渔：《匠人》，第51页。

在阎海军的《崖边报告：乡土中国的裂变记录》里，我们看到，农村人口比例失调，很多男性找不到伴侣，光棍问题日益严重；随着老人逐渐失去劳动能力，不孝敬老人的问题日益严重；乡村自治失序，集体感缺失，组织涣散，呈一盘散沙的状态；道德维持难以为继，法制推行困难，治安一片乱象……弋舟的《我在这世上太孤独》，则关注空巢老人这个群体。每个空巢老人都有自己空巢的原因，也各有各的委屈和不满，有些甚至非常不幸，但无论是怎样的情形，这些老人的状况，都与孤独有关——这里的孤独，并非本质性、形而上意义的，而是老人们不得不承受的世俗命运的一部分。在弋舟看来，空巢老人的状况，短时间内无法解决，而阎海军则针对自己看到的现象，给出了相应的应对方案。不管有没有解决途径，我都无意对这些结论本身发言，对一个非虚构作品来说，能提出问题，让人感受到社会裂变时期的痛疼与无奈，引起各方面的注意，就是好的。

与《崖边报告》相比，刘绍华的《我的凉山兄弟：毒品、艾滋与流动青年》和魏玲的《大兴安岭杀人事件》关注的群体相对较小，切入也更具体。前者版权页表明出版于 2016 年，按本文开头所说的时间延续性，也考虑到出版时间的标示技术，写入该综述。该书写的是四川西南凉山州利姆乡的诺苏群体，这里在 20 世纪末成为遭受海洛因和艾滋病双重袭击的重灾区；后者则写的是大兴安岭林区全面停止商业性采伐的指令下达之后，发生在鄂温克族人与森林产业相关人之间的一起凶案。与广泛分布在全国各地的众多农村人口不同，这两个群体，都人数不多，却与那些规模庞大的生活在村落里的人们一样，经受着新体系的洗礼，在现代化的普遍推进之下，显得进退失据。

20 世纪之前，诺苏人有着自己的社会秩序和群体规则，有独特的文化系统。他们农牧并行,群体里有四个主要层级,并有强势的亲属组织:"诺苏家庭教育中很重要的一部分便是教导孩子(尤其是男孩子)背诵父母双系的族谱。透过长辈严格的教导与反复练习,多数诺苏孩童在四到六岁左右,便可以背诵甚至长达二三十代的系谱。这样的家庭教育让孩童从小便明白,他们无法独立于父母的家支之外生活。简言之,亲属关系准则主导诺苏的道德规范、宇宙信仰、权利义务、社会阶级,甚至婚姻与居住地点。"[1] 他们能够与鬼神相处,民风淳朴而不失剽悍。这一切,随着20世纪初鸦片的传入,开始发生变化。鸦片的流入为诺苏人引入了货币贸易,打破了此前封闭的经济体系。又因为种植鸦片,诺苏人的经济水平得到提升,自身实力加强,在对汉族的关系上,也大占上风,而鸦片,也成了诺苏社会的奢侈品。这真像是一个现代寓言的标准前奏——新奇事物出现,勾起人们的好奇心,一时间人人似乎获得解放,接下来,那个新奇事物携带的所有问题,都要在这个寓言里一一应验。

20世纪50年代,在依据社会进化理论进行的分类里,诺苏人成为"中国仅存的奴隶社会",改造不可避免,抵抗改革的,被称为土匪。各类"迷信活动"被废除,废止社会阶层,禁止家支活动、宗教仪式,重新测量和规划土地,加强户口管理。在这样的情势下,当然不能免于1966年开始的"文化大革命",诺苏人的家支活动和传统习俗几乎被全面荡涤,虽然时有挣扎,但旧秩序仍几乎被清理一空。及至1978年,诺苏人又一变而被卷入市场经济的大潮,人口开始流动,到外面创世界的诺苏人,很多靠偷抢为业,年轻人视海洛因为时髦奢侈品,并因

---

[1] 刘绍华:《我的凉山兄弟:毒品、艾滋与流动青年》,中央编译出版社,2016年,第38页。

注射不当，艾滋病大规模流行。

《大兴安岭杀人事件》，笔力集中在一次偶然的杀人事件上，就中，却带出了鄂温克人的经历，与诺苏人不同，却也有些相似。他们曾经不需要日历，根据自然的运行决定自己的行止。新秩序来了，他们先是被从贝加尔湖畔赶走，接着是被从中苏边境的奇乾带到大兴安岭密林深处。他们在西伯利亚被驱逐时有大约七百人，到2011年，仅剩一百零七人。他们的家园在失去，过去的风习在失去，人生的目标也在渐渐失去，"现在的鄂温克人和林场人有着相似的神情，那是失去目标感的人的神情"[1]。失去目标的他们，酗酒、干架，在颓然里生活。陡然而至的杀人事件，与此并无直接关系，但或许也并非无关。这个作品，与《我的凉山兄弟：毒品、艾滋与流动青年》一样，提示了现代化过程中某些被选中或被遗漏的部分，那个用来统整一切的"现代正确"，在"持续竭尽所能将异文化正常化、同质化"，对那些偏离现代认可范围的人、事、物，"也不断致力于将其阶层化、管制、排挤、定罪，以霸权支配，或将之边缘化"[2]。在这样的情势里，一个作品所能给出的，不是既定的答案，而是更多的复杂。阅读的人只要意识到，那置身其中的人，在这选中和遗漏里气息奄奄，而那个写作的人，"心之忧矣，曷维其已"。

有时候禁不住会猜测，现代化的普遍推行，遇到各种不同的群体，会形成怎样的新模样呢？魏玲《一个画地为牢的故事，很可能就在你身边》讲的是一个矫正试点里的矫正官和被纠正者的故事。纠正，是指

---

[1] 《大兴安岭杀人事件》引文，均自《时尚先生》2015年6月刊。
[2] 〔美〕小威廉·H.休厄尔语，转引自刘绍华《我的凉山兄弟：毒品、艾滋与流动青年》，第43页。

"把一部分犯人放在居住社区而不是监狱服刑"[1]。纠正官赵振国管理着这些被纠正者,他"将和八十几个小镇'土著'的酒驾者、管制犯、假释出狱者和缓刑犯一起从零开始,建构起小镇的矫正世界"。赵振国很快就意识到,"非监禁刑要达到监禁刑的目的",必须"把人的意识掌握起来"。于是,他不断强调被纠正者的犯人身份,借助现代通信技术,让被纠正者不断意识到自己受到监控,还需在微信上交流自己的纠正心得,且以"我可以把你重新送回监狱"胁迫。严格的监管之下,被纠正者发现,"自己比在监狱还紧张,狱警惩罚前会先问原因,可在赵振国这儿没有为什么,只有正确错误,一二三四",如此一来,人便"变得比从前犹豫,会下意识自我审查"。至此,一个由他力和自我内化构成的牢狱,已然成形。

不过,这不只是一个被纠正者受管制的故事。社区里来了个美丽的社工蒋禾,一心一意拯救被纠正者的灵魂。后来呢,一个她疼爱有加的男孩爱上了她,而大部分人,只是要对这个美丽的女性倾诉,轮到她讲道理了,他们会毫不掩饰自己的不耐烦,甚至直接拉下脸,"你别弄得跟真的似的!"这个美丽的姑娘变得强硬,也成了社工站的站长。然而,朋友们不再喜欢她,因为跟她讲什么,她都要压倒别人。蒋禾也清醒地意识到,"矫正如何反过来作用在自己身上",企图学习海外的先进经验,却也无法直接照搬,"国情和社会基础不一样"。现在,被纠正者来接受教育,她会直接告诉他们,"你现在就是画地为牢,就是在监狱里服刑,只不过区域给你划大一点,社区就是你的监狱"。这样的情形,让阅读者认识到,一种新秩序的成形,即便在一个画地为牢

---

[1]《一个画地为牢的故事,很可能就在你身边》引文,均自《时尚先生》2015年2月刊。

的故事里，每个人未必可以完全地宣布自己无辜。

相比隐藏在各个社区里的被纠正者，一条高速公路的建设，或许更能见出新旧交替里的人心与人生，渴望与无奈。这就要说到张赞波的《大路：高速中国里的工地纪事》。这本书，是纪录片导演张赞波三年来深入一条高速公路建设的内部，一笔一笔记下来的。这条公路的修建，要穿过寺庙，穿过房屋，穿过坟地，要耗尽无数人的汗水、梦想甚至生命，要把无数人的安静的生活扰乱……在这本书里，你会看到，一条承载着现代运输任务、表征着现代推进的大路，如何惊扰起它周围的旧秩序，又如何在金钱、权力、宗教、风习、世俗智慧的合力之下，把这一切处置得一地鸡毛或收拾得干干净净。在这里，新体系展现着自己的横蛮，也显示出它的活力，旧秩序也以自己的惯性与之抗争。诚如作者所言，这本书记录了"现代化进程中的变迁故事"，并期望"借此反思它对人的生存境况及道德人心、传统文化的影响"[1]。

或许是因为三年的时间足够长，或许是因为一条高速公路的修建要牵扯的东西足够多，因此，尽管作者偶尔在书中流露出较为明显的自身立场，但这立场并未太过明显地影响作者的观看，因而这本书记录下的，就不只是公路建设。在公路修建过程中，古树被巧取豪夺，然后贩运到城市；因为建筑工人聚居，"桥头堡"横空出世，安置着他们的卑下的欲望；因为利益争夺，无辜的建筑工人被砍伤，留下或大或小的残疾……围绕这条公路，无数个体的生活被缠绕进去，有时候作者甚至会跟踪调查，从而勾勒出工地上一个个面目模糊者的清晰样貌。在这些人里，有的可悲可怜，有的可笑可耻，有的可敬可佩，有的可圈

---

[1] 张赞波：《大路：高速中国里的工地纪事》，广西师范大学出版社，2015年，第62页。

可点……这些不同的人,又因为各自不同的对新秩序的认识,或反对,或维护,或助长,或参与,或消极……人性,就在不同的性格和不同的立场之间,被纵横剖开,显露出或凶残或贪婪或善良的底色,也让这本书有了不凡的景深。

这漫长的新旧交替时代早已开始,并将在很长时间里继续进行下去,非虚构的写作,必定在这交替里产生,并为这交替写下见证。这些见证,或将如维姆·文德斯说的那样,让我们看见自己的生活——"每个人都以自己的眼睛观察真实世界。你用眼睛看别人,特别是那些与你亲近的人,你周遭所发生的事,你所居住的城市与其地理景观,你看见死亡,人类的腐朽与事物的更迭替换,你看见并体验爱情、寂寞、快乐、悲伤、恐惧……每个人都会看见自己的'生活'。"[1]

---

[1] 转引自张赞波《大路:高速中国里的工地纪事》,献辞。

"断裂"及其所创造的

——韩东和他的批评史

后来者的反抗

20世纪80年代初韩东的诗歌成为一个文学现象之前,以北岛为代表的一批诗人因其对以往历史的果敢反抗和独立的思考者姿态,几乎与变幻后的时代一起成功地站上了某个制高点。对不久前经受的肉体和精神灾难,北岛们几乎立刻将其历史化,并经由诗歌完成了对自己历史化的这一时段的反思。对时代狂飙胆战心惊却对未来保持希望的人们看来,北岛们的诗有着雅努斯的面孔,一面朝向过去,一面也面对未来,他们既充当着秉笔直书的史官,也扮演着预言新时代的先知。因为这些诗歌中包含着或隐或现的历史文化因素,作品本身就显现出极强的厚重感,并以反抗的方式让自己成为其反对的一个历史时期的对照。因对准了那个时代的灾难和苦痛,他们的诗仿佛已经到达了某种不可再至的峰顶,变成了一个诗歌的路标。

对诗歌创作来说,"前代诗歌的造诣不但是传给后人的产业,而在某种意义上也可以说向后人挑衅,挑他们来比赛,试试他们能不能后来居上、打破纪录,或者异曲同工、别开生面。假如后人没出息,接受不了这种挑衅,那么这笔遗产很容易贻祸子孙,养成了贪吃懒做的膏粱纨绔"[1]。北岛们的诗立在那里,继续写作者和后来者如果不甘心重复,就只好沿着这路标四面出击,或者与其背道而驰。四面出击的,把诗歌里厚重历史感向后延伸,几乎有野心把中国的整个历史放进诗歌里,因而一度出现了"文化寻根"诗。背道而驰者年龄稍小于北岛一代,他们知道前代诗歌的意义,却不愿单纯地模仿。不管是有意还是无意,他们对刚刚经历的时代有自己的认识,却不愿自此回溯,甚至刻意选择了掉头不顾,背负历史和时代给予的沉重感不再是他们写作的题中应有之义。在这样的背景下,韩东写出了他的《有关大雁塔》。在这首诗里,韩东有意弃绝了所有可能引起历史和文化联想的成分,"面对大雁塔这类古建筑时,思路会不由自主地滑向历史文化的纵深隙缝处,由此伸展出无穷无尽的联想,去探询和叩问物象背后隐潜的深层意义,那种被我们习惯性地称作历史感的联想,在这里不再出现,或者不如更准确地说,被有意地撸在了一边。大雁塔就是大雁塔,它不再是指涉到它自身之外或之后之物的一个象征和代码,不再是一个需要人们煞费苦心去探询追问的深度意象,不再是引发人们做出仪式性反应的物象"[2]。沿着这一方向,韩东写出《你见过大海》:

你见过大海
你想象过
大海

---

[1] 钱锺书:《〈宋诗选注〉序》,见《宋诗选注》,人民文学出版社,1958年,第13页。
[2] 李振声:《季节轮换》,学林出版社,1996年,第43页。

你想象过大海

然后见到它

你见过了大海

并想象过它

可你不是

一个水手

就是这样

你想象过大海

你见过大海

也许你还喜欢大海

顶多是这样

你见过大海

你也想象过大海

你不情愿

让大海给淹死

就是这样

人人都这样[1]

诗从更抽象的角度，表明了人对自身之外的事物的不可企及，并因为平淡语言的贯彻性使用，比《关于大雁塔》更确切地表明了韩东当时关注的重点。"他对待大海的态度，一如他对待历史的态度：你虽然见过大海，但因为你不是水手，与大海终隔一层，缺乏贴近的感性经

---

[1] 韩东：《白色的石头》，上海文艺出版社，1992年，第7—8页。

验而无法真正进入大海这个世界,只能远远地凭想象力去打量它;你面对历史,但你不是历史的当事人和亲验者,与历史终隔一层,对历史认识只能是想象的、间接的、不可靠的。正像观海人不愿让海吞淹和埋没。既然历史文化终难真正企及,那么对待它的最好办法,便是断弃对它的兴趣和欲望。"[1] 引申而言,这首诗不只写出了历史文化的难以企及,甚至还可以理解为人对自身之外的事物无法真正认识,因而在某种意义上标示着韩东与前代激烈的决裂姿态。

对政治、历史、文化的反思以至反抗,包括骨子里的参与冲动,正是北岛们诗歌最动人的地方,也让他们的诗歌拥有了相应的沉重感和尖锐度。但所有的文学创作都拒绝重复,尤其是当历史的一波潮流过去,后来者勉强学习此前的东西,从前人的各种著作里"收集自己诗歌的材料和词句,从古人的诗里滋生出自己的诗来,把书架子和书箱砌成了一座象牙之塔,偶尔向人生现实居高临远的凭栏眺望一番。内容就愈来愈贫薄,形式也愈变愈严密。偏重形式的古典主义发达到极端,可以使作者丧失了对具体事物的感受性,对外界视而不见,恰像玻璃缸里的金鱼,生活在一种透明的隔离状态里"[2]。要从前人的笼罩中脱离出来,后来者必须忠于自己的感受。韩东后来强调,20世纪50年代出生的人,"不仅有着正统信仰的少年时代,而且将正统信仰带入了自立的成年,他们切实地依赖过它并深知其功能与效果,他们知道它的厉害,尝过它的甜头……在面临虚无与混乱之时五十年代出生的人会条件反射式地返回,返回正统信仰的安全地带",并在此后对这些信仰和信仰的热情变形使用。而他们20世纪60年代出生的人,只是"感受过正统

---

[1] 李振声:《季节轮换》,第42页。
[2] 钱锺书:《〈宋诗选注〉序》,见《宋诗选注》,第17—18页。

信仰的宏大气氛，也曾为此准备和练习，但几乎没有机会实际操作"，他们步入社会时，也没有得到过正统信仰的帮助。[1]作为后来者的诗人要开辟自己的新路，不免决绝。这一时期的韩东，极为强调自己与上代诗人的不同。1988年，韩东在《三个世俗角色之后》中说，诗人应该摆脱作为稀有的文化动物、卓越的政治动物、深刻的历史动物三种世俗角色，把诗歌还原为一种更纯粹的精神活动[2]。在对自己的作品《一种黑暗》的说明中，韩东也强调："我写这首诗的初衷仅仅是固定感官冲动，在此过程中语言无条件地服从于写作的意志。概念意义在此只是最后结果，它的价值来自于特殊的生命状况。"[3]韩东要摆脱的，正是北岛们的影响，政治、文化、历史，以及由此而来的厚重感和对单纯感官的摒弃，恰好成为韩东反对的重点。韩东的针对性非常明显，但跟有些评论曾经指出的不同，他要反抗的，不是苍白的英雄主义和空泛的理想主义，韩东的对手，始终是那个时代最优秀的诗歌，他的"决裂"，是在此前的诗歌已到达一个高度后的独辟蹊径，不是对诗歌低端创作状况的超越。正像他后来大方地承认的："我们真正的'对手'，或需要加以抵抗的并非其他的什么人和事，它是，仅仅是'今天'的诗歌方式，其标志性人物就是北岛。阅读《今天》和北岛（等）使我走上诗歌的道路，同时，也给了我一个反抗的目标。"[4]在诗歌的发展过程中，如此反抗自有道理，但韩东这种对历史文化的断弃，从开始就是单方面的，因为"这种放弃还仅仅是韩东们的一厢情愿，至于文化是否可以

---

[1] 韩东：《韩东散文》，中国广播电视出版社，1998年，第255页。
[2] 同上书，第121—127页。
[3] 同上书，第146页。
[4] 韩东：《夜行人》，重庆大学出版社，2011年，第80页。

断弃,或者说,历史文化是否同意终止它对当代诗人的纠缠,放弃它对当代世界的制约权,那就是另一回事"[1]。这种断弃看起来是一刀两断的决绝,却不免较为隐晦地依靠着前代诗歌的背景,其特殊性要在比较意义上才较为明显,《有关大雁塔》和《你见过大海》将这一矛盾表现得非常充分——因为对北岛的反抗以及北岛关涉的历史文化因素,韩东的反抗实际上在另外的意义上参与了对一段历史文化的认识。这是所有反抗者的悖论,在无奈的同时,也显示了一次反抗实际上的重点。

自我选择的狭窄地带

韩东对上代诗人的反抗方式,很像是他1998年与朱文、鲁羊发起的"断裂"行为的事先搬演。在"断裂"行为以及其后的解释中,韩东把类似的方式讲得更为圆满,充满更多的理想色彩。在这一行为中,他要求的是一种严格的区分,"('断裂')并不在与正统的对抗中获得发展壮大的动力。它说的是:我是我,而不是你。而不是:我是你的敌人,要消灭和取代你"。同时,"断裂"也绝不是为了寻求沟通、愈合,而"应该是又一次的断裂",从而不断回到自己的文学初心,在"一次次的断裂中,坚持住一个最初的、单纯的文学梦"。[2] 具体到韩东当时的诗歌写作,与"长兄"北岛的"断裂",一方面让他的写作避免走上此前诗人的老路,不拿前代诗人的眼光来代替自己的,不会在看到事物的时候脑子里先出现前代诗人的成句,忽视了自己的切身感受;一方

---

[1] 李振声:《季节轮换》,第41页。
[2] 韩东:《备忘:有关"断裂"行为的问题问答》,载汪继芳《"断裂":世纪末的文学事故》,江苏文艺出版社,2000年。

面也让韩东的诗歌独自面对不可预知的风险,那就是把一己的小小感触作为独一无二的伟大感受,从而降低写作的难度,把诗歌变成个人经验和感受的器皿,容纳无数未经锤炼的"诗思"。也就是说,韩东与前代断裂的诗歌写作,逼使他的作品必然走上刀锋,既要保持属己的独特格调,以免混同于此前的诗歌,又要不断检视个人体验,避免泛滥的感触轻易进入作品。

在这个自己选择的狭窄地带上,韩东创作了大量作品。这些作品中,《温柔的部分》《甲乙》《一种黑暗》《为病中于小韦所作》《三月的书》等,都深入而准确地表达了他的个人体验。这些诗延续了韩东去历史、去政治和去文化的特征,并仿佛为了践履自己"诗到语言为止"的倡导,多写的是"一个日常性的普通心灵在纷乱的现代生活中的平静独步,从不做出显山露水和左冲右突的姿态……擅长采取以退为进的策略,从不可抵抗的生存命运中解脱出来,或远离惨痛的肉体上和精神上的折磨,以及大起大落的悲欢离合……一切经验皆平淡如水"。在语言上,他也"有意把诗写得平淡无奇,有意地用心表浅"[1],有意不在诗歌里盛装除自我感受外的附属之物,显现出一种与前代迥异的诗歌特质。在这批作品中,尤其引人关注的,是《弧光》和《铁匠》。这两首诗已经不限于个人的感受,而是从具体感受出发达至的洞见,因而也最为突出地显现出韩东诗歌不凡的质地。

《弧光》很短,只有四行,"一个坐着出汗的人,同时看见 / 下面店铺内的弧光 / 他看见干活的人 / 每个动作都在他的思想前面"[2]。这首简

---

[1] 李振声:《季节轮换》,第49页。
[2] 韩东:《白色的石头》,第105页。

单的诗歌,或许出于韩东的一时所见,独坐者没有主动的行为,只"坐着出汗",同时看到下面店铺内的"弧光"。笼统地说,"弧光"是一种强烈的光。刺激出汗人眼目的弧光,是"干活的人",其动作在思想之先。干活者与坐着出汗的人的"看"形成对比关系——干活者必然有主动的行动,而且行动在思考之先,可见其动作的熟练程度。这首诗的核心是通过对比凸显动作在思想之先,是对惯常认为的思想在先的思维模式的反驳。通常认为,思想对动作有指导作用,动作遵从思想下达的指令。《弧光》指出了熟练的动作对于思想的优先性,从而暗示出一种更为迅捷的人对世界的抵达方式。说得具体一点,此诗在某种意义上是韩东对技术重视的一种隐约表达。同时,"坐着出汗"的人因为有所见,或会对自己的行为做出调整,从而隐含着一种自我调整的可能。韩东后来在微博中经常强调"手"的作用,《弧光》可以看成这些认识的孤明先发——"写作,首先是手上的活儿","功夫在手,不在头脑里,头脑拥有的不过是雄心、抱负","写作过程中尽量让你的手去思考,头脑做的工作尽量消极,即阻止让手思考的因素"。这种对细微之处的洞察,正是韩东诗歌准确性的一种反映,也带他达至了更深的洞见之地。《铁匠》稍长,意思也较为清浅,"他是铁匠师傅的徒弟 / 年轻的肺鼓动着风箱 / 他呼吸,火焰也随之抖动 / 待师傅用火钳钳住他的心 / 放在了膝盖的铁石上 // '还是一块废铁, / 看不出未来的形状。' / 徒弟离开风箱,提起大锤 / 师傅的小锤也从不离手 / 轻点在大锤将要落下的地方"[1]。徒弟精力旺盛,呼吸都足以吹动火焰,这是青春精力弥满的写照。但这青春带来的光彩,并不当然地成为徒弟成才的标准。富有

---

[1] 韩东:《爸爸在天上看我》,河北教育出版社,2002 年,第 186 页。

经验的老铁匠判断冷静而理智，他的话既可以是对真实的铁块，也巧妙地指向徒弟。目前的徒弟跟一块废铁相似，他的未来要在锻造的过程渐渐呈现。这个缓慢的呈现过程，从徒弟跟随师傅小锤落下大锤的训练开始，只表明一种可能，不许诺，也不否定，我们只看到徒弟将在一次次有样学样的动作中成长。诗中情境干净爽利，大约是韩东对自己成长的简约总结，却通过生动的提炼，普遍化为一种共同可感的成长图景。

2003年，韩东再次谈到诗歌的语言问题："语言并非世界，乃是世界之光。在光照之下，世界得以呈现、被看见。"[1]或许可以这样说，《弧光》和《铁匠》这类诗才算得上韩东这一说法的前置证明。在这两首诗里，语言成为光，世界在诗的光照下显现。韩东的诗歌或许正是在自己选择的师傅的小锤轻点和自己重重的大锤锻炼之下"越写越好"，也让他摆脱了单纯的反抗意义，一定程度上显示了现代汉语诗歌一些新的可能。但这批20世纪80年代中期至20世纪90年代前期的诗，却未能引起评论界足够的关注。这一方面与诗歌的热潮逐渐退去有关，更重要的是，随着韩东诗歌个人化倾向的逐渐加强和表现方式的更加简净，其诗歌指向的可见性和诗歌内容的可理解性也在逐渐降低。这是韩东诗歌选择的必然趋向，也是他转向个人的写作必然面临的问题：他不趋同于时代的潮流，时代的响应也逆向而去。韩东再次引起评论界的关注，要到他大量发表小说的20世纪90年代中期。

---

[1] 韩东：《关于语言、杨黎及其他》，《作家》2003年第8期。

从一片空无开始

确认自己与前代作家的差别，仿佛是韩东写作的前提。他似乎必须把自己与前代作家区分出来，其写作才真正拥有了合法性，诗歌写作如此，小说写作也如此。也就是说，韩东的写作策略是主动断裂后的重新开始。在《备忘：有关"断裂"行为的问题问答》中，韩东谈到，他与那些年龄上是其父辈的人在写作上没有任何继承关系，他不是看他们的书长大的。[1] 甚至，韩东在小说写作之初，就明确区分了自己的小说与其他三种小说的区别。这三种小说，是忠实反映生活的"镜面小说"，是在平常的生活之外追求离奇反常的"传奇小说"，是企图改造世界的"预言小说"。韩东要写的，是他命名的"虚构小说"。这种小说"对生活的现实性不感兴趣（和第一类小说相比）；对脱离现实的程度不感兴趣（和第二类小说相比）；对现实的必然结果——向另一种现实的转化不感兴趣（和第三类小说相比）。因此它反对唯一（和第一类小说相比）、没有根据（和第二类小说相比）和必然（和第三类小说相比）"，他设想的虚构小说，必定暗含这"如果……"这样的句式，从而可以致力于发掘生活"多种的抑或无限的可能性"。[2] 韩东小说的断裂宣言，较之他的诗歌宣言，更加彻底而坚决。如果说他还对北岛们保持着相当的敬意，并因与其竞争开始了自己的诗歌写作的话，对先于他的中国前代小说家（或许除了马原），韩东几乎采取了横扫的态度，他宣称要写的，完全是一种不同的小说。或许是为了确保自己小说定义

---

[1] 汪继芳：《"断裂"：世纪末的文学事故》，第 311—312 页。
[2] 韩东：《韩东散文》，第 186—187 页。

里的生活一词不被误解，从而保证他心目中小说的纯洁度，韩东在《小说家与生活》中强调，他所说的生活，不是具有时代特征的时髦事物，不是具体的知识和生活常识，不是别人拥有的生活，也不是"更多的生活"，它是常恒的、本质的，而非转瞬即逝的，它不主要是那些给人方便的知识，也不是人们主动追求的，而是你不得不接受的那种，是每个人都不得不经受的命运。[1]

  从韩东的夫子自道可以看出，他在小说中致力的，不是宏伟阔大的题材和时代，不刻意追求个人在时代变迁中的跌宕起伏，他也没有用小说改造世界的雄心。他的小说不管涉及哪个年代，并不企图在官方的时代划分之外另立一个属于自己的时代节奏，也没有为某个时代的种种搜罗殆尽的野心，甚至，韩东像在他的诗歌中一样，有意地淡化了政治、历史、文化在生活中的作用，他关心的，是恒常的生活之流，以及这生活之流里的普通人（甚至动物）。在《我在中篇小说》里，韩东说："迄今为止，我写了十二个中篇。具体地说，我写了几个无聊的城市青年、两个猥琐的男人和一个无辜的女人、一个卑微的怀春少女、一个苦难的文人及他的死亡、一个垂危的病人及她的死、一对绝望的恋人、一场无意义的骚乱、一个痛苦的单恋者、一个死囚、一只微不足道的动物、一个丧失名誉与前途的人、一个婚姻的失败者和一个精神胜利的单身汉。可见我的人物皆是穷途末路者，身份卑微，精神痛苦。我以为得意的人是特别乏味的。"[2] 这差不多就是韩东小说人物和其置身其中的生活的总体特征了，人物差不多总是卑微的，而这些人物置

---

[1] 韩东：《韩东散文》，第199—200页。
[2] 韩东：《我的柏拉图》序言，陕西师范大学出版社，2000年。

身的生活，也平常得找不出多少浪漫抒情的成分。韩东致力于发掘的，是这些平常中的惊心动魄。在关于《小城好汉之英特迈往》的访谈中，他强调，"普通的人、失败者，照样身负生存或者生活的重担，历经千辛万苦而默默无闻，然后死去。命运的惊心动魄是一个常数，与其抗争带来的身心折磨是一个常数，我就是为这常数而写下了这本书"[1]。

基于韩东小说对政治、时代、历史、文化这些以往小说中重要成分的排除，他以《障碍》为代表的一批小说问世后，评论者很快指认，"'个人化'是韩东小说的根本特征"。"'个人化'将具有以下的双重含义：一、从创作主体的角度来看，'个人化'是作家的一种写作姿势。指作家站在个人的立场上，不受来自政治、经济、文化等各种现实因素的干扰，所进行的一种非政治化也非商业化的独立写作……二、从对象主体的角度来看，'个人化'指涉了个人的生活，包括日常生活特别是心理生活（也即灵魂的生活）。从这个意义上说，它穿透了生活的表象和虚假意义的尘埃，抵达了人性的深层空间。"[2] 回顾韩东的诗歌创作就不难明白，评论界指出的韩东"个人化"特征，与其诗歌起始时的内在指向基本一致，不过因为社会经济的发展而在政治和文化之外又加入了商业一项，又因为小说的叙事特性，生活因素也不免挤入其中。

把韩东的小说描述为"个人化"，不但跟他作品里对集体和公共性问题的排除有关，也跟他自己对个体差异的强调有关。在《后来者说》中，韩东谈道："既然世界上不存在两片完全相同的树叶，我的写作当然首先是以我个人的差异作为保证的。问题到此似乎已有结论：我们

---

[1] 《就〈小城好汉之英特迈往〉的出版答记者问》，http://www.jintian.net/bb/thread-2382-1-1.html。

[2] 海马：《个人化：墙上之门——解读韩东》，《南方文坛》1996 年第 6 期。

的写作就是为了坚持和扩张这种天然的差异性。甚至于艺术价值的秘密也在于此,即使观测个体差异的可能程度。"但在说这段话的同时,韩东也表达了他对个体差异的适当警惕,"如果人人都试图标新立异的话,实际上标新立异也就成了一个定向。我们在一条狭窄的道路上磕磕碰碰,举步维艰,还经常撞车……我固执地认为,沉湎于奇思怪想和个人苦恼的作家是有缺憾的"[1]。韩东的这些说法,很像是关于他诗歌写作的讨论的一次重复,一个作家不得不从自身的体验出发,但从自身体验出发的结果,又不免陷入求新求异的逻辑怪圈。这个怪圈进一步延伸,就到了评论界指出的韩东虚无倾向及其矛盾。一旦小说写作以自身为准则,难免会出现价值评价标准的相对化。经由相对化,自然不免会有人将其推到虚无主义,这正是评论者谈到韩东时的断辞——韩东过分重视相对化的自我,因而小说最终不免指向虚无,因此也就无法回避一切虚无者最终要面对的虚无的绝对化,从而在根本意义上取消他自己的相对化立场,最终不免显得自相矛盾[2]。

如果在20世纪80年代,作为对上代诗歌的反抗提出"个人化",还可以有效标示韩东诗歌在当时的特殊意义,到韩东大量发表小说的20世纪90年代中期,在诸多作家都已从对集体经验和公共性的关注转向对自身的关注,甚至更为大胆的个人直接欲望想象和性爱描写都百无禁忌地出现在作品当中,如此情势下,"个人化"更像是对一个文学时代的命名,并不能把韩东从众多的作家之中区分出来,甚至还让用笔节制的韩东在这一潮流中显得有点保守和陈旧。而说到虚无,虽然韩东

---

[1] 韩东:《韩东散文》,第188—189页。
[2] 谢有顺:《与虚无相遇——谈韩东的小说及其观念》,《山花》1996年第2期。

自己在很多场合表现出对虚无的留恋徘徊，并在 1995 年的一次访谈中说，"作为一个作家我们只有一条真实的道路，那就是指向虚无"[1]，但不能就此轻率地断定韩东是一个虚无主义者。对韩东来说，与其说他是因相对主义而导致了虚无，不如说他是一个明确意义上的绝对主义者。他曾经说，"我只有在无限和绝对的感召下才能感受和创造有限的美"[2]。对他最喜欢的西蒙娜·薇依，韩东如此评价："薇依的著作所达到的精神高度是绝对。在我看来，它不仅触及了真理，可以说就是真理本身。"[3] 许多论者在韩东作品中感受到的虚无，甚至韩东自己所说的虚无，应该恰当地理解为韩东正视（即使是部分的）虚无的勇气——他的"写作并不是价值意义的取消，而是它的悬置。它不相信任何先入为主的东西，不相信任何廉价得来的慰藉，不以任何常识作为前提，它的严肃性不在于它有无结论，而在于自始至终的疑问方式"[4]。这也正是韩东欣赏的薇依的方式："怀疑上帝是唯一值得热爱的事物，转移目光，这是一种背叛……"

虽然我很怀疑人们在谈论中出现的虚无不过是虚无的映像，并非真实的虚无，因为我怀疑人是否能承受虚无的残酷。不过，即使正视虚无的映像，大概也需要勇气，并要在这片自我确认的虚无之地自证其有。韩东《在世的一天》写道，"今天，此刻，是值得生活于世的一天、一刻 / 和所有的人的所有的努力无关，仿佛 / 在此之前的一切都在调整、尝试 / 突然就抵达了 / 自由的感觉如鱼得水 // 愿这光景常在，我

---

[1] 韩东：《韩东散文》，第 311 页。
[2] 同上书，第 223 页。
[3] 韩东：《夜行人》，第 138 页。
[4] 韩东：《韩东散文》，第 250 页。

证实其有／和所有的人的所有努力无关"[1]。这自证其有的方式，拒绝了对传统和历史文化的借用，也反证了自身的非虚无状态。韩东小说要面对的，是空无而平等的生命，几乎是一次对过于芜杂的世界的清空。如此，韩东的小说必然从一片空无开始，与其相应的逻辑起点，必然是自身，尤其是心灵。对生老病死构成的生活来说，"感受它的心灵是古老的（少说也有两百万年的历史），它（心灵）进化得很慢"[2]。韩东后来在微博中强调，"唯一的评判是你有没有你自己的依据，你是否遵循了自己，是否集中了足够的精力、足够诚实，以及你的怪癖是否得到了执行或者有表达的机会"。心灵与事先清空的世界相遇，小说中出现不同以往小说的人世景观，用韩东自己的话来说，就是"下降至源泉，思考感受和写作，顺着偶然出现的路标，被带向人迹罕至处"。

人世中的交叉跑动

1986 年，韩东的诗歌，《你的手》：

你的手
搭在我的身上
安心睡去
我因此而无法入睡
轻微的重量

---

[1] 韩东：《重新做人》，重庆大学出版社，2013 年，第 120—121 页。
[2] 韩东：《韩东散文》，第 199 页。

>　　逐渐变成铅
>
>　　夜晚又很长
>
>　　你的姿态毫不改变
>
>　　这只手应该象征着爱情
>
>　　也许还另有深意
>
>　　我不敢推动它或惊醒你
>
>　　等到我习惯并且喜欢
>
>　　你在梦中又突然把手抽回
>
>　　并对一切无从知晓 [1]

"你的手"搭在我身上,"你"安心睡去,"我"却失眠了。等我习惯并喜欢上这只手的放置,"你"却突然抽回手,并对"我"的心理变化一无所知。一切都从某一个具体的感受出发,徐徐指向世界中的某种关系。韩东观看世界的方式,是从关系入手的,他作品中较常出现事物之间的关系,情感关系,人与时代的关系。这种关系因诗歌的非叙事性,常显得较为轻微,一旦放到小说中,因为故事的参与,其动作幅度较之在诗歌中就变大了,也更为明显。朱伟曾在一篇《编后絮语》中说,韩东小说中"每一个具体的人物与他相应的关系,都在一个无限交叉的网络之中;每个人物的每一行动,都可能导致网络状态发生丰富多变的关系变化;而这种关系变化就又会影响着人物每一具体行为,使它也发生变化。这样,小说就不再是经简单的意图归结后空洞而又僵死的虚构,不再是标签式的必然和归类化逻辑的平庸组合,丰富了

---

[1] 韩东:《白色的石头》,第17页。

对复杂生活的复杂表达"[1]。评论明确指出了韩东小说致力于对关系的察看，沿着这个方向，可以看到韩东着力书写的人世中的关系是什么。

韩东写过一个题为《交叉跑动》的中篇，李红兵因与无数女性的糜烂关系而以流氓罪被捕入狱，出狱后，反省后的李红兵想有一次缓慢而纯粹的爱情（有充分的接触和了解时间，主题不是直奔身体的）。经朋友介绍，他认识了在校生毛洁。然而，自身也经历了爱情伤痛的毛洁并没有配合李红兵的爱情计划，自第二次相见，李红兵就被毛洁成功拖入了她的两性相处轨道（不用充分的接触和了解，主题是直奔身体的）。叙事慢慢展开，悖逆不可避免。在李红兵寻求单纯的身体关系时，毛洁有着自己按部就班的爱情，对方"光是摸我的手就花了三个月的时间"；而当李红兵寻求按部就班的爱情时，对方却因为男友的突然离世而悲痛不已，向他寻求身体的安慰。最终，被迁就拖垮的李红兵选择了突然失踪。这或许就是"交叉跑动"的意思，两个非同向运动的人在某个偶然的时刻相遇，在相遇的时间段里，运动仿佛停止，但各自的运动方向并未改变。于是，经过短暂的重合，两个运动体又各自朝自己的目标远去。

人生无法避免的"交叉跑动"，或许就是韩东看到的世界的基本关系形态。在韩东一首很早的诗歌里（《孩子们的合唱》）就出现了交叉跑动这一形象，他并曾把这一题目用为一本诗文合集的书名，还在不少作品中或隐或显地重复确认着这一人世的基本关系。无论是《美元硬过人民币》里杭小华和成寅的交往，还是《我的柏拉图》中王舒与三个不同女性的关系，《西天上》赵启明和顾凡的恋爱，长篇《我和你》中相

---

[1]　朱伟：《编后絮语》，《花城》1994年第3期。

当明显的爱情错位，韩东都会有意无意地把人和人、人与时代、人与环境的交叉跑动造成的境况展现一下。拿最近的《中国情人》来说，十几万字的小说，有无数人生的相识、重逢和别离，而故事的内核，恰是"交叉跑动"的人生。张朝晖终于出国了，但出国附带的梦想内容并未实现；常乐在十四年前是与张朝晖对照的失败形象，十四年后，却成为与同一人物对照的成功人士；瞿红因为对张朝晖的忠诚决定堕胎，未承想却成为张朝晖与其再次分手的主因……这些错位的造成，不只是由于主人公的性格缺陷，也非仅仅因为不合理的社会状况，如此的境遇不能怪罪于任何人，也不能简单地归因于社会环境，是流转不息的时间和人不确定的生存状况造成了这一切。小说仿佛致力表明，这就是我们亘古如常的生活。

细思韩东小说里出现的这种交叉跑动的人世境况，大概是人们面临的一种基本事实，却没有一处称得上人类普遍的困境。这种境况也难以与文学经典中的任何一种比较，甚至难以用荒诞来称呼。或者可以这样说，韩东小说里的荒诞与现代作品中的大部分荒诞并不相同。现代小说中的荒诞，往往强横到不需要日常的阳光、空气和人群，其表达也坚硬、尖锐，有极强的冲击力。这种极力掘发的荒诞与韩东的小说里的荒诞相比，主题太过鲜明，表达也过于激烈了。韩东所取的，几乎可以说是一种与此前的文学经验相反的方向，他刻意回避的，正是过于突出的强调和过于激烈的表达："荒诞常在。有富裕无聊导致的荒诞，也有贫穷执着导致的荒诞。有有根有据的荒诞，也有虚妄狂想的荒诞。有退后一步即能看清的荒诞，亦有身在其中而不自知的荒诞。

人的生活就是荒诞，体现在他的工作和追求中。"[1]

韩东的小说总是从一个生活的细小缝隙入手，并沿此缝隙深入钻探，钉子一样慢慢敲入存在的深处或低处，展露出自己对生活的独特认知。这种对交叉跑动的人世的书写，在我看来，正是韩东小说最为独特的贡献。如果说他的小说随时间推移而有了明显的变化，我觉得是韩东从过多的对情感和欲望问题的关系体察，逐渐深入到对事物和时代错位的体认，因而小说也逐渐厚重起来。这一趋势尤其表现在从《扎根》开始的一系列长篇里，并在《小城好汉之英特迈往》和《知青变形记》中达到了顶峰。不过，谈论韩东小说对单薄的摆脱，只算得上一个额外的表彰，并不是他小说的题中应有之义，因为韩东的小说拥有的从来不是深厚博大，而是精微准确。与此相应，时代因素的相对明显，也让韩东看重的空无不得不进入时代的嵌套，并因为过去时代显著的特征，分散了他的小说对交叉跑动的人世的关注，在内容方面与其他小说的区分不再那么明显。

力点消除的叙事

虽然韩东很早就确认过自己设想的"虚构小说"与以往三种小说的不同，但他的小说跟传统现实主义小说的区分度并不非常明显，甚至在韩东刚刚发表小说的时候，他给人更深印象的是小说的内容，而不是小说形式。对韩东小说形式独特性的说明，要到于坚评论韩东的《知青变形记》："韩东成功地模仿了某种中国当代乡土小说的经典语言，

---

[1] 韩东：《幸福之道》，重庆大学出版社，2011年，第65页。

非常老到（当代文学其实只在这方面曾经创造过经典）甚至更有力量，他为这种泥巴味的语言注入了轻微的幽默感（不是后现代的解构）。但它绝不是乡土小说，它也不是韩东一向擅长的那种小说，它是什么呢，我说不上来，这是一个作者相对于自己的独创，一切都是似是而非，深具历史感而又很难被严格的现实主义检验。现实主义这把尺子插不进去，因为小说创造的一切细节都是自足自在的，超现实的、荒唐不经，但是自圆其说。"[1] 深入以观，只要把"中国当代乡土小说"替换为"传统现实主义"，于坚对《知青变形记》的描述，可以作为对韩东擅长的小说方式的说明。韩东从来不是一个在形式上过分求新求异的作家，因而他也不会被错误地指认为某种类型的先锋小说家。但韩东的小说也从来不是在形式上的恪守旧规，他一直是根据他自身的感受，轻微地改动此前小说的某些部分，却最终显示出与此前小说不同的质地。因而对韩东小说的评价既借用不了传统现实主义的理论框架，也无法使用任何一种现代小说的理论尺度。甚而言之，在固有的小说评价坐标所及的每一个点上，韩东的小说都刻意与之保持了距离，这大概是韩东称自己的小说为"四不像"，也是评论者较难辨别韩东小说形式独特性的一个重要原因。

在一篇随笔中，韩东如此表达自己的小说写作理想："我本人是写小说的，偏好传统的现实主义写作理念，但在方式上有所不同。传统的方式简言之就是将'假'写'真'，惟妙惟肖是其至高的境界。而我的方式是将'真'写'假'，写飘起来，以达不可思议之境。"[2] 为了保证虚

---

[1] 于坚：《韩东变形记》，http://book.douban.com/review/3325701/。

[2] 韩东：《夜行人》，第150页。

构中的世界不因现实价值标尺的加入而变得滞重,韩东笔下的叙述者尽量不携带任何立场,从而保证故事仿佛是自己展开的,叙述者的立场可以随着每个人物的活动而不断调整。在韩东至今最满意的长篇《中国情人》中,张朝晖责备了瞿红的随意堕胎,并在道德上占据了制高点之后,本该踌躇满志。但在面对常乐的质问和攻击时,他立刻猥琐不堪,维持尊严的方式只能是:"你,你,你再打……"而在攻击张朝晖时义正词严的常乐,也会在事后暗中嘀咕:"自己虽然出手不轻,但对方到底没有大碍。"在任何一个有可能确立某人道德或立场固定高位的地方,随后的叙事都会迅速将其解消,从而保证小说虚构世界的飘扬状态。

　　韩东曾在一次访谈中说:"我写小说,我对小说技术、方式、方法所有这些东西的理解,就是我得运用,我得打人。"[1]借用打拳的比喻,韩东小说的叙事很像太极拳中的消除力点训练,因为自身的放松和灵活状态,叙事者才能在讲述中游刃有余,随时调整自己的视角,从而保证叙事抵达要害时的准确和有力。这种取消力点的叙事方式,应该归因于韩东始终如一的怀疑取向。很多年前,韩东声称,他的写作:"不相信任何先入为主的东西,不相信任何廉价得来的慰藉,不以任何常识作为前提,它的严肃性不在于它有无结论,而在于自始至终的疑问方式。"[2]在小说中,韩东凭借放松的叙事特征,确证了自己始终如一的怀疑精神。正是这种消极被动的观察行为和内在的怀疑精神,让韩东的小说写作来到了一个特殊的位置——它不提供确信,只描述多种可能性。这种可能性自觉拒斥着对生活和历史的单纯描述和统一讲解,

---

[1] 木叶:《韩东:仅仅先锋还远不够》,http://bbs.tianya.cn/post-books-105027-1.shtml。
[2] 韩东:《韩东散文》,第250页。

从而为后来的观察者提供复杂和辽阔的思考空间。

这种力点消除的写作方式，也决定了韩东的小说语言。很多评论者指出过，韩东的小说语言冷静、克制和不动声色，其中反讽和嘲弄也轻轻淡淡，从不过分，从不滥情，因而取消了语言附带的各类隐含因素——这也正是韩东自己对语言的要求。韩东说过，"通过语言，我看见事物，而我看见的事物实际上是事物间的关系"，因此，小说语言由于看见的要求，就需要"尽量地清明，取消语言的'积垢'。犹如一块玻璃，擦去尘埃污渍，让它透光，就像没有了一样。最后，它真的就没有了。怎么说的极限，就是清明的极限，就是光照的极限"[1]。张新颖曾在评论韩东《我的柏拉图》时指出韩东小说语言的这一特征："这篇小说中没有多余的东西，因而显得非常纯净。""《我的柏拉图》本身就是自足的，它不需要用作品之外的东西来解释，它不向外开放，它在自身内部也不隐喻什么……作品本身明明白白叙述的事情就足以成为它本身了。"这种语言能力，是当代作家中很少具备的，因为"不管是在日常生活中还是在书面写作中，我们并不总是能够避开语言多余的负载、铲除语言坚硬的积垢，平心静气、清清楚楚地使用语言"[2]。

为了避免误解，有一个问题或许需要特别指出，韩东追求语言的干净明亮，并不是为了封闭语言的可能性，拒斥新语言的加入。在《中国诗歌到汉语为止（修改版）》中，韩东说："我所理解的汉语并非'纯正永恒'的古代汉语，而是现实汉语，是人们正在使用的处于变化之中

---

[1] 韩东：《关于语言、杨黎及其他》，《作家》2003 年第 8 期。
[2] 张新颖：《火焰的心脏》，花山文艺出版社，2002 年，第 158 页。

的现代汉语。这便是我们所处的唯一的语言现实,虽然唯一但内容丰富、因素多样。它的庞杂、活跃和变动不居提供了当代诗歌创造性的前提。因此,任何一劳永逸的方案都是不存在的。因此语言问题说到底还是一个现实问题。对现实语言的热情和信任即是对现实的热情和信任。诗人爱现实应胜于爱任何理想,无论是历史纵深处的传统理想,还是面对未来的'全球化'的理想。诗歌是对现实的超越,而非任何理想之表达。"[1] 这一认识可以谨慎地挪用到韩东的小说语言上,这一要求让韩东的语言始终置身于不断变化的现实与语言之中,而不是任何意义上的故步自封。这一状况要求韩东既保持对现实语言的开放态度,又维护他作品中语言的干净明亮,因而要求他在吸纳和干净之间不停调试自己的写作语言,从而让韩东的写作语言也处于不断的"断裂"和更新之中。或许,不只语言,这是韩东自写作以来一直面临的情景,他要不停地试炼新的内容,不断地更新写作语言,在写作的任何一个方向上都不停地学习"重新做人"——

  无数次经过一个地方
  那地方就变小了
  街边的墙变成了家里的墙
  树木像巨大的盆景

  第一次是一个例外
  曾目睹生活的洪流

---

[1] http://blog.sina.com.cn/s/blog_62ea2fcf0102el59.html。

在回忆中它变轻变薄
如一张飘扬的纸片

所以你要走遍这个世界
在景物变得陈旧以前
所以你要及时离开
学习重新做人[1]

---

[1] 韩东:《重新做人》,第158页。

地狱焰火中的幽微良知

——莫言的三个中篇兼及《檀香刑》

现下人们熟知的莫言小说,多是用放大镜观看世界,生活在他的大部分作品中是被摄取的,照亮的只是文学放大镜中圆圆的一块。放大镜前凸出的这块生活是真实的,但也因为放大镜的存在,周围的生活被隔离开了,原生态的生活被遮蔽了许多,人物的活动也只是在这小小的圈子中,总不免显得有些略微的变形。但他《司令的女人》《野骡子》和《三十年前的一次长跑比赛》,有一种狄更斯式对"人生那种亲切的忧郁,那种朦胧的、被雾遮蔽着的愉快"的表达,笔下的"生活既富于喜剧性又富于悲剧性,正因为生活有双重性,所以又是愉快的",[1]人物生活在人群中,放大镜的边框去掉了,放大镜也就不复存在,生活和人物以他本来的样子展现处理。

---

[1] 〔法〕安·莫洛亚:《狄更斯评传》,王人力译,上海译文出版社,1986年,第34页。

潜滋暗长的愉快

莫言此前的小说,如余华所说,是用"苦难沉重的声音歌唱苦难深重的母亲"[1]。但在这三个中篇里,这种置于前景的苦难被大大弱化了。弱化并不等于消失,而是从放大镜的凸出中出离,回归于本原状态的生活中。在多数小说中,莫言小说的叙事视角总不免是外在的,即以一个出离了乡村的人的视角来反观乡村,自身不自觉的优越感产生了一种类似负罪的感觉,因此,莫言也就不免把乡村的苦难加以夸大,以求引起人们的关注和同情。但不管是《司令的女人》《野骡子》还是《三十年前的一次长跑比赛》,叙事主人公都是乡村土生土长的孩子(《司令的女人》稍有例外,叙事主人公是随时间的发展逐步长大的),这些乡村培育出的孩子既没有外来者对乡村前定的理解,也免除了乡村成人因为利益或别的东西驱使而故意漏掉的生活部分,以往的出离变成了现在的融入。打一个不甚恰当的比方,此前莫言小说中的视角还是固定的,人物晃晃脑袋就可以总观全景,而现在的视角却是行走的,我们只有跟随着叙事者东奔西走,才可以看到生活中丰饶的混沌。行走视角下的乡村人已习于他们的生存方式,因此也就有他们自己消解苦难的方式和表达自己的方法。甚至可以说,苦难已经成为生命的日常行为的一部分,在这种日常行为中,他们感到的就不只是难以承受的负担,还有潜滋暗长的生活的"愉快"。

这种潜滋暗长的"愉快",首先表现在莫言笔下的乡村人对变动的生活的理解上。"右派"和"知青"下放,无疑是中国政治生活中的一

---

[1] 余华:《没有一条道路是重复的》,作家出版社,2014年,第137页。

件大事,但小说中的乡村人,并不因为其突然到来而手足无措,他们迅速把这种新现象纳入自己固有的理解方式中。对"右派",他们没有像意识形态设想的那样对他们监督改造,而是:"从很早到现在,'右派'都是大能人的同义词。我们认为,天下的难事,只要找到右派,就能得到圆满的解决。""我爹说,你以为怎么的,没有点本事能被划右派?"[1] 对"知青"也一样,他们并没有因为是到"最广阔的天地"中锻炼而真正成为乡村人自觉的被锻炼对象,而是以他们的多才多艺和异于乡村的一些特点让乡村人羡慕。《司令的女人》中,"知青"的能演能唱始终是我们艳羡的,而漂亮的唐丽娟更是乡村人心中天使样的人物,"我们"一帮年轻人几乎被唐丽娟迷倒。甚至,乡村人还从"知青"那里学了很多新名词,比如作品中"我爹"说:"你应该找个镜子照照自己的尊容!""我姐姐"说:"整个宇宙没有比你更浪的男孩子。"[2]……诸如"尊容"和"宇宙"这样的字眼,就是"知青"们的影响(这点莫言自己在小说中有说明)。乡村人没有把"右派"和"知青"的到来作为他们的异态生活,而是作为他们常态生活的一部分接受了。他们对"右派"和"知青"的态度,也因为这种清醒的常态认识而显得不卑不亢。他们并不因为这些人的暂时落难而对他们鄙视或者别有所图,乡村人保持着他们稳定的现实智慧。在《三十年前的一次长跑比赛》中,带些痞气的王干巴说:"你们跟我们贫下中农假装打成一片,其实隔着一条万里长城!"而在常态中对"知青"的有所企图,也被乡村的现实智慧所打击。《司令的女人》中,作品的叙述者"我",因为迷恋唐丽娟,没有自我限制欲望,

---

[1] 莫言:《三十年前的一次长跑比赛》,《收获》1998年第6期,下此篇引文均出于此处,不另注。
[2] 莫言:《司令的女人》,《收获》2000年第1期,下此篇引文均出于此处,不另注。

闹得村里鸡飞狗跳，被家人嘲笑，并被父亲暴打了一顿。这种家人自发地对不切实际的行为的干涉，是乡村现实智慧的体现。他们知道自己与下放的"城里人"的差距，强硬的干涉实际上也是顽强的自我保护。

传奇化倾向

这三个中篇，也饱含着对乡村自我审美和理想表述的准确表达。乡村人的审美在外在视角看来可能是低级的，但这就是他们对事物的理解方式。评价一个人的写字吧，他们说"那粉笔字写得，横是横，竖是竖，撇是撇捺是捺"。对标枪运动员的要求也不是他能投多远，而是"标枪比赛，光投得远还不行，还应该讲个准头"（《三十年前的一次长跑比赛》）。对乡村人来说，标枪的准头是可以用来射杀兔子的，可以满足他们对食物的需求。在这三个中篇里，最让人感兴趣的是莫言对乡村人倾向把日常生活传奇化的描绘。在人们的日常生活中，不怎么样的一件小事也几乎会被乡村人自觉地传奇化。《三十年前的一次长跑比赛》中，对一个下放的"右派"会计是这样描绘的："我叔说，人家老富打算盘时，半闭着眼，一会儿挖鼻孔，一会儿抠耳朵，半天拨动一个珠，等我们噼里啪啦打完时，人家早就把数报出了。"或许老富真有一手打算盘的绝活，但老富的动作特征是经过夸大的，抠耳朵挖鼻孔只是乡村人夸张地表示一个人的神定气闲罢了。在同一篇小说中，主人公朱总人与县乒乓球冠军比赛时，拿起的是"胶皮像猪耳朵一样乱扇乎的破拍子"。使用的工具越差，人物的传奇色彩就愈加浓厚，凭借很差的拍子和怪里怪气的发球，朱总人赢下了县里来的冠军。在《野骡子》中，父亲的智力和估牛的准确度也被传奇化了，他估牛的出肉率误差不多不会超过一公斤。而父亲的智力也绝对是一流的,"他没有学过物理但他知道阴电阳电,他没学过生理但他知道精子卵子,他没学过化学但他知道福尔马林液能杀菌防腐固定蛋白……"[1]。事情虽然都有些事实的影子,但一望而知是经过传奇化的。这里的行走的视角特别值得注意,固然,因为是跟随"父亲"的儿子,所以有对"父亲"能力的夸张,但更明显的是行走的视角始终跟随着乡村的热闹,乡村人把日常生活传奇化的倾向影响到行走的视角,因此行走者的叙述中就带进了传奇化的倾向。这种把稍有点面目的事情夸张得如同传奇的方法,是乡村人对抗平板乏味生活的方式之一,传奇增加的趣味给尘灰满面的生活增添了丝丝亮色。

因为必须在人群中生活,乡村人就不会无端地去排斥对他们的生活有影响力的人物。《三十年前的一次长跑比赛》中,小学的运动会开得有声有色,上面的大员也破例莅临了他们的鄙处。这时,乡村人"一大早就麇集在操场的边上,各人都举着一面自己糊的小红旗,等候着秦主任的专车"。赵红花的妹妹赵绿叶还因为兴奋而晕倒过去。但他们对这些有影响力的人物也不是一味欢迎或遵从,一当这些人的不讲道理触到底线,乡村人自发的反抗就开始了。还是《三十年前的一次长跑比赛》,当钱满囤老师说动"我们"的傀儡校长让我们捡鸡屎,而"我们"千方百计也没有能力捡够时,在方学军同学的带领下,"我们"胜利逃亡了。"我"姐姐被大王强指为右派之后,她先是用砖头砸,然后就用黄色词句攻击大王。强势者的力量乡村人是清楚的,小羊栏村之所以拥有难得的召开大规模运动会的荣耀,是拜上面的大员秦主任所

---

[1] 莫言:《野骡子》,《收获》1999 年第 4 期,下此篇引文均出于此处,不另注。

赐。而在相反的方向上，一旦强势者把不可能的任务交给他们，把没有的罪名强加给他们，反抗就是他们最好的自我保护。

乡村人也有他们独特的表达理想的方式，他们的理想建立在人群的生存情景中。对《三十年前的一次长跑比赛》中三角眼作家的羡慕，就代表了他们的理想："他一天吃三顿饺子，如果不吃饺子，就一定吃包子，反正他决不吃没馅的东西。包子饺子，都用大肥肉做馅，咬一口，滋，喷出一股荤油。"而在《野骡子》中，"我"因为母亲禁欲式的生活方式，有时馋肉竟到了忘乎所以的地步："卖肉人的手有粗有细、有长有短，但都是有福的手指！但是我变不成有福的手指。"镇日的单调饮食让他们盼望包子饺子，而饥饿的感觉带来了对油水的渴望，生活富裕者不愿顾视的肥肉因而成了乡村人心中的奢侈品。同样，缺少金钱的生活也让他们把一个人的价值通过与金钱的关系来衡量，"我们村的麻子大爷侯七说，新中国成立前，蒋桂英（《司令的女人》中人物）隔着玻璃跟一个资本家亲了一个嘴，就挣了十根金条……"。这样说一个人，虽然好像带有蔑视色彩，但更明显的是对轻松挣到十根金条的羡慕，以及骨子里对蒋桂英的赞美。大家对钱的渴慕是共同的，也是真实的。这不是俗气，而是对生活真实的领悟。

乡村阿凡提

借助对"人群中的人"的理解，我们也许就会明白莫言这三个中篇中人物的真实和价值。人是不能不生活在人群中的，但不同的人又有不同的对世界的理解方式。巴赫金在《陀思妥耶夫斯基诗学问题》中说："陀思妥耶夫斯基对主人公的兴趣，在于他是对世界和对自己的一种特殊看法，在于他是对自己和周围的现实的一种思想和评价的立场。"[1] "不仅主人公本人的现实，还有他周围的外部世界和日常生活，都被吸收到自我意识的过程之中。"[2] 莫言这三个小说中的人物，就这样带着他们的世界走来。

前面已经说过，莫言出色地描绘了乡村人把日常生活传奇化的倾向，而在这种倾向中，他们必然会发现和塑造类乎此的人物形象，我们暂时把这种人物命名为"乡村阿凡提"吧！三个小说中，最典型的这类人物，是《三十年前的一次长跑比赛》中的朱总人。朱总人是富农右派，大罗锅，长相奇特："梳着光溜溜的大背头，突出着一个葫芦般的大脑门；戴着一副深度近视眼镜，眼镜腿上缠着胶布；脑门上没有横的皱纹，两腮上却有许多竖的皱纹；好像没有胡须，如果有，也是很稀少的几根；双耳位置比常人往上，不是贴着脑袋而是横着展开。"这副长相仿佛是天然的传奇根据，乡村早已经开始流传他的故事。关于罗锅形成的说法就有两种：一种是朱总人在大兴安岭时被一个河南人做的，一种是偷女人跳墙跌折了脊梁。更何况，朱总人做学生的时候就是一个喜欢恶作剧的孩子。他当时针对的是他们的强势者——对待学生很恶劣的范二先生。他往老师的烟荷包里掺兔子屎，在老师的夜壶里放青蛙。这些小孩子的恶作剧虽然没有达到阿凡提的标准，但已经具备了阿凡提的基本特征——对大家敬或畏的人表现出反抗倾向，坏点子出得娴熟机巧。接下来的朱总人已经是很没有架子的老师了，却仍然以他的聪明才智和不断的坏点子丰富着我们的生活。首先是出人

---

[1] 〔苏联〕巴赫金：《陀思妥耶夫斯基诗学问题——复调小说理论》，白春仁、顾亚铃译，生活·读书·新知三联书店，1988年，第82页。

[2] 同上书，第85页。

意表的体育表现。朱老师在大羊栏小学举行的五一运动会上报名跳高，而跳高者中不乏高手。就在大家以为朱老师会难堪而归时，他竟然以一个当时世界上还没有流行的先进跳法——背越式——越过了人们以为对他来说是不可逾越的高度。这种奇招是"乡村阿凡提"扬名立万的好机会。下面的乒乓球比赛就更加精彩了。县里来的冠军到我们小学打表演赛，因为看不上小地方的落后，对小学的环境表现出没有修养的不耐烦，因此"我们"撺掇怪球手朱老师与冠军来一场。在一连串传奇般的过程之后，县里的冠军铩羽而归。

朱老师此时的行为已经从维护小我利益和为自己扬名中出离，成了为一方乡村挽回颜面的英雄，阿凡提色彩已然十足。随后就是最精彩的了——惩罚乡村恶人。恶少式的人物不是莫言的独创，但小羊栏村的恶少桑林被莫言写得活灵活现。他是一方小头目，偷西瓜、找麻烦、摘未熟的杏子……乡村人对他深恶痛绝，他也终于在摘学校未熟的杏子时惹上了侠义人物朱老师。朱老师乘其不备，一头把他顶到了露天厕所里。桑林不服，与朱老师约定晚上再斗一回合，但应约的朱老师这次却不是用力，而是用智降伏了嚣张的桑林。他使用了《射雕英雄传》里黄蓉吓唬欧阳叔侄的计策，用头把一根拴马桩撞断了。桑林自然不敢再来挑衅，也算是保了一方平安吧。当然，朱老师的行为绝不仅此，他为学生们设计的捡鸡粪工具，他参加长跑的勇气，以及他治好寡妇老婆的病，种大烟等，处处透着乡村阿凡提的古怪精灵。

与乡村阿凡提类似而决然不同的人物，在这三个中篇里也经常出现，《野骡子》中的"我"父亲就是其中之一。前面说过父亲的估牛技巧，而父亲在充当买卖双方的中间人时，不收受双方任何好处的行为，更是让人佩服。凭借这个，父亲本来是可以忝列到乡村阿凡提行列的，可惜父亲有一样很大的缺点——好吃懒做。而最让我们感兴趣的是，行走的视角保留了父亲习性形成的现实根据："他说如果我的爷爷勤俭持家，土地改革时肯定会成为村子里最大的地主，因为我的老爷爷死时留给我爷爷和我爷爷的哥哥一百二十多亩良田，还有两匹健骡四头黄牛，我爷爷用了不到十年的时间就把分到手的土地和牲口吃个干净，土改时一贫如洗，成了村子里头号贫农；而我爷爷的哥哥，却把他的家产在十年中扩大了两倍，成了村子里最大的地主。斗争地主挖浮财时他的态度极其恶劣，为了捍卫得来不易的家产，他提着菜刀与贫农团的人拼命，理所当然地成了恶霸地主，被贫农团砸了狗头。历史的教训和我爷爷的言传身教使我父亲兜里有一块钱决不花九毛九，他只要口袋里有钱就夜不安眠。"一个人带出了一个世界和一个时代，同样，一个世界和一个时代也孕育了自己特有的人物。"父亲"的及时行乐是世界的一角，写出了这个人物，世界的一角就被照亮了，人群中的人也就获致了自己的意义，成为独特的"这一个"。

同篇中与父亲对照的母亲，也是携带着世界走来的"这一个"。她"是个老中农的女儿，从小受的是勤俭持家、量入为出、攒下钱盖房子置地的教育"。所以当父亲与野骡子私奔后，母亲就按自己的意思安排了自己的生活方式，"我"上面描述的对肉的渴望，就是母亲那种过于苛苦的生活方式造成的。叙事者"我"并不理解母亲做法的深意，因此从自己的享受角度出发，对母亲苛苦的生活态度无比痛恨，而母亲也就在"我"的痛恨中清晰起来了。莫言小说中多携带着自己世界走来的人物，如《檀香刑》[1]中的李武等，是那种乡村中借助他人抬高自己身

---

[1] 莫言：《檀香刑》，上海文艺出版社，2008年。

份的人，他们没有可以自持的荣耀，只好借助他人抬高自己。《三十年前的一次长跑比赛》中，县里来的乒乓球冠军乡村人很瞧不起，他总是对简陋的乡村生活横挑鼻子竖挑眼。他不知道，自己是人群中的人，不知道尊重人群的困难和习惯，所以被人群耻笑和排拒。

地狱焰火中的幽微良知

在人群中生存的人虽然"愉快"地行走着，但这并不表明他们永远欢天喜地，人群既然存在，就有萨特所说的"他人即是地狱"的情况的存在。行走的视角既看到人群养成的习惯让人群中的人在天堂中行走，也让人群中的人在地狱里煎熬。《檀香刑》中的孙丙和最后的茂腔班主，就是游走在乡村生活边缘的人物。孙丙不服气他人对县太爷的夸耀，因此，当上文中提到的李武恬不知耻地夸耀县太爷时，孙丙就不能容忍李武的"狗仗人势"了，当李武说他在县府吃腻了猪肉的时候，孙丙就给了他一个下马威——自己把一盘猪肉全吃了。李武不识趣，仍然炫耀着县太爷的威仪，并把县太爷的长髯吹嘘了一番，孙丙勃然大怒，狠狠回击了李武，这就引起了后来的孙丙与县太爷斗须。斗须是孙丙一生的转折点，斗须的失败和随后的被拔掉胡须让孙丙颜面大扫，并失去了继续从事戏剧业的资格。此后的事件也是因为孙丙不能容忍强势者对自己生活的强暴开始的。他的妻子受到德国人的侮辱，因此他对德国人大打出手，打死了一个德国人。就这样，孙丙的悲剧和他随后的入义和团都成了生活的必然。入了对抗洋人的义和团，他的被捕和受刑也就顺理成章。

当孙丙在高台上受刑时，《檀香刑》中最后一位茂腔班主的豪气被激发了，在面临三重强势（县里、袁大人、洋人）的压力时，仍毅然决然地走上了高台，演戏给他们茂腔的祖师爷孙丙看。强势者的枪支是不理会有情的乡村方式的，他被当成扰乱治安的分子处死也是不可避免的命运。他们可以算是在地狱中的人了，但地狱的烈火并没有烧掉他们的"愉快"。与狄更斯写小耐尔的悲剧时没有让悲怆的结尾伤害了他特有的自然的幽默一样，莫言在写地狱中的人物时，也没有戕害他的愉快。《檀香刑》中明确说孙丙是为了完成一场大戏，正是这种完成一场戏的想法让孙丙挺到了最后。而我们是不是也可以小心翼翼地猜测，最后的茂腔班主在他的"天鹅之歌"中也把压抑了良久的表演欲望释放了呢？或许是因为这种地狱中的困苦吧，乡村人对困苦人的同情也就表现了不凡的力量。《司令的女人》中，"司令"（主人公的绰号）遭"茶壶盖子"唐丽娟抛弃，但当调查组要带走"茶壶盖子"，打算强制流产时，侠义心肠和原先对"茶壶盖子"的爱慕占据了上风，司令把"茶壶盖子"身上不是自己的孩子说成了自己的，被公安带走了。在人群中生活的乡村人，并没有因为他人的存在而像萨特说的那样使"他人"成为"地狱"，而是在地狱的焰火中悄然拨动着自己幽微的良知。

在莫言的小说中看到的"人群中的人"，世界和人的关系不像西方强烈表达的追问，也不是乡愿似的一味屈从，他们就像水落入水中那样在世界上生活着，消融着加入的新质，衍生着另一代的"愉快"的生活方式。记得在一本书上看到过这样一段话：

  我自小成长在这样的乡间，可从没听见过村里的乡邻中有谁抱怨过种田的枯燥。怨怨天时，骂骂农忙时的辛苦，那倒是常有的，但要说枯燥，却从来没有听说过。[1]

原先就对这句话很感兴趣，但一直没有细心地体察其中的况味，当阅读完莫言这几篇小说的时候，这句话的意思忽然变得显豁了，在人群当中生活的人怎么可能觉得人群的枯燥呢？现实的一切或许已经变得不合人的口味了，但强烈的拒斥和一味的顺从都是因为我们把自己从人群中隔离出来了。把自己放入人群中，或许我们会更好地体味上面的话和莫言的小说吧。

---

[1] 李振声：《幻视中的完美》，中央编译出版社，1997年，第90页。

一次隐秘的成长

——格非的《隐身衣》

一

有段时间，我只要坐上远行的火车，心里就有一种隐隐的期盼。也不是具体地期盼什么，只无端向往，在一列满是陌生人的车上，会有那么一个特殊的人，为自己寂寞逼仄的旅程带来些新鲜的东西。当然，这样的向往总是以失望收尾，这个世界已经很难有什么让人觉得特别的东西，在一列火车上，我们又能期盼什么呢。不过，这个期盼的念头始终不灭，有时候拿起一本小说的时候，就会想，这会是一次特别点的旅行吗，会不会遇到些特别的人、特别的事，帮我们缓解一下人生的寂寞和逼仄？

乍读格非《隐身衣》的时候，就有种预感，仿佛踏上了一次稍微有点特别的旅程。小说起头的地方，现实世界的吵吵嚷嚷还在回响——或许有必要说明，这个现实世界的吵嚷，一直在小说里，从未消失，就像在一列火车上不会有真正安静的时刻——姐姐向"我"诉苦，督促"我"搬出占用的他们的房子，这个诉苦后来换成了逼迫，亲人相残，以致"我"失去了栖身之地。这只是"我"不如意的人生的一部分，在此之前，妻子跟了别人，在此之后，朋友冷漠。"我"遇到的客户呢，不是自以为是的知识分子——"仿佛世界的命运，都被紧紧掌握在他们手中"，就是灵魂空虚的大腹贾——"怎么也无法和纯正的古典音乐沾上边儿"，他们有的不过是牢骚和无知。这样的生活，这样的人们，让"我"觉得，"这世界一定出了什么问题"，人只能凄怆地活着。

抵消这世界带来的凄怆的，是"我"对古典音乐的热爱。对"我"来说，倾听古典音乐是抵挡芜杂生活的最好方式，并可由此获得内心的安慰："当那些奇妙的音乐从夜色中浮现出来的时候，整个世界突然安静下来，变得异常神秘。就连养在搪瓷盆里的那两条小金鱼，居然也会欢快地跃出水面，摇头甩尾，发出'啵啵'的声音。每当那个时候，你就会产生某种幻觉，误以为自己就处于这个世界最隐秘的核心。"

用这种在幻觉里养成的眼光看待世界，"我"居然发现，可以用对古典音乐的热爱划分出一个秘密共同体，这个共同体是变坏的世界里可敬的人们。他们，才是"我"虽惨淡经营，却依旧乐此不疲，坚持做一个工作的原因："不管怎么说，发烧友的圈子，还算得上是一块纯净之地。按照我不太成熟的观点，我把这一切，归因于发烧友群体高出一般人的道德修养，归因于古典音乐所带给人的陶冶作用。事情是明摆着的，在残酷的竞争把人弄得以邻为壑的今天，正是古典音乐这一特殊媒介，将那些志趣相投的人挑选出来，结成一个惺惺相惜、联系紧密的圈子，久而久之，自然形成了一个信誉良好的发烧友同盟。你如果愿意把它称之为什么'共同体'或'乌托邦'，我也不会反对。不管怎么说，多年来，我一直为自己有幸成为这个群体的一员而感到自豪。"

这样好坏高下的对照在现实和小说中都太常见了，算不上什么了不起的发现。所有对世界心怀不满且有一定思考能力的人，差不多都会在自己想象的世界里营造一个这样的乌托邦不是吗？这个对理想之境的想象是人对自己渴求不能得到满足的心理补偿，并借此区分自己和大部分人，因而获得隐秘的骄傲。我不知道如此的骄傲是普通人的隐身衣还是他们的铠甲，但凭幻觉构造的秘密共同体肯定靠不住，不过是失意者的自我安慰。在小说里，白律师喝破了这一层："你在发烧友这个群体中，从未遇到欺骗一类的事情，这根本不能证明这个群体的素质或所谓的修养有多么高，更不能表明他们道德上有任何优越之处，只能说，你的运气比较好罢了。在一个肮脏、平庸的世界上，运气就是唯一的宗教。你把发烧友这个群体，想象成一个秘密的大同世界，这是你的自由。可你既然要做生意，我劝你还是谨慎一点，小心为妙。指不定哪一天，厄运就会自己找上门来……"

到这里为止，《隐身衣》还是一个普通小说的样子，有不错的构思，不错的结构，不错的情节，可因为这种显而易见的对比，作品仍然算不上特别。我前面甚至忘记提了，"我"做的是制作胆机的生意。解释这工作有点费事，对阅读小说来说，不妨这样理解，胆机是听音乐的设备的一部分，制作胆机的工作需要跟不固定的人联系。制作胆机者不用每天在办公室里看熟面孔，在长长的工作时间里，"我"会碰到一些不一样的人、不一样的事吗？或者如白律师预言的那样，会碰到什么厄运？

《隐身衣》没有让人失望，螺丝越拧越紧，情节推进的强度甚至出乎意料。小说进行到三分之一左右的时候，刚刚出现跟主题相关的"隐身衣"，此前不久才出现了一个影响小说发展的人物，而在小说临结尾的时候，居然又出现了一个改变情节走向的神秘女人。这样的人物推出方式，越发让人觉得像是在一趟远行的火车上，踏上旅途的人慢慢倒水，休息，放眼四顾，然后开始跟周围聊天说话，听到些有趣的事，心里有些兴奋。临近终点的时候，高潮来了，一个特殊的人出现，这个旅程的意义竟至于完全改变。

二

或许是为了照应题目，除了较为详细地写了姐姐、姐夫逼我搬家，我跟蒋颂平关系由好到差的过程，小说里很多事情都仿佛穿上了隐身衣，交代得一鳞半爪，有那么点漫不经心的样子。小说里显而易见可以详细展开却没有细写的，比如有当年姐姐和蒋颂平之间到底发生了什么，丁采臣无论真假的自杀是什么使然，神秘女人的毁容究竟是什么原因。这些未曾展开的事情里面包含着现代小说的某种秘密，格非却在这些地方留置了空白，让习惯探幽寻微的阅读者觉得《隐身衣》有那么点不尽人意。熟悉现代小说写作路数的格非显然是故意如此，那么，他意欲何为？

在作品中留置空白，对有些事略而不谈甚至视而不见，根本没什么好值得大惊小怪的。里尔克在《罗丹论》里写过："一件艺术品的完整不一定要和物的完整相符合。它是可以离开实物而独立，在形象的内部成立新的单位、新的具体、新的形势和新的均衡的……艺术家的任务就在于用许多物造成一件新的、唯一的，或从物的一部分造成一个世界。"[1] 当然，写作者不能以此作为趁手的借口，把自己虚构世界里的缺陷当作骄傲。上面这番话看起来是辩护，却含着对艺术构造的世

---

[1]〔奥地利〕里尔克：《罗丹论》，梁宗岱译，四川美术出版社，1985年，第19页。

界严厉而特殊的要求，要求这世界的内部必须构成新的、自足的空间。《隐身衣》既然有这么多留白，要让人相信不是缺陷而是艺术构造的世界的样式，就要用小说本身回应这个质疑。

或许是弗洛伊德的理论出现之后，或许是更早一些时候，很多小说开始把主要力量用在对所谓人生和人性的深度和幽微，尤其是黑暗一面的深度和幽微的探赜索隐上，偏重对人非理性、非逻辑、纵欲作乐的黑暗面的书写，甚之者以此作为衡量作品是否优秀的唯一标准。即使处理的问题不如此极端，现代小说天生的任务似乎也是："询问什么是个人的奇遇，探究心灵的内在事件，解释隐秘而又说不清楚的情感，解除社会的历史禁锢，触摸鲜为人知的日常生活角落的泥土，捕捉无法捕捉的过去时刻或现在时刻，缠绵于生活中的非理性情状，等等等等。"[1] 仿佛谁若不专注于这些深邃和幽暗，谁的作品就配不上称为小说。

《隐身衣》里有这种对人生和人性黑暗面的提示，上述自杀和毁容这样极端的事情里，就藏着人性里最大的黑暗。不过，对人生和人性黑暗一面的探索，显然不是这个作品的重点，格非在这个问题上有意适可而止。"不论是人还是事情，最好的东西往往只有表面薄薄的一层，这是我们的安身立命之所。任何东西都有它的底子，但你最好不要去碰它。只要你捅破了这层脆弱的窗户纸，里面的内容，一多半根本经不起推敲。"读到这句话的时候，我们差不多可以知道，《隐身衣》不是要挖掘黑暗的深处，对人性的弱点，格非或许既不想因其卑劣而敌视，也不愿自欺欺人地纵容，而是采取了极其慎重的对待方式。

---

[1] 刘小枫：《沉重的肉身——现代性伦理的叙事纬语》，上海人民出版社，1999年，第144页。

轻易谈论人生和人性黑暗的人，或许并未体味过黑暗一面带给人的毁灭性力量。T. S. 艾略特在《四个四重奏》里借鸟儿之口说，"人类／不能忍受太多的真实"[1]。我不太相信，人会有足够的力量承受真实的人性黑暗。许多小说对人性黑暗面的探察，我很怀疑是一种置身事外的游戏，只不过是一种深思熟虑的思维冒险，并非切身的疼痛。深谙人生和人性的黑暗，甚至经历过黑暗给人带来的创伤的人，差不多会学着让作品来抵挡黑暗的惊人能量，说出的话也更为朴实："文学能够让我们明白，像一个人一样活着并非易事。"[2] 不妨仔细体味一下姜夔的《扬州慢·淮左名都》："自胡马窥江去后，废池乔木，犹厌言兵。"废池乔木犹且厌倦战乱的苦楚，连谈及都不愿，人从哪里来的强大的自信，动辄直视战争与毁灭，甚至直视较战争与毁灭更为残酷的人生和人性的黑暗？

　　大概是因为意识到了以上的问题，格非笔下的叙事者"我"，对人和人性的观察采取了一种较为特别的方式——不是以自己的固定视角看待或猜测别人，而是根据不同人的不同性情状况采用不同的观看方式。对待沉溺于世俗的姐姐、姐夫，"我"有毫不留情的鄙视，因为他们有自己的世俗原则，也就该忍受世俗方式给予的反击；对蒋颂平，"我"有依赖，有决绝，因为他有自己的交友之道和商业逻辑，也就应该承受这两重标准对他提出的要求；对高谈阔论的教授，"我"充满嘲讽，这是他们无端的自负应得的回应。对世事洞明却对人世饱含爱意的母亲，"我"从她身上感受暖意，也表达自己的愧疚；对有复杂社会

---

[1]〔英〕艾略特：《四个四重奏》，裘小龙译，沈阳出版社，1999年，第178页。
[2]〔美〕雷蒙德·卡佛：《大教堂》附录一"卡佛自话"，肖铁译，译林出版社，2009年，第238页。

背景的丁采臣，一个因为小争执即把手枪拍在桌上的人，"我"小心翼翼地控制着自己的好奇心；对自己身世讳莫如深的神秘女人，即使后来与其共同生活并育有一女，"我"没有蛮横地打开她施予自己的禁锢。这种根据不同人的实际情况观察人和人性的方式，不妨称之为"等距式观看"——即观察者与被观察对象的距离是相等的，观察者不轻易越过这个底线。这种方式不把任何人作为人性解剖的标本，而是把自己的探视距离控制在被观察者能接受的幅度内，仿佛眼前是个真实的人，外来者不能轻易对他们造成他们无法接受的打扰。这方式牵制了叙事者和作者深入人性的脚步，却也在某种意义上为小说赢得节制的称赞。

接下来的问题是：这种等距观察人和人性的方式，如何能被证明是作者有意为之的写作尝试，而不是乡愿的世故、浅尝辄止者的敷衍？

三

有一种关于文学的看法，认为文学是"按各种人类事物的恰切秩序（即高是高，低是低）表达或解释人对这些事物的经验"，并"把纯粹的理论式智慧和人类处境交织为一体"，"通过自我认识使完全理论式的智慧变得完整"。[1]我们不妨把后面两句话的意思用来质问前面一句——高是高、低是低的人类事物的秩序，如何能够交织为一体而变得完整呢？把这个质疑放回前面关于人性黑暗面的讨论上，问题或许可以改成：高是高、低是低的人性，在何种意义上才可能避免如第一部分提到的那样截然两分，而成为交织在一起的整体？

---

[1]〔美〕列奥·施特劳斯：《论柏拉图的〈会饮〉》，邱立波译，华夏出版社，2012年，第9、8页。

虽然小说一再强调"我"的卑俗地位，但从行文中不难看出，叙事者是一个高超脱俗的人，或者不妨称为某种意义上的智者。不用说前面提到的对古典音乐的高超品位，即使从他对社会上形形色色人物的判断来看，也不难辨识出叙事者卑微的身份之下埋藏着超迈世俗的品质。这个超迈世俗的品质，很容易在小说中发展成一种过于苛刻的对世俗生活的"完美"或"绝对"要求，从而引向自我毁灭。作为不完美的人，或许认识到如下问题是必要的：我们不可能始终生活在完美和绝对之中，过于渴求完美和绝对相当于自寻困扰。如果说"我"在小说的前半阶段还处于这样一种将自己引向"绝对"困境的状态，那么，从丁采臣和神秘女人出现之后，"我"走向的，就是一条与追逐绝对和完美相异的路，从而也把小说从单纯的好坏高下对比中解脱了出来——这，就是本次小说旅程意义改变的要点。

对"我"这样一个智者来说，所有的高超和脱俗并不意味着他有权利声明，"日常的生存日子都是无可救药地平庸，要发明另一种生存状态来代替"[1]，而是必须经过世俗这个关口。或许这是所有智者必须面临的境遇，"少数智者的体力太弱，无法强制多数不智者，而且他们也无法彻底说服多数不智者。智慧必须经过同意（consent）的限制，必须被同意稀释，即被不智者的同意稀释"[2]。不过，智者要经过世俗的关口，也并不表明他有理由或必然要与世俗同流合污，他需要学会的是让日常生活"从内在发出光彩，要学会使它更加明亮又充实紧凑"[3]。为了

---

[1] 〔法〕茨维坦·托多罗夫：《走向绝对——王尔德、里尔克、茨维塔耶娃》，朱静译，华东师范大学出版社，2014年，第265页。

[2] 〔美〕列奥·施特劳斯：《论柏拉图的〈会饮〉》，邱立波译，第12页。

[3] 〔法〕茨维坦·托多罗夫：《走向绝对——王尔德、里尔克、茨维塔耶娃》，朱静译，第265页。

避免在一个如此重要的问题上语焉不详,或许有必要进一步说明,对一个高超脱俗的智者来说,容忍甚至容纳日常生活和世俗之人的平淡甚至平庸,是对他的基本要求;让日常生活焕发出内在的光彩,才是他真正的卓越之处——"他来到世间不是为了收集现成的美,而是为了创造它。"[1]

不管一个人有怎样卓绝不凡的内心世界,他一旦在日常中出现,就必须,也只能接受这世界的不完美和不绝对,停留在世俗生活之中。如果把世俗与自己的内心世界对立起来,所谓的智者就与自己反对的一方站在一起,从智者跌落成了平庸者。从这个方向来看,《隐身衣》中的"事若求全何所乐"就不是一种乡愿的世界观,而是对绝对和完美不可抵达的体察;而前面所引"不论是人还是事情,最好的东西往往只有表面薄薄的一层,这是我们的安身立命之所",也就不同于后世理解的庸俗的犬儒主义,而是一种对人生和人性的同情之理解。

虽然一直以来,"我对别人的隐私毫无兴趣,凡事也没有刨根问底的好奇心",但这只是"我"的性情本然,未经检验,而未经检验的本性是不值得信赖的。要到"我"经历了诸多世事,尤其是遇到丁采臣和神秘女人之后,清楚检验并理解了自己这个审慎的好奇心,停留在世俗生活的决定才不是本能的选择,而是清澈明朗的决断,不会退转。不妨把这个决断的形成过程看成"我"一次隐秘的成长,正因为这隐秘的成长,"我"才终于可以在世俗中安身立命,而不是被生活摧毁,或者在抱怨和无助的洪流之中随波逐浪。

---

[1] 乔治·朋特语,引自〔美〕爱德蒙·怀特《马塞尔·普鲁斯特》,魏柯玲译,生活·读书·新知三联书店,2014年,第26页。

以上的分析，当然不只是建立在对格非的信任基础上，小说对人生和人性的温和态度，并未损害作品对社会问题的尖锐观察。教授们陈腐迂远的夸夸其谈，丁采臣为了一个烟灰缸放在桌上的手枪，神秘女人刀疤纵横的脸，以及她对丁采臣自杀的评述："这只能说明，这个社会中还有比黑社会更强大、更恐怖的力量。丁采臣根本就不是对手。"都是小说冷峻的一面，为作品最终表达的决断提供了切实而具体的背景。只有在这样的冷峻背景之下，在世俗的污浊始终裹挟着的情形下，作为叙事者的"我"回到日常的举措才因难能而显得可贵。也因此，小说结尾处"我"仍然做胆机生意，就不是单纯地回到开头，而是一次经历成长后的重新开始；"我"最后对教授的反驳，也就不是冬烘的滥调，而是一个智者对抱怨者充满反讽的告诫："如果你不是特别爱吹毛求疵，凡事都要去刨根问底的话，如果你能学会睁一只眼闭一只眼，改掉怨天尤人的老毛病，你会突然发现，其实生活还是他妈的挺美好的。不是吗？"

一个时代的样貌在小说里

——徐皓峰的小说及其他

据说,现代小说的存在理由在于提供了一种"伟大的力量",这种力量与人生的悖论生长在一起,陪伴人走过因世界的相对性和道德的模糊性带来的虚无之感。故此,真正的小说该如昆德拉所言,要"对读者说,事情比你想的要复杂。这是小说的永恒真理"[1]。在复杂性竞争的驱使让小说占领了诸多题材和内容罅隙的时候,除了操练写作技巧,小说还有没有先锋这回事?在这种氛围里,一个不按照"永恒真理"写作的人,会是个什么样子?

一

徐皓峰自 1997 年至 2000 年左右的一批小说,还不妨看成以上"永恒真理"的组成部分。在他这时期不多的几个小说里,故事有奇幻色彩,人物行为古怪,叙事氛围还透着点诡异,但小说里没有活生生的

---

[1] 〔捷克〕米兰·昆德拉:《小说的艺术》,孟湄译,生活·读书·新知三联书店,1992 年,第 17 页。

人物，差不多只是故事的叠加，不过表明了某一类型的少年（青年？）心态。按照小说复杂性的标准，这些作品或许也足以被称道。因为这些故事的传奇色彩，以及徐皓峰倾心的王小波对唐传奇的偏好，我们也可以轻易地找到"继承唐传奇"这项合适的帽子，套在徐皓峰小说头上。不过唐传奇没有那么容易继承，不必说《枕中记》《南柯太守传》那样雄阔的时空自觉，《虬髯客传》那样具体时空中的明确决断，即使这些作品里寥寥几笔勾出的人物，其明媚和浩荡，又岂是徐皓峰作品中的苍白人物所能比拟的？话扯得有些远了，我要说的意思不过是，徐皓峰这些看起来有些特点的小说，不妨老老实实地将其称为习作，他作为一个小说写作者的明确面目，还没有充分展示出来。而徐皓峰呢，也并未沿着这条习作之路走下去，他因故中断了小说创作，再动手，已是六七年之后了。

不过，早期作品的好处是可以让人看到作者的性情偏好，比如在这批作品里，出现了对此后的徐皓峰来说极其重要的元素，武术和围棋。二者在这批作品里不过是装饰性因素，是为了故事展开而设定的道具，却将在他中断后的写作里扮演极其重要的角色，并显现出非常不同的形态。在中断文学写作的六七年时间里，徐皓峰除读书外，还接触了不少佛道人物和武林前辈，其中一道一武两个人物的出现，让徐皓峰获益匪浅，也因此有诸多作品问世。道教方面的文章部分散见在报章杂志上，至今没有结集出版。武林前辈的口述，以《逝去的武林》为题结集，一时轰动。此后，徐皓峰写出长篇《道士下山》和《大日坛城》。与两本小说的写作时间略有交叉的，是徐皓峰及与他有关的两本口述记录《高术莫用》和《武人琴音》。把这些作品合起来看，会有一种别样的感受，作品里焕发出的，是一个迥异时流的特殊样貌。

在徐皓峰的创作里,《国术馆》是一部比较特殊的作品。这作品写于1997年,是徐皓峰最早创作的一批小说,却未获发表。后来断断续续,从一个两万字的短篇,写成一个四万字的中篇,又改成一个两万字的短篇。2001年,徐皓峰将其写成一个十八万字的长篇,仍未能出版。2008年,"十八万字保留了一万字,然后,重写"。一个历时如此之久的作品,难免混杂了作者不同时期的各类想法,在这本小说里,既有他采访人物的故事略加变化地置入其中,有他中断写作前那种面目不明的故事和人物,也有他后来小说中会充分展现的对武术和人世的特殊理解。这种混杂让小说偶尔闪现出亮色,却也因为混杂模糊了自身的特色,看起来有一种羼杂的混乱感。徐皓峰面目清晰的作品,要从《道士下山》开始。

二

《道士下山》只在故事的奇幻性上还带有徐皓峰早期作品的痕迹,内核已然更新。虽然徐皓峰后来在修订本中说,这本与武术有关的书写的是逃亡,"写人物命运,写出了各种逃亡方式;写人情世故,写出了追捕者不同的收手方式"。不管徐皓峰自我定义的逃亡主题是否确切,但这种人物一路逃亡或游荡的经历和目击,几乎是他后来小说的一贯方式。因了这种写法,他小说的结构就不是网络状的复杂构成,而是串珠式的。这个串珠,可以按徐皓峰自己的说法解释:"在中国文化里,'串珠'一词不是简单的组合,还要把精华发挥出来。如'《楞严经》串珠',从数卷经文中拣出几百字,提炼了理论体系和实修程序。"这个串珠的方式用到小说上,是一着险棋,因为对习惯长篇小说复杂结构的人来说，如此结构显得简单。但这还不是主要的，对一本串珠结构的小说，人们会按照前面定义设定的那样，要求每一部分有其特殊的精彩。

《道士下山》写人情世故，确有出人意表之处。寺庙里有女子夜宿观音殿求子的风俗，丈夫在殿外搭床守候，防人进入，"做贼的却是庙中和尚，殿内地板有机关，可引女子入地下室……怀上的是和尚的孩子"。如松主持寺庙后，严禁此事，何安下赞为善举。如松却说："女人不育，往往原因在于男人，而世俗却归咎于女人。女人入观音殿一宿后仍不怀孕，她在家族中将永遭轻贱。""那些与女子偷情的前辈和尚，也许不是淫行，而是慈悲。"说法有点惊世骇俗，却有其更深的入情入理处，真的世情，大概都是有如此多的隐微吧。令人费参详的是，慈悲的和尚，事后内心承受的一切，是否也过于常人呢？

不过，在我看来，这个作品里最动人的，却不是人情世故，也不是人物命运，而是作者和人物表现出的与常规思路违逆却别有情怀的理趣。小说开头，道士下山，"他叫何安下，十六岁仰慕神仙而入山修道，不知不觉已经五年，山中巨大的寂寞令他神经衰弱，到了崩溃边缘。为内心安静，回到了尘世"。起笔即逆，与普通认为的入山求静恰成对照。这个下山道士随后的故事，乍看很像大多武侠小说里的成长路线，遇到各路高手，随缘习武。随后的故事呢，按说应该是在江湖扬名立万，功成名遂。可《道士下山》的情境设置却是社会，并非江湖，虽习武有得，险恶的环境却令何安下步步维艰。这个步步维艰，没有《笑傲江湖》中令狐冲所遭的艰难那样丝丝入扣，精彩迭出，却因为其中不断闪现的理趣而另有妙处。

上师罕拿教授密法，先讲最高的："我即是佛！一切不管！"说法完毕，即要离开。众人不懂，恳求，只好渐次降低。传完咒，仍不忘向上提撕："连这句咒都是多余，还有一种赶尽杀绝的大密法，你们要不要？"众人不答，罕拿继续说："就是你们汉人的禅宗。自家有宝贝，却可怜巴巴地向别人借钱。把你们挖眼剥皮，才能解我心头之恨。"气势如虹，判教明确，确有密教生杀予夺的气象。但如此人物，却也懂得迁就："我在草原戈壁，教授不识字的牧民，用鬼神法令其信服。不想到了文章高妙的汉地，却也要用鬼神法！"

不止密教，小说由何安下逃亡串接起来的各色人物，都有实实在在自具体领域而来的判断——鬻琴者说："（古琴）经过五百年，自然裂开，锋芒如刺。作假的，锐不起来，不是像叶子，便是像鱼头。真东西总是简洁，假东西必然杂乱。"习枪者说："兵器贵在简洁，戟可扎可钩，功能多了，必不能精深。我只要一个枪头。"杀人者说："人的忠奸，能掐出来。人被掐住脖子后脸上的挣扎之相，脸肉越紧，其人越恶。"或许如徐皓峰所说，"中国传统社会里，人是以自己职业为荣的，行业是有尊严的"，是这个尊严，让判断脱离了平庸，其中的理趣才有了动人的力量。

文学中的理趣向来被轻视，仿佛是什么见不得人的事。徐皓峰自己也说，"好的叙事，要像唐诗一样懵懂，宋诗不如唐诗，便是把事讲得太分明了"。其实这种对理趣的轻视大部分应该归罪于理本身的陈腐浅陋，不能引人入胜；另有一种可能是，即便文章的理趣筋骨思路俱佳，或许也敌不住人们心性偏向丰神情韵。其实好的理趣，自有独特的神韵。读《道士下山》，就是这些与人物相关的理趣吸引着人，小说也才显得一节一节都是活的。

三

不只理趣，《道士下山》还差不多脱离了开头提到的现代小说致力的相对和模糊，往往就写到境界的高低。这个境界的高低，几乎是现在的通俗小说里才有的，如今的严肃小说，早就是一副确认相对、拒绝比较高下的面孔了。写境界高下的作品要得到严肃的对待，除非里面提供了特殊的什么。在口述记录的《逝去的武林》《高术莫用》和《武人琴音》里，一群武林人物，对高下都有个素朴的判断，"每个人的分量大家都清楚，所以没有自吹自擂的事。甚至不用搭手，聊两句就行，不是能聊出什么，而是两人坐在一块，彼此身上就有了感觉，能敏感到对方功夫的程度"。徐皓峰聪明地把这个武林的真实状况移植到小说中，在他的作品里，高手过招几乎全是一来一去即告结束，有时甚至根本不必动手。对话——半田幸道："没有道理呀！在刀法上讲，无论如何都该我赢。"查老板："中国有一句老话——功大欺理。功夫大了，可以超出常理。我比你功夫大。"描述——"老者是高手，仅做出追击之势，已令自己崩溃"。

对徐皓峰来说，他重视的不只是武术的美感，更多的是质感。这质感，不相对，不模糊，有清晰的杀伐之气，"实战动作其实一定是很难看的，杀人很难看，只有一下，没有来来回回的姿态美。但实战动作也有美感，美感在于它的速度，它的有效感"。这种有效感徐皓峰自己称为质感，徐皓峰把自己的作品区别于追求美感浪漫的武侠小说，称之为武行小说。他希望自己的小说，有"武术作为一个行业的真实形态和尊严"。境界高低的确认，就是这个真实形态的表现之一。

有人说，现代人的危机感来于如下的事实，人们"再也不知道他想要什么——他再也不相信自己能够知道什么是好的，什么是坏的；什么是对的，什么是错的"[1]。当然，大部分人认为这根本不是什么了不起的危机，只是某些迂阔者的杞人忧天，反而自觉地倡导一种被称为"相对主义"的思维和伦理。在他们看来，古代的智慧"错误地试图发现一种客观幸福或一种至善或最终的善好，并以之作为存在的目标、条件和引导性极点；或者说它们错误地渴望为这些东西的允诺所引导"[2]。现代智慧坚决拒绝上述的引导，它并不要"提供通向人类完美或幸福的路径；它只是提出远远更为有限、更为清醒的主张作为不可或缺的手段，以保护每个个体'追求幸福'的个人自由或私人自由——无论那个幻影般的目标呈现为什么样子——随他或她所愿"[3]。如果没有看错，这正是开头言及的问题，这种放弃对客观幸福、至善或最终善好的探求，强调"人生的相对性和模糊性"，正是现代小说致力的目标。在这里，独一无二的情感表达或无根的奇特想象是小说最高的价值标准，因为它们标示了个性，呈现了世界的复杂形态。从这个方向上看，徐皓峰的小说，反而因为境界的确认与相对性和模糊性走了逆行路线，因而具备了一种现今小说不太具备的品质。这品质把他的小说从各种习见的滥调中拯救出来，以往回的姿态走在现今诸多小说的前头，有种奇异的先锋感觉。

---

[1]〔美〕列奥·施特劳斯：《现代性的三次浪潮》，见贺照田编《西方现代性的曲折与展开》，吉林人民出版社，2002年，第86页。

[2]〔美〕列奥·施特劳斯著，〔美〕潘戈编：《古典政治理性主义的重生——施特劳斯思想入门》"编者导言"，郭振华等译，叶然校，华夏出版社，2011年，第19页。

[3] 同上书，第20页。

四

杨度在《除习偈序答畸道人》中，有段很有意思的话："予尝谓中国精神学艺界有二怪事：一为禅学，二为围棋。力量孰高孰低，丝毫不能假藉，亦即丝毫不能强同。在围棋中，若高一着，在禅学中若高一层，其低一格者，即永远不能相敌。由高视下，无所不知，更无一丝可以欺蔽。而高者心中境界，低者永远无法测知，有如酒量不可强齐。事之确定而严酷者，无过于此。亦学问中之一奇也。"[1] 不知杨度写这段话的时候，是不是因为武术是末技，不值一提，否则，在禅宗和围棋外，或可加一武术。像《道士下山》，就把武术的高下写得如两刃相交，没有丝毫假借的余地。《大日坛城》，也有武行，主题却写的是围棋。围棋上，高下的判定，真是斩截，炎净一行说："从来没有失招、漏算，只有实际水平的差距。我失误，素乃没有失误，就是他比我强。"

即使不按开头说到的小说观，用普通的标准，《大日坛城》也算不上出色的长篇，故事还是有些太过奇特，不少叙事展开的逻辑线索也不饱满；人物性格几乎是给定的，给定之后也基本不发展。即使这给定的性格，也不是活生生的，有点苍白，有些呆板。但或许在这个小说里，故事和人物可以从另外的地方看，因为里面不管是武林人物还是围棋人物，多是一代高手，对他们来说，性格或许不是最重要的，能从小说里辨识的，是他们的见识。小说里有一段话，不妨移用来说明这个问题："年过五十后，我的兴趣开始转移到观念上了，具体的人越来越引不起我的注意。现在，我能迅速识别出一个观念的高明平庸，

---

[1] 杨度：《杨度集》，湖南人民出版社，1985年，第683页。

但识别不出一个熟人了。"或许我们也用不着在一本不是以刻画人物为主的小说里识别性格，能认出他们各自的见识，就算有了明确的标志。

小说借人物之口说出的诸多见识很有意味，不妨抄出几个来。以吴清源为原型的俞上泉目光里流露出棋手决战前的杀气，二妹惊惧，道："三哥，你的眼神……"俞上泉收敛眼光："你们只看到胜负世界的残酷，其实胜负的世界是很纯洁的。"在想象中，一盘棋即将有胜负结果的时候，俞上泉"控制着自己，不去进一步辨别，让预感保持在迟钝状态"。武术大家世深说："如遇到高手，生死一瞬，心念不纯，经验技巧便是拖累。"两个特务钓鱼，一个说："钓鱼要一直盯着鱼漂，享受的是专注。专注才是真正的放松。"书中还有一些师徒授受的高明之见，也很有特点。对古代人的读书，西园春忘对俞上泉说："与《春秋》《老子》等儒道经典一样，密法也是除了文字，还有心法。按照西园家的规矩，将经文称为略本，口传的内容为详本。"大竹减三教围棋，"指导业余爱好者，要一手一手地教，但对内弟子，我教围棋之外的东西……插花中有时空，我想，一个没有游历过高山大河的人，是插不好花的。围棋也是时空的艺术，只是教棋，是教不出一流棋手的"。读这本小说，最大的享受，是经常遇到这些不同人口中说出的对人心和人生的洞察。

抄录得太多了，不妨就此谈谈徐皓峰的志向。徐皓峰说，他的遗憾在于，"祖辈的人逝去得差不多了，我们将完全地按照我们的生活方式解释古人，五千年的文明是三十年经济搞活的缩影"。不甘心古人，起码是民国一代的生活样态被埋没，徐皓峰承担起为一代人画像的责任。在《武人琴音》的后记里，徐皓峰写："我已人到中年，过年看望老师，还被提醒'别太相信灵感。要啃下一个时代'。"他下功夫的，是民国武林。在《逝去的武林》《高术莫用》和《武人琴音》中，最让人心动的，是徐皓峰外祖父及其师辈那一个时代人的风姿。武术是身体的技艺，高低全在身上，不尚口舌之争，"一天来了个练西洋拳击的，找韩伯言讨论武术能不能对付拳击，韩伯言起了兴致，说两句，没兴趣再说，因为来人是口舌之争，不是研讨道理"。这群武林中人诚挚、朴素，胸怀里有家国，却不好高骛远，如实地认识自己的心性，老实地承认自己的水平，对自身武功的高下能直心看取。在这些渐渐逝去的品质里，最核心的，是诚恳。那个时代不喜欢机灵，"机灵人都是小气人，做不来长久事，因为交不来朋友"。他们讲究精诚所至，金石为开，"人诚恳，有好处"。唐维禄去天津拜李存义为师，李不收，唐维禄就留下来做杂役，老老实实待了八九年，正式学员没练出来，他却练出来了。李存义将其列为弟子："我的东西你有了。"差不多可以说，徐皓峰小说里迥异时流的样态，是民国武林里诚恳态度氤氲出来的。不管他小说的故事多么离奇，人物是中国的还是日本的，因为有这个民国武林的诚恳做底子，小说里透出的气息，就别有一番清滋味，作品也几几乎拥有了民国一个时代的生活样貌，这个样貌本质，是人"以何种品相活下去"。借这个样貌和品相来"探索、体会前人的生活，让前人来校正我们"，或许这就是徐皓峰小说秀出的一个重要原因？

五

继《道士下山》和《大日坛城》，徐皓峰先后出版了长篇《武士会》和短篇集《刀背藏身》。在这两本书里，前面说到的徐皓峰的特点还都有所保留，理趣、境界、见识都还在，篇幅却减少了，也略显散碎，不再像前面两本长篇那样神完气足。分析起来，神气不足的原因，是因为作者开始把相对性和复杂性带入了作品，用他自己的话，是"不想表达人性的恶，我想说的是人性的尴尬"。在这种尴尬里，人物不免显得仓皇。虽说他此前作品里的人物也会陷入困顿，做的事也未必都拿得上台面，却有种自信的风度在里面。但在这两本小说里，人心的暗角成了作品的重要部分。不是说人心的暗角不能写，但这并不是徐皓峰的特长，在写这些的时候，他显得放不下身架，笔也滞重了许多，心理的转折和情节的交代都显得不够圆润自如。或许更为重要的是，徐皓峰把武林高手的心意等同于普通人的心意了，以致一系列人物并没展现出与其境界相当的对心灵暗角的对待和消化能力。一个人的境界，很重要，或许是最重要的，正表现在对待心灵暗角的能力。这个能力不能在小说中充分展现出来，就难免让人觉得人物的境界有被刻意拔高之感。

在这两本书里，徐皓峰显然加强了对民国时代状况的思考，有些认识甚至算得上慧眼独具，比如他对看起来远离尘世的弥勒信仰与政治关系的判断，对维新派因利用青年导致士风败坏的看法等，都是虽违常情，却有特殊的理路。或者如："皇上……自小所受的帝王训练，首先便是不能妄下结论，国事常有隐情。""国家之宝，是拥有一批调和型老臣。"这大约是徐皓峰追求结果——因为他要写"武林人士的精神痛苦，时代的矛盾和生活方式的急速转换带来的荒谬感"——同时保留生活的质感。只是，这质感有时会不那么牢靠，像徐皓峰曾借人物之口说出，"中国老百姓不需要英雄豪杰，需要一个合理的制度"。读起来觉得很像是对政治没有洞见人的清浅见解。俞上泉改写自己的对局，"棋手……很多恢宏的构思因对手没有下出最佳应手，而无法下出。现在我以神为对手，写出我那些没有下出的棋"。如此谈论，不免有僭妄之嫌，跟俞上泉的具体身位和行事原则不符，不免显得浮泛不实。

　　上面的话大概过于挑剔了，我要说的其实是下面的意思。自《道士下山》以来，徐皓峰小说最为明显的特征，就是在看起来不算出色的小说外壳下，写出了一个逝去时代的样貌。这个往后的样貌，不是为了凭吊，不是为了叹惋，而是一种吁求，一种期望未来能够从过去时代的真实样貌汲取能量的努力。这个吁求因为背后有实实在在的性情品质和见识境界，就不是徒乱人心的呼喊，而有了超越当下普通小说的气象，也就有了一种看起来略显怪异的先锋姿态。怎么说呢，考虑到徐皓峰小说跟现代小说不太相类的形态，甚至还有些有意无意的败笔，我们不妨用一个说法来形容——阿尔喀比亚德曾把苏格拉底及其谈话比作某些雕像作品，外观丑陋，内里却包含着极为漂亮的形象，有内敛的财富。"这些内敛的财富，只有经过漫长、艰辛却总是愉快的劳作之后，方能将之开采出来"[1]。徐皓峰的小说写作，大概就是这样一个及时开始的开采过程，其间的种种不尽人意，不妨看作一个探路者虽跟跄却日夜兼程的行进。

---

[1]〔美〕列奥·施特劳斯，《迫害与写作的技艺（节选）》，见贺照田编《西方现代性的曲折与展开》，第225页。

想象的追逐游戏

——东西《篡改的命》

一

据说，东西的长篇《篡改的命》，讲的是"农村向城市投降的故事"。什么样的城市？一个代表着先进、文明、繁华、荣耀、纸醉金迷的地方，一个绝大多数人只遵循由权力和金钱构造出来的游戏规则的地方。除了这简单的规则，这个小说里的城市人对其余的一切都漠不关心，即便这其余的一切是他人的苦苦恳求、哀哀求告，甚至一条真实的人命；即便这其余的一切是显而易见的不公，指鹿为马的欺诈，甚至明火执仗的抢夺。劳动局的女科长孟璇偶尔留存了一点善心，愿意帮助农村来的汪长尺，却也最终经不住强横的游戏规则早早设定好的屈服路线，何况她内心还有着对农村人稍经掩饰的本能嫌弃——汪长尺送给她一袋妻子贺小文亲手包的粽子，"孟璇回头看了一眼，没看见汪长尺，就把手包里的粽子掏出来，丢进了路边的垃圾桶"。

又是怎样的农村？当然是一个落后、愚昧、凋敝、屈辱、穷困潦倒的地方，当然是——说到这里，我不知道怎么描述下去了。在大多数关于乡村的写作中，映衬着城市的光鲜靓丽，对比着自身的朴素简陋，乡村不是应该给沉沦下去的世界提供稳妥的灵魂安息之所、栖居之地吗？不应该是破衣烂衫下淳朴美好的心灵吗？不是应该有一个天真善良的姑娘，睁大眼睛、无比惊讶地看着那个一步步堕落下去的城市世界吗？不是虽然他们的手是黑的，脚上有牛屎，却比一切城里人和假斯文的读书人都干净吗？

作为世外桃源的乡村，跟真实的乡村没有关系，只是一个空壳化了的虚拟空间，填充这空间的，是在文化人的视界里"已经失去了的、令人渴望的一切美好的东西"，这虚拟的乡村，"是一个充满智慧、慈悲的地方，没有暴力，没有尔虞我诈"。[1] 按照东西的经历，他很可能写出这样一个干净明亮的乡村。在记忆里，他生活的乡村周围是森林草丛，"冬天有金黄的青林，夏天有满山的野花"，他很想"沉醉这片树林，埋头这座草山"。[2]

不过，东西并没有沉浸在这样的回忆里，他还记得，当年他父母的工分经常被会计算错，他们不想再吃没有文化的亏，而每年都回乡村的东西，也明明看到那里的凋敝和破败。在东西这个小说里，乡村的美几乎全部消失不见，那里的人们，则虚荣、自私、精于算计、斤斤计较、没有同情心，甚至经常显得恶毒。他们不是别人想象中应该是的什么，而是早早就用自己的行动，击破了外界把乡村想象为怡然乐处的迷梦。

在几乎是对立的回忆和现实中来回摇摆的东西，一力把乡村的美好幻梦掐灭，确实需要勇气。我无法确定，在东西的头脑里，哪个乡村才是真实的，只是觉得，他笔下的乡村，仿佛被抽走了绝大多数精神

---

[1] 沈卫荣：《寻找香格里拉》，中国人民大学出版社，2010年，第109页。
[2] 李军奇：《东西，善于戳穿》，见"精英"2015年7月27日微信号。

元素，只剩下一个被称为乡村的躯壳。这样称呼东西笔下的乡村，并非说相反方向的、作为美好幻梦的乡村才血肉丰满，而是说，这样的乡村，没有人的从容自为在里面，也就几乎失去了自足性，没有人世的风光荡漾。

作为躯壳的乡村，几乎只有在与城市对照的时候，才显出其意义。而站立在它对面的，不会是一个充满生命力的城市，必定是一个不得不作为躯壳的城市。《篡改的命》中的城市和乡村，当然就形成了单一的鲜明对照——落后对先进，贫穷对富有，权力对无助。在如此坚硬躯壳之上的乡村和城市，乡村人向上冲动几乎只剩下了一条异常狭窄的通道，这通道就是如同咒符一样的进城，向城市投降——即使他们将在城市里被压榨、被忽视，男人去卖苦力，女人操持皮肉生活。在这样的情形里，乡村人将不得不丢失他们的丰富性，沦落为农村向城市投降的证据，如小说里写的，稍微漂亮些的姑娘，"就像那些大树，迟早都会被城里人买走"。

这样的城市和乡村，都不是能够置身其中的所在，人也不能从容地在其间逗留，它们只是在书写中被命名的，一个拥有着乡村外壳的奇怪称呼。这个被抽走了精神元素的单一乡村和城市，隐含着一个作家不自觉的化约（reduce）冲动。这种冲动会把精微复杂的社会状况和人的精神活动简化为某些单一的元素，作为社会环境或时代演变的表征，而人在精神领域的活动，不过是论证某一问题的附带因素，"除了扮演一种角色以外，本身并无意义"[1]。即便这冲动意识到精神活动的意义，其意义也几乎只能是依附性的。

---

[1] 林毓生：《中国传统的创造性转化》，生活·读书·新知三联书店，1988年，第369页。

二

据说,《篡改的命》,还是一个"好人向坏人投降"的故事。

在文学写作对道德评价如此警惕的现在,东西居然有胆量涉笔"好人"和"坏人",并且是写好人向坏人的投降,我们不禁要问,小说中如何区分好、坏?好人和坏人的标准是什么?

假设《篡改的命》中区分好人和坏人的标准是某种天性,即一个人身上自然具有,非经训练而来,被称为"自然德性"(natural virtue)的道德——比如好的自然德性,就是"有些人身上天生具有的某种基本品质就被人们的共同生活经验认可为'好'的道德品质,比如分清是非、为人正派、勇敢、善良等等"[1]。有好的自然道德品质的人,可以天然分清什么是好,什么是坏,谁是好人,谁是坏人,却并不一定能说清楚好、坏的原因。

小说里的城市人,当然是坏人。除了那个怀有不彻底善意的孟璇,城市里只有败坏和糜烂,几乎没有存留下一点天然的好道德。农村呢,如果有自然德性意义上的好人,那也只有汪家三口了。可是,他们真的可以被称为自然意义上的好人吗?他们能分辨出那些高高在上的官员,以及林家柏、黄葵和汪大志——也就是后来的林方生——身上满是恶德,是天生的坏人吗?他们自己身上具备正派、勇敢、善良的品性吗?显然没有。否则,他们也不会一直把自己的向上诉求建立在对官员的乞求、对林家柏的良心发现、对黄葵的同学之谊、对林方生的血缘期待上;也不会在一再碰壁之后,还对城市人寄寓不切实际的幻

---

[1] 刘小枫:《儒教与民族国家》,华夏出版社,2007年,第252页。

想；而他们自身，除了亲情维护，很难在小说中发现另外意义上的自然道德选择。

现在让我们假设，《篡改的命》中区分好坏的标准是"人为德性"（artificial virtue）[1]。这一德性不是"由自然在我们身上造成的"[2]，而是通过教导发生发展，或经由习惯养成，包括诸如正义、虔敬、节制等等。这种美德的维持，很大程度上依靠的是习俗（nomos）的力量。可是这部小说里的城市根本没有习俗，只有蝇营狗苟，仗势欺人，人为的美德不属于他们。

农村人倒还残留着一点虔敬和正义。汪长尺的母亲刘双菊说，"在你没考上（大学）之前，我们不能做任何不洁的事……我们每天都烧香敬神敬祖宗，生怕一点点邪念都会让你遭报应。蚂蚁不敢踩，鸡都不敢杀，见谁都让三分"。对神明和祖先的虔敬，在汪家遇到问题或汪长尺遭受困苦的时候，就表现得尤为明显，小说中不止一次写到了这种道德。另外一次，事关正义。汪长尺被黄葵的手下袭击，重伤住院，尽管证据昭著，有关部门仍不对黄葵实施抓捕。胸怀怨愤的汪长尺退归乡村，黄葵被杀，办案人员却疑心到汪长尺头上，赶到农村来捉拿。汪长尺即将被带走的时候，乡村有一次自发的联合反抗，制止了这次行为。

无可否认，正是这点残留的道德意识，把小说里的乡村从无边的道德虚空里部分挽留下来。或许也只有在这两处，乡村人才勉强称得上好人。除此之外，你几乎很难在这本小说里找到可以称道的美德——

---

[1] "自然德性"与"人为德性"的具体辨析，见大卫·休谟《人性论》第三卷，关文运译，商务印书馆，1980年。此处为借用。

[2] 〔古希腊〕亚里士多德：《尼各马可伦理学》，廖申白译注，商务印书馆，2003年，第35页。

汪槐的固执、汪长尺的软弱值得同情，但从来不是任何意义上的美德。更何况，这样的一点道德根本就不彻底。他们制止了办案人员后，很快便生后悔，害怕遭到报复的他们整日提心吊胆，失眠笼罩着整个村庄。他们开始或明或暗地催促汪长尺投案自首，甚至以自己的过错可能被惩罚来要挟汪家父子——对软弱而容易动情的人，他们很善于使用自己无能的力量。

良好道德"在我们身上的养成既不是出于自然，也不是反乎自然的"[1]，其教导过程，"各种手段都无法解决，然而我们必须尽最大可能与之斗争，尽管手段不完善，但没有它们，生活便无法忍受，美德便遭受危害"[2]。不妨这么说，与美德的养成不是出于自然一样，过于稀薄的道德，究其实是反乎自然的，人群必然会有对过于稀薄的道德的自我纠正，所以世上是不是真的会有如《篡改的命》中那样过于贫乏的人为道德状况，实在可以存疑。不过，我们不妨暂且抛开这个看似外来的标准，限于小说中的世界来看这一问题，也即，小说中如何处理人物遇到的道德难题。

以贺小文操持皮肉生活为例吧。小说中并没有写她天性上是否对此极为抵触，也未写到她有无对人为道德的禁忌感，可在跟汪长尺的谈话中，这却一直是个隐疾。尤其从公婆的反应来看，此一问题简直是道德的禁区，属于"这件事做不得"的范围——"你家儿媳妇的身体脏了，她的身体脏了奶就脏了"。即便小说的目的是为了打破这个禁区，或者讨论此一禁区的变化状况，东西对此问题的着墨也太少了。更何况，还

---

[1] 〔古希腊〕亚里士多德：《尼各马可伦理学》，廖申白译注，第36页。
[2] "经典与解释"辑刊《美德可以教吗》，华夏出版社，2005年，第22页。

没等到这一道德禁忌被充分书写，那叫作贫穷和城市的怪物，就赋予了此事一个不得不然的理由。在如此简单的道德圈套之内，我们又如何能够确认，好人和坏人是何种意义上的呢？

三

东西说，作品主人公汪长尺没有生活原型，因为"绝没有一个人坐在那里等着我去写"。言下之意，这是个完全虚构出来的人物。

虚构是所有小说的核心，可虚构出来的人物，仍然需要作者"对现实生活明察秋毫"。叙事要赢得信任，"每一个想象都需要寻找到一个现实的依据"。[1] 只有在这个意义上，虚构才不只是简单的"what if"设定，而是一种更为高级的、受制于虚构世界完备自洽（self-consistent）性要求的想象，必须合理，精确，完备[2]。在这个自洽的世界里，逻辑系统越复杂，其间的联系越紧密，给人的阅读感受就越深。

在《篡改的命》里，汪长尺以及他乡间的父母，遵循的逻辑原则非常简单，就是一个人必须从农村走向城市，其他逻辑都要从属于这一最大的逻辑。在这个简单的逻辑设定里，汪长尺只是在想象的追逐游戏中不断地抛弃着旧有骨头和血肉的人，不管实际上的城市和乡村情势如何复杂，道德选择上如何暧昧难明，在小说里，只要向往城市这张底牌翻开，选择就已经明朗了。在如此单线的逻辑下，人物很容易"按

---

[1] 余华：《我们生活在巨大的差距里》，北京十月文艺出版社，2015年，第67、63页。
[2] 参看万维钢《万万没想到——用理工科思维理解世界》中《最高级的想象力是不自由的》一篇。

照一个单纯的意念或特性而被创造出来",其性格极易用一句话概括[1],往往显得非常单薄。

一个从农村进入城市的人,特别容易变得毫无面目,会被统称为农民工或进城务工人员,他们进城之前的温和克制或狂妄傲慢,以及他们不可轻侮的尊严,在进入城市之后,几乎一夜之间消泯了,只剩下笼统而齐整的劳苦面容。按照东西自己的认识,不管生活在城市还是农村,"每个生命都不一样",因此他"一直反感现在的文艺和影视作品对乡村和农民工的符号化"[2]。现在,《篡改的命》写到了这样的人,他们不再是符号,其面目也变得清晰起来,甚至像汪槐和汪长尺,性格还非常鲜明。可如此单一的鲜明性格,是不具自为性的,甚至可以看成另外一种符号式的抽取,这样的抽取,人物性格鲜明倒是鲜明,却总让人觉得少了些生动的气息,如木偶戏里伶仃支离的小人儿。

即便是小说里情感比较复杂的段落,因为简单的"what if"设定,还是损害了人物的表现。初入城市,贺小文很自然地想念起家乡,"想念农村过年时的声音,想念母亲的唠叨,想念地里的葱花白菜和圈里的猪崽,甚至想念山上的冷风和井水的冰冷……""当她切到葱花时,眼泪便'叭叭'地掉到砧板上"。可是作者设定的进城逻辑太强大了,贺小文只是动摇了一下,却并没有真的回家。汪长尺和贺小文决定把孩子送给有钱人家的时候,内心也出现了挣扎的痕迹,后来贺小文离汪长尺而去,也是这一内心挣扎的外化表现。但这些自然而然的反应,很快就被艰难的现实生活和城市的繁华逼退了,孩子送了出去,出走

---

[1] 〔英〕爱·摩·福斯特:《小说面面观》,苏炳文译,花城出版社,1984年,第59页。
[2] 李军奇:《东西,善于戳穿》,见"精英"2015年7月27日微信号。

的贺小文继续留在城市里。

从乡村进入城市，不可否认，是一个巨大的变化。在东西看来，"中国有写城市景象的作家，有关注乡土的作家，但他觉得还有一个空白，就是很少有作家写从乡村到城市的跨程"，而他的野心就是写一个在城乡"两极穿梭的小说，就像在冰与火之间穿梭"。[1] 现在他以《篡改的命》，填补了这个空白，一部跨程作品出现了。但在阅读过程中，你会觉得，这个跨程作品表露的，是城乡关系中相对已知的部分，并无很多新的发现。

20世纪八九十年代开始，不管是由乡村入城市，还是从故土到异国，很多人都经历过这种跨程的双重生活。经历过上述双重生活的人，不管是自愿还是被迫，都要学着理解两种不同的世界观，知道两种不同生活方式较为微妙的区别。他们在一块土地上习与性成的言行举止，要在另一个陌生的世界经受考验，直到学会新世界的一套规范为止。在这个过程中，很多人会觉得身心无处安顿，而为了安顿好自己的身心，人们甚至会狠下心来，成为自己的暴君，篡改自己早已注定的命运。汪长尺大概就是准备篡改自己命运的一个，可在屡屡碰壁之后，他最终选择的，是把自己的孩子送给富人，以此更改他生于贫穷之家的命运，而他自己的身心，只有在绝望的赴死之中安顿。

关于文学中的城市和乡村，以及与之相关的城乡关系，过往的认识一直有个误区，即谈论的城乡问题大多是题材意义上，而非创造意义上的。人们大概忘记了，作为自然存在的城乡，只有经过了人们的精神性转化，才可能算作文学，因"凡是可以想到的，已经是虚构

---

[1] 李军奇：《东西，善于戳穿》，见"精英"2015年7月27日微信号。

的"[1]。说得确切些,伟大的作家创造了属于他自己的城市和乡村,将改变人们对城乡的陈旧认知。无论是何种类型的文学写作:"我们书的内容,我们写出的句子的内涵应该是非物质性的,不是取自现实中的任何东西,我们的句子本身,一些情节,都应以我们最美好的时刻的澄明通透的材料构成。在这样的时刻,我们处于现实与现时之外。一本书的风格和语言就是以凝结的光的滴状物形成的。"[2]

东西说,"写作就像城市建设,有时像起一栋楼,几天规划出来,起不好就砸掉,但慢的好处就是,论证过程长一点,写作更精细一点,写作细节更强悍一点,构思更绝一点,情感更投入一点"[3]。大概没有人会否认东西在这本耗时两年的小说上所用的力气,《篡改的命》也用一个虚构的世界,标示了作者对城乡问题的关注,并以此表明了他探索的努力。这个虚构的世界混沌初凿,肇造为艰,城乡的关系和生活在其中的人,还没有细腻饱满,有时候甚至显得疏简,那些本该凝结的光的滴状物还没有完全成形。但搭起整幢建筑的脚手架已经就位,建设已经开始,那个氤氲中酝酿的世界,正一点点显露出复杂多变的样子。

---

[1] 木心:《鱼丽之宴》,广西师范大学出版社,2009年,第65页。
[2] 〔法〕马塞尔·普鲁斯特:《驳圣伯夫》,王道乾译,百花洲文艺出版社,1992年,第227页。
[3] 李军奇:《东西,善于戳穿》,见"精英"2015年7月27日微信号。

城乡同构,德泉悖论,以及隐秘的活力

——梁鸿《神圣家族》

《出梁庄记》临结束的地方,说起村里的不平事,家里人忽然提起一个梁鸿陌生的名字,勾国臣。传说是这样的——吴镇常受水淹,人们辛苦种下的粮食,往往十不得一。落第秀才勾国臣爱打抱不平,听了乡亲们的诉苦,便提笔向玉皇状告河神。玉皇大帝嫌他多管闲事,引他的魂魄到天上,打了四十大板。勾国臣不久过世,去世前,嘱家里人将其葬在河边,如大水淹了他的坟,他就名正言顺去告状。自此之后,虽然还是年年发水,可水始终绕过勾国臣的坟。据梁鸿家人说,这坟一九四几年还在,还能看到刻有"义士勾国臣之墓"的石碑。后来呢,"这坟不知道啥时没有了"。家人说起勾国臣,甚至那个不甚讨人喜欢的玉皇,"就好像他们仍然活着,仍然是现实生活中大家熟悉的人和事"[1]。

仿佛是为了衔接这个结尾,《神圣家族》十二篇里的首篇,写到了一个清真寺。吴镇少年阿清"走到吴镇北头的清真寺那里,走不动了。他就在清真寺前的石板上躺了下来。他爹吴振中说这个寺有几百年了,

---

[1] 梁鸿:《出梁庄记》,花城出版社,2013年,第298页。

比吴镇还早"[1]。这个置放在倾向于虚构的《神圣家族》里的清真寺，看起来一直都在。实际上，也确实一直都在，因为它是从梁鸿所在的村庄到镇上的必经之地，而自小学五年级，梁鸿就在镇上上学了，"但非常奇怪，我童年时代，少年时代，几乎从来没有听见过清真寺里传出的祈祷声，但是我这次一回家就听见了"。有点奇怪不是吗？一个东西长期存在，"可能就在那个地方，但是因为它没有进到你心灵里面，所以你就看不见它"[2]。一个东西忽然被看见，却又不是新的，仿佛它一直就在那里，就像清真寺新被回家的梁鸿看见，却在虚构里变成了阿清少年时就熟悉的情景，清真寺里传出的歌声，"他一句也听不懂，可他喜欢这旋律，那么高，那么远，好像要传到天上的云那里，又好像要钻到他心里，钻到最深的地方"[3]。

这个奇妙的首尾衔接，似乎预告着梁鸿不再是被确认的非虚构作家，也让她的《神圣家族》来到了一个颇难命名的叙事地带——你无法用虚构或非虚构来轻易指称这个作品，你举出一个确定的例子，相反的例证立刻出现，命名便会在这时显出狼狈的样子。那么，不急着命名如何？让我们从这个首尾衔接处开始，看看这个略显奇特的叙事，带来了哪些新的发现。

---

[1] 梁鸿：《神圣家族》，中信出版社，2016年，第2页。
[2] 《梁鸿携新书〈神圣家族〉对话李敬泽：城镇人生的荒诞与神圣》，http://book.ifeng.com/a/20160111/18503_0.shtml。（现网址因某些原因无法访问。——编辑注）
[3] 梁鸿：《神圣家族》，第3页。

一

在梁鸿的"梁庄"系列里,我们看到一个处于倾颓和流散之中的乡村,那里充满破败和衰老的气息;我们看到一群离开乡村进入城市的人,他们普遍困窘而卑微,没有自己的面目。这个梁庄,提醒我们睁开眼睛,看一看扎根土地或离开家乡的大多数人的生存境况,可是,生活在梁庄内外的人们,虽然有着属于自己的穷苦、挣扎和不一样的命运,也有作者的同情在里面,但多没有自己独特的精神生活,因而也就看不到他们每个人清晰的纵深背景,差不多是一幅前景和后景交织在一起的画。或者说,他们都孤零零地突出在一个荒凉的背景之上,单纯、明确、坚决,指向一个个极难解决的社会难题。现在,梁鸿用《神圣家族》,把人物连同他们的纵深背景,一起放置在一个混沌得多的世界上。

前面提到的偶然发现的清真寺,《神圣家族》里不时提到的算命打卦、求神问卜、装神弄鬼、各路亡魂、各种禁忌、各样礼数,都如勾国臣和玉皇大帝一样,跟人生活在一起,参与着人的日常决定。例子很多,不多举,就拿镇上的"活囚人"阿花奶奶来说吧。因为年轻时害死了头生儿子,她"就向神发愿,一辈子侍奉他老人家,不穿红戴绿,不吃肉,不和儿女丈夫住一起,自愿把自己囚起来,向神赎罪,做神的传话人"[1]。因为阿花奶奶遵守了自己的誓言,终日一身黑衣,吴镇人都很敬畏她,遇事请她求签解签,当然也不会断了供养。就这样,人的各种行为,都牵连着一个更深更远的世界,由此构成的复杂生活世界里,所有的行为都复合着诸多不可知和被确认为理所当然的因素。这些因素

---

[1] 梁鸿:《神圣家族》,第8页。

氤氲聚集，跟可见的生老病死、衣食住行、吵架拌嘴一起，用丰富刻写着吴镇的日常，也纠正着对乡镇只被经济和现代统驭的单向度想象。

这鬼神与人共处的情景，很多人会以为是愚昧或者迷信吧——或许是。卡尔·萨根尽管要破除鬼神的世界，但他的《魔鬼出没的世界》却恰恰反证了一个事实："鬼神世界从不消失，事情远比我们大白天的常识印象要严重多了，它们在幽暗的角落里秘而不宣地依然存在并活跃，在夜间依然神秘飞翔，并且在某些特殊的困难时刻、人虚弱不堪的时候、人欲念超过自身能耐自身努力太多这一类生命时刻，重拾其昔日强大乃至于接近统治性的力量。"[1] 对这个世界，你信其为真也好，为妄也罢，为有用也可，总之，这是一种不得不然的存在，在某种意义上安顿着人的生活，也奇妙地作用到人的良知。

毅志经人撺掇，买了一栋小楼，准备倒腾一下赚点钱。可三年过去，小楼无人问津，周边的人却几乎都搬走了，房子就显得阴森荒凉。毅志不得已找精于算命的老李哥问计，老李哥说房子风水有问题，建议跟吴传友家的交换。经过周密运作，换房成功，毅志意兴扬扬。事有凑巧，吴传友换房之后，到外地打工，却不幸被机器卷了进去，死无完尸。受此震动，毅志"跑到五台山，请了一尊神回来，闲的时候，燃一炷香，插上，拜一拜"[2]。毅志与吴传友换房，本是《白鹿原》中白嘉轩与鹿子霖换地一样的阴谋，只是毅志没有白嘉轩那样粗硬的神经，吴传友的死引动了毅志柔弱的良知，炒房之心顿息，还就此添了一桩心病。

人们或许早就明白，"在历史的织体中，只有命运与人的行为交织

---

[1] 唐诺：《眼前：漫游在〈左传〉的世界》，第85页。
[2] 梁鸿：《神圣家族》，第189页。

的线索,绝无一个来自另一世界的干预进入尘世"[1]。但在《神圣家族》里,这样鬼神参与的人间之事,却所在多有。读过后,我们或许会明白,鬼神存在可以不论,但对鬼神的存在相信与否,在在影响着活人的世界。这个世界不只是由实证的物质层级决定,莫须有的鬼神也一样起着作用,就像列维-斯特劳斯所说,影响人生活的,"可以是发生在实证领域中的事物,也可以是一些人在思想上经验着的东西,尽管这些人在观察他们自己的感性材料时不免有失偏颇,但他们的意愿在于发现什么是恰当行为的规定性"[2]。兜兜转转,鬼神落实到了精神和思想层面,实证领域的事影响着精神和思想,精神和思想也影响着实证之事。如此运转起来,乡村的自为空间会稍微阔大一点,容得下更多的成败得失,经得起更大的精神风浪,甚至会有贫苦里的跌宕自喜。

这个容纳了鬼神的精神世界,是《神圣家族》较"梁庄"系列多出的一部分,既显现了乡镇生活里丰富的一面,却也提示了另外一个更重要的问题,即随着现代化的进程,这一涵容了鬼神的精神世界早就在被揭穿之中,与此相关的乡镇风习,也在被逐渐荡平,呈现出较为单一的样式,从而使精神生活有了乡镇和城市的同构趋势。在这个意义上,阿清看穿阿花奶奶的伎俩,几乎是一个妙笔天成的隐喻。原来,阿花奶奶只是人前肃穆,关上房门,她照样和家人在一起吃肉说笑,请卦的人走了,阿花奶奶"从黑裤子最里面翻出一个小口袋,挑出小口袋里面的钱,把这钱放上去,又仔细数了一遍,才又小心翼翼地放进去,把衣服盖好"。鬼神营造的灵晕消失,"阿清浑身发软,只觉得头晕、想

---

[1] R. Schäfer 语,转引自刘小枫《罪与欠》,华夏出版社,2009年,第58页。
[2] 唐诺:《眼前:漫游在〈左传〉的世界》,第4页。

吐……那朵一直在他心里移动的云没有了,那光和云梯也找不着了",
"从此,阿清成了一个认真学习、懂事乖巧的好学生"。[1]

有了这样的成人仪式,当然不会再给鬼神留下余地,那个眼看着灵晕消失的阿清,或许就隐喻着整个乡镇里的人们,他们用理智驱逐了鬼神,当然也就"其鬼不神"。就像我不知道牵连着世俗的鬼神世界是不是只会愚弄人,我也不知道这理性的启蒙仪式是否过于决绝了,只是看到,与鬼神被逐渐驱逐的生活世界相伴的,是《神圣家族》中精神生活的城乡同构。在这里,你会看到敌意和戒惧,少年人无端的恶意;你会看到寂寞、无聊、颓废,人默默习惯了孤独;你会看到很多人变得抑郁,自杀形成了示范效应;你会看到倾诉、崩溃和呆滞……这是一个慢慢崩塌的精神世界,并毫无疑问到就是现实。

二

我无法从上面的论述中推断出,城乡精神生活的同构跟鬼神的被驱逐绝对有关,但可以肯定的是,某些禁忌(taboo)和风习正在转化,人们只欢庆它消失时的自由之感,却忘记了霭理斯的话:"生活永远是一种克制,不但是在人类,在其他动物也是如此;生活是这样危险,只有屈服于某种克制才能有真正意义上的生活。取消旧的、外加的塔布所施加于我们的克制,必然要求我们创造一种由内在的、自加的塔布构成的新的克制来代替。"[2]

---

[1] 梁鸿:《神圣家族》,第12、13页。
[2] 引自吕叔湘《未晚斋杂览》,生活·读书·新知三联书店,1994年,第10页。

生而为人所需的必要禁忌一旦消失，风习的引导又缺少必要的克制（想一想那些展览名车豪宅、以娇嗲充当可爱的影视剧吧），甚而转向了人的肆心，便从内里败坏了世界的品质。看多了编造出来的虚假励志、真实虚荣故事，可见可欲之物越来越多，又仿佛得来全不费工夫，无论城市还是乡村，人在现实世界偶遇挫折，便不免怨天尤人，郁郁不得志的人日益增多，精神的困顿几乎无法避免。不过，无论怎样单薄吧，新的克制因素仍在形成，比如作品里的圣徒德泉，他构成的某种威慑，不妨看作生成中的新塔布。

母亲在德泉父亲去世后接待不同的男人，导致了德泉的沉默。在第三次高中复读时，因老师大骂老复读生，德泉爆发，足足骂了老师二十分钟，回家后即待在角落里，一言不发。着急的德泉妈拜佛烧香，磕头许愿，却均告无效，于是德泉妈开始信耶稣，也跟相好们断绝了关系。一夜，德泉听到母亲唱出《圣经》里的话："眼睛就是身上的灯，你的眼睛若明亮，全身就光明；你的眼睛若昏花、全身就黑暗。你里头的光若黑暗了，那黑暗是何等大呢！"若获神启，"德泉的脑子里有了光明。他看到，在黑暗中，光明从他自己身上散发出来，照亮街道、树木、房屋和万物"[1]。这个通体光明的德泉，此后便"端然行走于吴镇的大街小巷，河坡草场，收集来自吴镇深处的声音，并去拯救那些被不幸抛置于夜晚的各种境遇的人们。他准备好了随时从天而降。他要做他们的守护者。他不允许有人破坏夜晚的吴镇，他不允许哪怕一丝一毫的强迫、污辱和伤害"[2]。

---

[1] 梁鸿：《神圣家族》，第35页。
[2] 同上书，第37页。

或许是因为获得了神启，德泉便不管不顾地去照看那些被侮辱与被损害的人，即使自己可怜而无助，他仍然监视着那些欲火焚身的旅人，阻拦着无行的调戏者，把孩子从父亲的暴力中抢夺下来。现在，他要处理的，则是两个年轻人的初吻。正当两个年轻人沉浸其中的时候，德泉从天而降，"顿住、定格。然后，下台阶，一步步朝海红和清飞那边走过去，月光在地上投射出一条长长的阴影，越来越近，罩住正在博弈中的两个人"[1]，立时惊散。这次"拯救"，却不折不扣成了海红和清飞的困扰，甚至一种禁忌。长大后的海红，"和男人的关系总有点别扭。在最亲密的时刻，她会突然惊惧地扭过头，仿佛那黑色的剪影又站在那里"[2]；清飞呢，日子过得殷实，也与人为善，可他始终没有结婚。这就是不可避免的德泉悖论——他给弱者以扶助，却也要禁绝一切在他看来的过分：你不能穿闪闪发光的衣服，不能发出淫荡放肆的笑声，否则"他会跟上你，直到他抱住你，拯救了你，他才肯放手"[3]，即便这会给你造成终生阴影。

在新的禁忌未经严格检验，没有内化成人的自然反应，并急切地推行的时候，必然携带着让人忧心的副作用，并且，在一个德泉这样看着灵魂慢慢沉沦下去的人眼中，恶狠狠地给予对方拯救，或许是唯一的方法。由此造成的灾难性副作用，如果还因为德泉的圣徒心理可以忍受，那么，德泉悖论降落一点，消去其携带的神圣性，则几乎是纯粹的灾难了。

许家亮是孤寡老人，村支书却不肯给他上五保，他便不停告状。

---

[1] 梁鸿：《神圣家族》，第31页。
[2] 同上书，第45页。
[3] 同上书，第47页。

吴镇头面人物聚会一处，解决了许家亮的五保问题，并由支书奉上赔礼钱。可支书并不真的尊敬他，只是为了怕他给乡里惹事，才敬之如宾，私下里仍骂他是地老鼠。为了给支书难看，许家亮开始挖洞，动静越来越大，招来了记者。报道出来之后，支书果然难堪，许家亮气消了，也逐渐适应并开心地在宽阔的地屋里生活。记者又来了，显然不相信许家亮真的开心，于是再次报道——"农民被迫害几近成狂，住地洞如上天堂"。随后，许家亮的地屋被强行拆除，他的家具用品，也被放回象征着正常生活的地上房屋。在媒体、支书的"帮助"下，许家亮必须过上人们认可的幸福生活。没错，这就是德泉悖论的奇特变形，你必须过上他们定义的幸福生活——如果他们想给你的生活不是你想要的，他们是不是非要把你从安顿的地下拉到地上，从而完成他们的美好愿望而不是你的？

如果许家亮的委屈我们还能够理解，那么，赫胥黎《美丽新世界》中"野蛮人"提出的要求呢："就算我是在争取苦难的权利……不用说还有衰老、丑陋和性无能的权利，要求生梅毒、得癌症的权利，食物匮乏的权利，令人讨厌的权利，为明天担惊受怕的权利，感染伤寒的权利，遭受种种无法言说的痛苦折磨的权利。"[1] 如果你要求这一切而无人理会，如果人们执意动用德泉悖论，和支书、媒体以及各种各样的力量一起抱住你，直到拯救了你，给了你他们理想中的生活才肯放手，你将如何呢？

---

[1] 〔英〕阿道司·赫胥黎：《美丽新世界》，黄津译，陕西师范大学出版社，2014年，第200页。

三

写出德泉悖论的梁鸿，显然有对乡镇过人的熟悉，也就不会过于美化或丑化任何一个具体。《神圣家族》里的人物，往往声口毕肖，有他们各自的样，也有各自复杂的心事。读着读着，你堪堪要喜欢上书中的某个人了，却发现他有自己的缺陷；刚刚对一个人心生厌恶，他却又做出让人喜欢的事来。这是一个无法轻易判断是非对错的所在，你轻易论断了别人，别人就会反过来论断你。在这样一个世界，你应该多看、多听，多体味其中的无奈、辛酸以及笑容，如此，吴镇，甚至所有大地上的村镇，才不只是一个人实现自己雄心的泥塑木偶，人们也才真的会显露出自己带有纵深的样貌，与我们生活在一起。

蓝伟热心、无私、诚恳、乐于助人、开朗活泼，镇上的人都说他是好人。妻子艳春可不这么认为："你真的因为心地善良才去帮助别人吗？你不是。你只不过想让别人说你好，想获得别人的承认。你是在表演，你把表演看得比你老婆孩子，比你爸妈重要得多。"[1] 形势急转直下，仿佛戳穿了蓝伟的假面，把他无意的虚荣拷问了出来。可就是这个或许是虚荣的蓝伟，却真的爱着吴镇，爱着这里生活的人们。他在想象中劝说阿清，不要苛责阿花奶奶，"她只想让她儿子快乐、安全。并不是所有的坚持都是美的、对的，妥协也是美的"[2]；他劝毅志不要自责，因为无法确认吴传友的死与他的换房有关，可他也指出，毅志仍然超越了生活的某些界限，心的一角便永远缺了；他让海红原谅作为男人

---

[1] 梁鸿：《神圣家族》，第225页。
[2] 同上书，第233页。

的父亲，并忘掉圣徒德泉，因为他不是有意成为她生活中的阴影……到最后，蓝伟仿佛变成了这本书的作者，写下了"一朵发光的云在吴镇上空移动"——正是《神圣家族》的第一篇。

这个蓝伟，是不是真的有点像这本书的作者梁鸿？或许是。不过，蓝伟还要等妻子来责备他，"梁庄"系列就写着乡村的梁鸿，早就开始了自我反思："（我）没有真的参与在一个社会形态里面，居住了一段又出来，安然无恙，却写了它，并且得到某种外界的成功，似乎利用了它……虽然从自我意识上，我已经自我定位为一个书写者，但问题是这样的定位就完全够了吗？"[1] 所有有过双重生活体验并反思过的人，大约都不难理解梁鸿这种亏欠的感觉。她永远无法只在一个世界里居停，而是要不断在城、乡两个世界里出入，如果她更少停留的那个地方，恰好又是弱势的一方，这种亏欠的疼痛感就尤其强烈。兴许是为了安顿自己，梁鸿说："我个人愿意保持这种痛感，被它折磨，我倒能感到轻松一点。"当留在家乡的、有被迫害妄想症的朋友骂她时，她"一方面怕被骂，另一方面，当他骂你时，你觉得自己真是卑劣的，看到自己真实的不堪面目"。这样，她就可以知道自己"永远欠着人，他们一直都在那里，而我在这儿。我欠自己一点东西，这点卑劣感提示了我的赊欠"。[2]

这样一个自省的写作者，几乎主动承担起了在两个世界里穿梭的责任。不管乡村怎样衰退，精神的转化多么困难，周围的环境多么糟糕，她却不抱怨，不解释，不等待，不以这些为借口退进一个世界过

---

[1] 袁凌：《梁鸿：不能再像鲁迅那样去写乡村》，http://dy.qq.com/article.htm?id=20160216A043IE00。
[2] 同上。

自己的安稳日子，而是忍耐着两个世界的撕扯，做自己能做的，既让自己不断向前，又为未来的某个改善契机积攒着力量。或许正是这个原因，我们在《神圣家族》的颓败和腐烂、无奈和悲伤之上，能感受到一种隐秘的活力。

　　为什么会在无奈里感受到活力？为什么能在哀伤里感受安适？是不是略略有些让人生疑？借 M. H. 艾布拉姆斯在《诗歌的第四维度》里的话来说吧："华兹华斯在他的抒情诗中直面最为哀伤的失却，爱儿之死，又将其转化为对于读者而言的一种安适（comfort）——甚至是欣喜（joy）的经验；我们将之称为一种美学欣悦（aesthetic delight）。他做到了这一点，因为经由揣度并使用与哀痛的情境极为切合的语言，他实现（同时也令我们实现）了一种对哀痛的驾驭的模式。他做到了这一点，同时是经由恢复我们对以下二事的信念：我们并不孤独，且我们借富有洞见的诗作来分享我们关乎人类境况的困惑。"[1]

　　没错，梁鸿在《神圣家族》里实现了一种对乡村颓败的驾驭模式。她没把自己所见触发的感伤和伤痛带进文字（我们看到太多书中的感伤即是作者的感伤，书中的伤痛作者也没来得及转化），那些显见引发感伤或伤痛之物经过了她的精神转化，让我们即使在颓败里，也能感受到向上的力量，那隐秘流淌着的动人活力。梁鸿文字里最让人感奋的，正是这个隐藏甚深却处处可以感受到的活力。对这样一个写作者，人们能做的大概就是——小心地保护这活力，别向她索取太多。

---

[1]〔美〕M. H. 艾布拉姆斯：《诗歌的第四维度》，茹恺琦译，《上海文化》2016 年 3 月。

驯养生活

——田耳的《天体悬浮》

一

《天体悬浮》，甚至田耳的几乎所有小说，即便写悲剧，也给人一种活力四射的感觉。这种活力，在当代小说里，我似乎只在20世纪80年代初中期的一些作品里感受过。不过，那时候的活力，跟一个时期的上升势头有关，人人都抱着一种奔赴新时代的热情，当然就有活力。进入20世纪80年代末期，人们对新时期的欢欣鼓舞遇到了阻碍，兴头慢慢降下来，人逐渐变得怏怏的。小说也难免感染了这种病废的气息，加之创作上现代派小说携带的阴郁成分日益加重，那种曾经非常鼓舞人的活力在小说里就逐渐减少了，甚至于除了一些对时代状况免疫的作品，连爽朗的笑声都在小说里消失不见。

田耳的《天体悬浮》里，却充满了一种肆意的笑意。这种笑意不是为了表现"心灵的光辉与智慧的丰富"的文人式幽默，而是因生活的委婉曲折而来，跟人的迂执、笨拙、狭隘甚至卑贱有关，却不是嘲笑，没有讽刺，所以情真意切，有上好的腔调："是老式蹲坑厕所，据说里面经年的陈粪，干结板滞，一层层淤积起来，枪都打不穿。我刚来时，是伍能升带我熟悉环境，厕所也是环境的一部分，他跟我就这么介绍。我当时收不住嘴，问他：'哦，那一枪是谁打的？'伍能升说他也不知道，是别人告诉他的。说完，他才有所反应，看着我呵呵地笑起来……那以后，所里的人再跟新人介绍起那个厕所，说到打枪，便会连带地说，小丁还问是谁打的枪哩！"[1] 在《天体悬浮》里感受到的活力，跟这笑意相似，不高亢，不卑琐，不刻意，不衫不履，切切实实，是人的活力在日常生活里铺展开来的样子。

钱锺书在《管锥编》中隐括柏拉图《理想国》："人性中有狮，有多头怪物，亦复有人，教化乃所以培养'人性中之人'（the man in man）。"[2] 柏拉图真是古典情怀，他笔下的苏格拉底主张让"人性中的人""管好那个多头怪兽"，"把狮子变成自己的盟友"，"一视同仁地照顾好大家的利益，使各个成分之间和睦相处"。而现代小说（甚至现代一切文字？）却大体走了一条相反的路，他们放纵着人性中的多头怪兽和狮子，"让人忍饥受渴，直到人变得十分虚弱，以致那两个可以对人为所欲为而无须顾忌"，或者"任其相互吞并残杀而同归于尽"。[3]

我们从不少严肃的现代小说中感受到的气息奄奄，甚至阳亢的反抗挣扎，差不多都可以看成对两个精怪的屈从或放纵。另一面的情况大概更不乐观，很多人自以为写出了"人性中的人"，却不料只是写出了抽去精怪的人，平面刻板，不过是一副人的躯壳，一丝儿精气神也无。不妨这样比方，人性中的人与其中的两个精怪，一起构成了生命的活

---

[1] 引文自田耳《天体悬浮》，用《收获》本，2013年第4、5期。以下引自小说的，不再注明。小说另有作家出版社单行本，2014年。
[2] 钱锺书：《管锥编》，中华书局，1979年，第1163页。
[3] 以上引文自〔古希腊〕柏拉图《理想国》，郭斌和、张竹明译，第381、382页。

力。这个活力必须表现在生活之中，表现在桩桩件件具体的事上，一旦提取出来，在虚构的世界里重新塑造，活力就没来由地消失了，仿佛一个人被提走了魂。不过这话有点矛盾，小说不都是虚构的吗，田耳小说的活力何来？

《天体悬浮》保持的动人活力，或许是因为田耳即便在虚构的世界里，也没有把活力单独提取，他写进小说里的，就是人性中的人和两个精怪，它们各自保持着自己的生命力，一起穿行在纷繁芜杂的世界里。为什么很多小说不是这样的呢？因为很多人自信地以为，他们有能力提升或过滤生活，把活生生的世界加工成一个删繁就简的艺术品。不只写作者，普通人也充满加工生活的热情。田耳曾遇到过这样的事情："以前朋友知道我写小说，但不知道会发出来，就瞎扯，我能得到很多，他们给的都是原始材料；现在，他们经常给我加过工的产品。最痛苦的是，有年纪较大的人找到我，要跟我讲故事：'我的一生就是一本大书'——但听了半天我什么也得不到。说这话的人通常会加工他们的经历，一旦加工，大都是舍去有用的东西，留下残渣。"[1]

不难看出，田耳也不是把生活直接写进了小说，他有自己的选择方式，有自己对生活的观看之道。只是这个观看之道，远离了意识形态，弃绝了各类大词，没有哲学、抽象、形而上，是一种朴素的观看。这种观看，不抱成见，不师成心，脑子空白，不提前带上自己的观点，然后贴着人物，走进他们的生活，把他们因适意或艰难而来的欢乐、幸福、烦恼、委屈，一点点写进小说。这些人心的微澜，尘世的琐细，

---

[1] 《湘西作家田耳：我对底层不敢说是同情》，http://www.xxcb.cn/culture/yuedu/2014-08-13/8931323.html。

因为未经成见的提炼，不虚浮，不张致，细细密密地显现在人物的行为之中，自然地流淌于整个生活不绝的长流，因而有一种与生活本身的活力相生相长的郁勃之气，小说便显得生气灌注，元气淋漓。

二

田耳曾在派出所闲待过一阵，观察到了"辅警"这类人。他们是临时工，在所里没有地位，吃苦受累的活却都是他们干，因而拥有派出所的正式编制成了他们梦寐以求的事。为此，田耳构思了一个作品，写两个能力很强的辅警争夺唯一的转正指标，写着写着，却发现，"现实生活中，获得一个编制对具体某个人可能有意义；但如果把它写成文章印杂志上，就显出格局小，所以自己写起来也没劲，没写完扔电脑里了"[1]。这个扔在电脑里的中篇后来蓬蓬勃勃地长成了《天体悬浮》，争夺转正指标只成了小说的一个组成部分，小说的格局呢，不再是小的，甚至有那么点，嗯，宏阔。

小说仍然开始于一个小城里的派出所。符启明和丁一腾是辅警，一起抓嫖、抓赌、抓粉客，一起偷鸡杀狗，无所事事，一起恋爱，一起失恋。在这个过程中，他们见到了人性晦暗的角落，自己也不免在这晦暗里挣扎。被一巴掌揭掉半张脸皮的粉哥，心安理得吃软饭的光哥，无暇顾及羞耻之心的皮条客，为了甩掉苏妹子而污蔑她有杨梅疮的符启明，都是这种晦暗的表现，标示着人性向下的堕落。最为集中地表现出

---

[1] 《田耳：小说怎么写都可以，只要能让别人相信》，http://blog.sina.com.cn/s/blog_4a8995430101jf9o.html。

这种向下堕落的，在小说里是符启明掌握全市的皮条生意、买卖凶宅、改变了符启明生命走向的小末、沈颂芬和安志勇三人嗑药后的性爱游戏，以及马桑被安志勇招妓后的自杀骗局。在卖淫、凶杀、放纵和招妓里面，本就有人性晦暗一角的释放，人却还在这其中加入了金钱交易、情感背叛和密谋欺骗，使本来就晦暗的人性角落，更加显出不堪。

写这种人性的晦暗角落，写作者会有"发现的惊喜"，也让作品在探索人性的长路上走得很远。这差不多是现代小说的惯技，或者用前面提到的《理想国》里的区分，大部分现代小说，都把心力集中在对人性中多头怪兽和狮子的探索上，往往忽视了人性中的人，或者把人性中的人当成了孱弱的、无法抵挡人性暗角的部分，写作者自己也容易沉溺在黑暗的泥沼里。不过，或许这不只是现代小说的特征，倒是大部分文学作品的惯例，自古希腊肇端"诗与哲学之争"时已然如此。柏拉图要把诗人赶出理想国，很可能就是因为"诗（按：或者广义的文学）迎合快乐的需要或煽动人放纵的自由，诗必然导致欲望，尤其是性欲望的统治"[1]。《天体悬浮》里那些人性中晦暗的部分，大约就是人不知节制的欲望唆使的，带着未经清洗的欲望所有的丑陋和肮脏。

亚里士多德在《尼各马可伦理学》中说，"每种技艺和探究……都以某种好为目的"[2]，小说当然也不应例外。《天体悬浮》的宏阔之感，正是在写人性向下的晦暗角落之外，还写出了一种对更好和更美的渴求，写出了人向上的冲动。这个冲动，最明确地表现在与标题相关的"观星"中。观星自小说较为靠前的部分出现之后，就一直贯穿其中。女主

---

[1] 〔美〕斯坦利·罗森：《诗与哲学之争》，张辉译，华夏出版社，2004年，第14页。
[2] 引文用刘小枫《重启古典诗学》译法，华夏出版社，2010年，第50—51页。参见〔古希腊〕亚里士多德《尼各马可伦理学》，廖申白译注，第3页。

角小末和沈颂芬喜欢观星，男主角符启明喜欢观星，后来"我"的妻子王宝琴也加入观星的行列，符启明甚至有一个以观星为号召组织起来的"杞人俱乐部"。田耳开始觉得，"小说将派出所的生活写得过于沉重压抑，这也是写作中小小的失控；将观星写进去，就是一种补救措施"，后来却发现，观星"对人物性格的塑造也特别有帮助"。[1] 不管这个不经意冒出的念头如何偶然，在小说里，观星代表着人对无限和辽阔的向往，几乎成了人向上冲动的隐喻。女主角之一沈颂芬有一段对观星的说法：

> 只有两件事能让我一直心旷神怡，那就是——头上的星空和心中的道德法则……人都是脚踩大地，头顶天空，要是这一辈子只和大地发生关系，忽略了天空，你至少就失去应有的一半，甚至是更为重要的一半……从我个人的经验看，观星的爱好不光让人变得充实，也让生活变得轻盈。仅仅和脚踩的大地，每天的生活发生联系，人会有一种甩不开的沉重……要想排遣压力，观星的爱好无疑是最佳选择……慢慢地，你发现人类的总和也不过是一个尘埃……你会沮丧、失落，但经过一阵的适应，你会在生活中得来一种从未体验的轻盈。有一天，你会以全新的眼光审视你生活的全部，身边的一切，这里面有难以言说的快感。

这段对观星的总结陈词因为沈颂芬稍显虚荣的性格，有些夸张和

---

[1] 《作为小说家，我以动物性的本能去体验》，http://paper.nandu.com/nis/201404/27/208826.html。

虚浮的成分，但观星隐喻的人向上冲动非常明显。人不甘心囿于脚下的土地，以直立的姿态向往更辽远的世界，自有一种顶天立地的气概。这个向上之心，是人异于禽兽的几微之差，也是人自身有意无意的内在需求，是那个"人性中的人"对尘世中的人发出的召唤信号。

与观星隐喻的向上冲动直接相关的，是小说中关于"道士命"的说法："乡村里某些奇人、异人、能人、怪人，他们的才能没法用当官、经商、考学、搞女人之类的常见选项加以归类。说起这些有着怪异禀赋的人，大概是让乡亲们有了表述的困难，于是有人想出这个词加以概括……'道士命'某种程度上也就是不认命，和自己命运相抗争。他们通常都会离开家乡，凭着自身古怪才能、百折不挠的韧性以及天马行空般的想象力到处折腾。有了这命，一辈子都不会甘于平静，要么外出打拼混成一号人物，要么待在家乡活成一个怪物。"不难看出，所谓"道士命"，就是不甘心囿于人生的一隅，聚拢起向更高更远处去的心劲，做向上觉醒的努力。符启明就是"道士命"的典型，他凭借内心的不甘，从派出所的小小辅警，最终混成了俐城举足轻重的人物。

人很容易忘记自己曾有过向上的冲动，但这个冲动与人的其他愿望相同，不会凭空消失，而是以复杂的变形方式表现出来，"道士命"还是其中较为容易辨认的部分。在《天体悬浮》里，除了观星和符启明混成个人物这样明显的行为，连符启明陷入恋爱状态时的顾身惜命，"我"想娶一个读大学的妹子当老婆，陈二的时时以正直自居，甚至连徐放辽对粉妹夏新漪的爱，"我"父亲把棺材本投入融资系统，都是这个向上冲动的曲折表现。一个人要珍惜自身和他者，要与更好的人为伴，要变得正义，要获得爱，要过上更宽裕的生活，不都是向上的渴望吗？只是这些渴望因为与不净的世俗有关，未免会沾染上世俗的各类芜杂,又或在世俗的尘埃里埋得很深,变形得面目全非,很难爬梳出来罢了。

田耳大概是用心做了这个辨识功夫,并如实看待人性中向上和向下的部分,把两端之间的张力拉得很开,虽然生活密密匝匝,却有人性高低之间的俯仰余地,因此作品便有了一种混沌苍茫的气息。《天体悬浮》的宏阔之感,或许正是来自这里。

三

在《天体悬浮》里,有一种对日常和人心的洞察。这种洞察有时是通过绝顶聪明的符启明之口,有时是通过老于世故的春姐之口,也有时从各种角色的口中零星流露出来,但更多的,是小说叙述者"我"——丁一腾的叙述连带出来的,应该是他的观察所得。这洞察因为隐含在小说的叙事之中,很容易被人忽略。这很像丁一腾在小说里的表现,相比符启明的风生水起,丁一腾看起来不显山不露水,直到小说结束,依然不过是一个相对底层的角色。他自己也觉得,符启明"已经在很远的地方,过自己渴望已久的生活,而我一直有生活在泥淖里的感觉"。这样一个人物,仿佛只是符启明风光生活的天然配角。

随着小说的逐渐展开,丁一腾的戏份却越来越重,作用也越来越明显,甚至在结尾的时候,有驾符启明而上,成为第一男主角之势。从这个方向回看丁一腾在小说中的作用,像田耳自己说的,"符启明像一只风筝,可以飞得很高很自由,丁一腾则像拽住风筝的那根线。所以符启明对丁一腾有一种内在的需要，有一种不易觉察的依赖"[1]。丁一腾是这样一个人，他有自己的无能、无奈甚至不堪，却并不因此自卑，懂得该把人心向上的冲动和向下的堕落节制在这个纷纷扰扰、普普通通的尘世，不卑不亢地看待着这个并不美好的世界。他看到了生活的苦况，体察了其中的悲哀，却能在艰辛里微笑。

《小王子》中讲到"驯养"（apprivoiser）——建立感情联系。狐狸对小王子说："现在你对我来说，只不过是个小男孩，跟成千上万别的小男孩毫无两样。我不需要你。你也不需要我。我对你来说，也只不过是个狐狸，跟成千上万别的狐狸毫无两样。但是，你要是驯养了我，我俩就彼此都需要对方了。你对我来说是世界上独一无二的。我对你来说，也是世界上独一无二的……"在外界流浪了很长时间的小王子由此知道，地球花园里无数的玫瑰，跟他自己星球上的那棵是不一样的，花园里的玫瑰"很美，但是空虚的"，而他的这一棵玫瑰，就比花园里的全体都重要得多。"因为我浇过水的是她，我盖过罩子的是她，我遮过风障的是她，我除过毛虫的（只把两三条要变成蝴蝶的留下）也是她。我听她抱怨和自诩，有时也和她默默相对。她，是我的玫瑰。"[2] 不难想象，《天体悬浮》里那些麇集在人性两端却远离了最切身的日常的人们，其实没有驯养过他们的生活。

丁一腾跟自己的生活，应该是这种驯养关系。乍见热络亲切的符启明，丁一腾就想，"他只不过是自来熟的性情，果子催熟得太快硬着

---

[1]《田耳：小说怎么写都可以，只要能让别人相信》，http://blog.sina.com.cn/s/blog_4a8995430101jf9o.html。

[2] 以上引文自〔法〕圣埃克絮佩里《小王子》，周克希译，上海译文出版社，2005年，第97、103页。

心，人熟得太快也只是一种客套"，却也并不因此拒符于千里之外，甚至他们还成了最好的朋友。与沈颂芬热恋之时，因为沈要教他看星，丁一腾就警惕地问："每个人都有不同的爱好，为什么一定要把你的爱好强加给我？"即便如此，他们的恋爱关系还是按照通常的方式延续了很长时间。派出所旧同事伍能升误伤人命，担心自己被判死刑，眼神惶惑无助，作为律师的"我"仿佛掌握着他的生杀大权，却没有一点自负和得意，因为"一个人无权指责别人对死亡的恐惧"。符启明准备把一台高端望远镜送给王宝琴，丁一腾并未拿回家，"我清楚，王宝琴只能是半吊子货，低倍率望远镜就够她用一辈子的了，我可不想她被这台望远镜激发起探测宇宙的万丈雄心"。不妨说，这个与生活建立了感情联系的丁一腾，是这个世界上罕见的有心人。他把生活的点点滴滴和人心的沟沟坎坎看在眼里，洞察其中的隐秘，却并不张扬这些发现，懂得该怎样用自己的宽厚护卫它们。

　　小说倒数第二章结尾，丁一腾和王宝琴闹了矛盾，在她离家的一段时间，"我"想明白了，"老婆不但是一个女人，更是一个亲人，具有唯一性。她身上的一切优点和缺点，其实都是用来和芸芸众生加以区分的特点"。从这个角度不难发现，这个看起来平平常常的丁一腾，真是一个以往小说里罕见的形象。他对生活不激烈地对抗，也不一味地屈从，而是携带着自己所有的优点和缺点，以最为普通的样貌，健朗地走进了小说熙熙攘攘的人世里，耐心地与生活里的幸福、欢欣、麻烦甚至困苦相处，也让自己在生活里长成为一个独一无二的人。

龙衔海珠,游鱼不顾

——哲贵和他的信河街

一

哲贵的小说,地理上,大都集中在信河街。幸亏有他存身的温州可以让我们确认,否则,真的很难相信,一条小小的街道,怎么会容纳这么多有钱人和传奇者,怕是信口开河吧?不过,暂且用不着坐实哲贵的信河街是不是在温州,也用不着把福克纳约克纳帕塔法县那"邮票大小的地方"引为佐证,虚构写作者构造的地理空间,本来就是弥勒的如意乾坤袋,书生的随身百宝箱,大可以容纳世界,小可以卷而藏之。只是,这个虚幻的花园里,必须有真实的癞蛤蟆,比如,信河街上的人之所以致富,甚至经营出现问题,小说有必要给出坚实的理由——而这,正是哲贵的强项之一。

《金属心》里的霍科之所以致富,凭的是对社会的洞察,他"深知政府的一个决策可以让一个行业生,也可以让一个行业死"[1]。《责任人》里的黄徒手,凭对技艺的热爱,改造了激光打出的限流片,不但价钱

---

[1] 引自小说的文字,均出哲贵《信河街传奇》,浙江文艺出版社,2012年。下文引用小说中语,不再注明。

便宜，而且，"手工压出来的小孔，内沿平整而光滑，打出来的火花形状像剥了壳的鸡蛋"，他由此赚到了人生的第一桶金。《雕塑》里的雕塑家唐小河转行设计马桶，反复琢磨其中的窍门，比如怎么设计坡度才不会"尿花四溅"，怎么抽水既不射出又能把内壁清洗干净……产品受欢迎进而致富，全靠精巧的心智。《牛腩面》里干饭馆的黄伏特，能认出"真正的牛腩是在牛的第五根肋骨以下。可是，这片肉里也有高下之分，最差的是上边的肉，有七层。最好的是下边的肉，只有两层，一层皮包着一层肉，皮和肉的比例是七比三"。有如此匠心独运的发现，当然经营餐饮无往而不胜。《试验品》里的朱少杰，因为一次偶然的机会发现陵园环境不尽人意，敏锐地意识到此方面的欠缺，投巨资建设，果然风生水起。

写富人，当然难免会涉及2008年的金融危机，哲贵也充分地给出了富人们经济受到冲击的理由。跑路的王无限明白，"担保公司出问题的原因有很多，但……最直接的一个原因是银行收缩银根，原本承诺的贷款突然取消了"，点出了金融危机跟信任危机的内在关联。而做眼镜贸易的唐筱娜，"在信河街眼镜产业链的三个环节中，她这个环节才是上家，也是这次金融危机中受冲击最大的一个环节"，明确指出了市场的薄弱环节究竟何在。

这些部分初看起来平平无奇，仔细想，却是哲贵细细体察生活的所得。他是生活的有心人，因而洞悉了某些问题的核心，让人有惊艳之感。在一篇小说里，这些看起来细微的部分，不但让小说此后的展开有了让人信任的基础，更为可贵的是，在小说里，这些部分是细节里的细节。这样讲有点复杂，不妨说，对一个小说来说，笔触抵达细微之处，还算不上细节，要能把细微之处拆开，从这个细小的地方又看出一个世界,细节才真正出现。说得确切一点,所谓小说里的细节,是普通所谓的细节里的细节,否则,那些细节就只不过是泛泛的观察所得,因为没有洞察,算不上出色。

如此因洞悉而来的细节,还有另外一个妙处。不知道从什么时候开始,社会对有钱人滋生了一种奇怪的傲慢,认为他们不过是时代风云际会的产物,或者是龌龊无耻的获益者,却从未想过,他们致富的原因有可能是出于思维的奇特或是为人的勤谨。哲贵提供的这些细节,把有钱人的致富之因和溃败缘由轻轻点了出来,我们可以从中看到,原来财富也不是轻易就会流动到某些人手里的,其致富必有原因;而财富携带的能量,会打开一个他们不曾想到的世界,带给他们意想不到的伤害。这伤害,有的是外在的,如金融危机对他们的直接冲击;有的,则是内在的,比如哲贵致力的对他们心理的探讨和试图给予的安慰。

二

哲贵在一本小说集的序言里坐实了信河街位于温州,并且说:"普天下的人都知道温州人有钱,知道温州富翁多,温州的别墅多,而且贵。可是,谁看见温州的富翁们哭泣了?没有。谁知道温州的富翁们为什么哭泣了?不知道。谁知道他们的精神世界里装着的是什么了?也不知道。但是,我知道,他们的人生出了问题,他们的精神世界也出了问题。"[1] 出了什么问题?

---

[1] 哲贵:《我的小说之路》,出《金属心》序言,作家出版社,2011年。引自《文学界》,2011年第5期。

霍科患有先天性心脏病，人到中年，越来越严重，不得已换上金属心，自此心里总会一块地方是冰冷的，"内心正在变得冷漠和坚硬"，连老婆跟别人偷情也不能引起痛楚。黄徒手呢，失眠，头痛，消化不良，情绪低落，最糟糕的，是经常闻到酸酸的镍片气味，甚至在妻子的身上也闻到，因而觉得生活没劲，感受不到幸福。唐小河和妻子董娜丽没有能够继续做假冒产品，后来就热衷于让董娜丽整形。每次整形都带给唐小河新的快感，而快感消失后，又是新的一次整形。黄伏特的妻子季丽妮不关心家庭，对孩子三心二意，一心扑在拓展业务上；而妻弟季良虽有厨艺天才，却对女孩经常性喜新厌旧，麻烦不断。朱少杰的问题更加明显，他发现，"在这个世界上，他最喜欢的人是他自己。他已经失去喜欢别人的能力了"。

这就是哲贵看出的富人们的精神问题，他要在小说里做的，是展示这些问题，并给以理解和安慰。霍科跟人交往非常冷漠，但遇到对人真心的盖丽丽之后，他日趋坚硬的心，经常有被揪了一下的感觉，他意识到，"原以为已经彻底死亡的心，似乎一息尚存"。通过主动寻求心理治疗，黄徒手意识到，生活变化得太快，他的心却停在原来的地方，没有跟上来。经过艰难的治疗，虽然问题仍未完全解决，但他却由此展示了对自己审视的决心："在这个大家向前跑也一直向前跑的时代，已经很少有人有你这样的勇气，愿意付出代价，停下脚步去审视自己了。"唐小河与董娜丽夫妇，则通过整形这个办法，"得到内心的安慰"。黄伏特一家，因为季良惹事，孩子被绑架，妻子终于意识到孩子对自己的重要性，内心的母性被唤醒，一贯女强人的她，"脸上居然出现羞涩的表情"，"眼睛定定地看着那棵蒿菜，看着碗里升腾上来的热气，突然'呜呜呜'地哭了起来"。朱少杰呢，因为失去了喜欢别人的能力，跟艾丽莎签订了婚姻协议，却在陵园销售的关键时期，因艾丽莎妈妈影响销售，把她送进了精神病院。

《跑路》和《信河街》可以作为对照，都是写受到金融危机冲击后人的反应。《跑路》里的各种人物，在出现危机时，推翻了背信的多米诺骨牌，最终是信任和财富的双重坍塌。《信河街》写的，则是信任和宽容。王文龙被西班牙合伙人欺骗，仍困难重重地回到信河街还债。借债的婶婶也对王文龙信任有加，王文龙还和叔叔、婶婶住在了一起。最终，他们艰难地走过危机，各自神态安详。

小说里的这些有钱人，哲贵并没有对他们提前抱有偏见，而是把他们具体的心理困境写了出来。这个意义上的富人，其实就是日常生活中的每一个人，如哲贵所说，"这个问题是他们的，也是中国的，可能也是人类的"[1]，因为这就是人类普遍的困境。也就是说，哲贵在决定写这些人的时候，早就越过了财富多寡的障碍，注视的是他们的内心层面。说得再深入一点，这些有钱人的致富，虽然有其独特之处，却并未在思想上真正超群脱俗，因而他们在精神意义上也不过是普通人。然而财富本身的能量，却让他们看到了生活更深一层的东西，也有余力来考虑自己的精神状况，可他们并没有在思想上做好充分的准备，也不具备从累积财富的过程中直接汲取能量的智慧，因而在遇到精神困境的时候，往往束手无策或采取极为特殊的手段，甚至完全被动地依赖外界提供的机会。这些方式因为不是自内而外的，并非凭借智慧的解决，因而其安慰的获得，总是无法持续。在这本小说集里，大部分人，都是突然得到安宁，偶尔获得平静，因特殊的际遇而放松下来，

---

[1] 哲贵：《我的小说之路》，出《金属心》序言，引自《文学界》2011年第5期。

或在与人的交往过程中意识到自己的感动，而所有这些，在小说中都没有看到持久的可能。

这就是我为什么起意把哲贵小说称为"安慰心理学"的原因——小说中给出的多是安慰，略缺少了安宁的力量。怎么区分两者呢？安慰是一种曲折的体谅，温存的体贴，就像一只善解人意的手的抚慰，给人带来一种同生共感的暖意，却只在某些瞬间起作用。特定的安宁呢，拿帕斯卡举例吧，他对自己著名的"激情之夜"的记载是："确定。确定。感觉、快乐、和平。"出于对帕斯卡的信任，我相信这一非凡的经历的确给予了他某种不可替代的确定感，也就是他获得了某种意义的安宁。对关注精神安顿的人来说，"他们有心智去构想，有感受力去体会生活和痛苦的混乱、徒劳、无聊和神秘，而他们只有在全身心的满足中才能得到安宁"[1]。

出版不久的《猛虎图》，仿佛是哲贵信河街富人传的压轴。陈震东20世纪80年代初开张了自己的"多美丽"服装店，从此慢慢进入富人行列，用四十年的时间走过了身家过亿又一文不名的人生，终于由人而变形为噬人的猛虎，不得不遁逃于山中。这差不多可以看成信河街上各种富人的人生提纲对吧？只是，这一次的陈震东似乎没能得到哲贵的安慰，他要在山里孤寂很长时间，前途未卜。或许，哲贵对信河街的观察方式发生了转变？

---

[1]〔英〕艾略特：《现代教育和古典文学》，李赋宁、王恩衷等译，上海译文出版社，2012年，第185页。

三

　　写完《猛虎图》，哲贵便仿佛对富人和他们的精神生活弃之不顾，把笔转向信河街有一技在身的各类市井人物。这次转身有点决绝，哲贵虽然仍细细体察着人物在现时代里的生活样态，却似乎由现下向过往大幅度后退，起笔都在数百年前，且仿佛不再关注问题的解决，更像是在提出或揭示问题。一个关注富人们深夜哭泣的写作者，还善意地提示给他们心理药方，却在写市井人物时狠心不理他们的怨怒忧惧，任他们在无根的尘世里哀哀无告，为什么？

　　此前哲贵对富人的未免有情，大概是因为他真的看到过他们哭泣，于是他主动承担起写出富人们也即人类精神困境的责任，并企图在小说中帮助他们解脱，完成一次纸上的治疗。待到写市井系列的时候，哲贵自己的精神世界似乎发生了变化。比写市井人物更早，他就开始沿着现在还遗留在温州的某些传统向上摸索，企图把已然破碎不成片段的传统残壳抔合，探求其更深的根源，然后反过来看这世界为什么成了现在的样子。可不等哲贵找到传统的源头活水，七宝楼台也似的完整传统，早已映衬出现时代的千疮百孔。可我们置身现世的人，仍然对当下天然有情，一个不小心，对传统的追索，竟变成了对过往的讨伐。

　　书店老板，儿科医生，手工艺人，都有着某种传承，并在这时代里泅游。比如，八百多年来，诸葛家族的男性传人被先人所订的传统牢牢捆缚在他们的行医职业里，并以此维持着尊严和体面。可这传统终于不免与现下生活起了争执，不算日常映衬出的诸葛一家的怪模怪样，上代遗言的传男不传女，让妹妹毅然地脱离了诸葛家自立门户；后代人对医药口诀的拒绝，也让诸葛家的传承不绝面临中断。事与愿违，在这些小说里,我们没有看到传统的活力,看到的是传统不知变易的窘迫。

哲贵看到了问题,也如实写出了问题,即使这问题让他心仪的传统看起来一地碎片,他也并不因为自己的倾向而有所改变,而是忠实于自己的所见。也正是在这个意义上,哲贵在时间上的后退和小说中问题的悬而未决,才有效转化为真正的向前——写作者观察的时空范围发生了变化,此前看起来完整连续的世界有可能变得破碎离散,就必须得重新看待。

这或许就是哲贵对市井人物决绝的原因,看到了更深问题的他,也就看到了世界的破碎离散,无法假装能够给人物提供完整连续的安慰方案。对现下社会状况的深入认知,不能不相应引起文体的不同变化,哲贵究竟为自己未来的小说,设想了怎样的样子?

四

对自己的小说文体,哲贵曾自报家门:"其实这条路子关系到小说的源起,那就是'传奇'。我想,我的本性,也只能走笔记小说的路子。"对这个文体的现代意义,哲贵设想的探索方式是:"能不能在笔记小说里注入更多理性的思维?能不能在现实的土壤里长出飞翔的翅膀?能不能把笔记小说写得温和平实,却又冷峻弃绝?"[1]

上面这段话里,有把传奇和笔记两种不甚相同的文体混为一谈的嫌疑。唐传奇"情节曲折""文辞美丽",是"有意为文";而宋人笔记则

---

[1] 哲贵:《我的小说之路》,出《金属心》序言。引自《文学界》2011年第5期。

"无意为文",故"清淡自然","自有情致"。[1] 相对来说,笔记体本来就多理性思维,纪晓岚的《阅微草堂笔记》,"几乎每记一事,都要议论一番"[2]。如此看来,哲贵所近的,应该是唐传奇的传统,他所谓的加入理性思维,就是要在传奇的"情节曲折"之中加入。另外,如哲贵所说的从现实中生出飞翔的翅膀,冷峻弃绝的态度,岂不正是传奇的当行本色?

不妨把话说得远一点,举几个唐传奇的例子。

《枕中记》写穷困的卢生于邯郸客店中遇道者吕翁,获枕入梦,于梦中尽历荣华,醒来时,主人炊黄粱未熟。《南柯太守传》写"嗜酒使气"的游侠淳于棼在一株古槐树下醉倒,梦见自己变成大槐国驸马,任"南柯太守"二十年,生儿育女,荣显一时。梦中惊醒,发现自己不过是在蚂蚁国里做了显贵。《枕中记》和《南柯太守传》均把人生视同一梦,在梦与现实的交接处、在感叹人世虚幻的缝隙里,凸显出作者对时空局限的自觉。对人来说,一生不过百年,而枕上一梦或蚁穴生平,却是对这百年局限的变化,一梦可历一生,人的生存时空岂不是要大大扩大?这种对时空变化的认识,从一个方向上超越了时空限制和认识限制带来的无奈,岂不是"从现实的土壤里长出飞翔的翅膀"?

再比如《虬髯客传》。故事开头是李靖见杨素之后,杨素侍婢红拂女半夜追至,说自己"阅天下之人多矣,无如公者",决意追随。在李靖和红拂女避难期间,一"赤髯如虬"者,"乘蹇驴而来",观李靖"仪形器宇,真丈夫也",遂相与为友。两人综论天下英雄,李靖认为李世

---

[1] 汪曾祺:《汪曾祺全集》第五卷,第249页。
[2] 汪曾祺:《纪姚安的议论》,《中国文化》1991年第2期。

民有明主之象，虬髯客设法一见，果然"真英主也"，于是举巨资给李靖以佐明主，自己则避地而处。这样的相识风尘，又这样明快的决断，岂不是"温和平实，却又冷峻弃绝"？

《聂隐娘》里几乎没有直线逻辑，聂隐娘的被掳走，杀人时的果决，选丈夫时的坚定，易主的干脆，对空空儿判断的准确，都没有交代原因，却也因此有了壁立千仞的气象。而对这种气象的破坏，正是所谓理性思维的加入，在我看来，这也几乎是现代小说的顽症之一。小说中理性思维的实质，是为其中人物的行为提供坚实的逻辑支持。在这个意义上，现代小说背离了唐传奇蓬勃的朝气，那些传奇中原本无理可讲、无逻辑可循的故事，慢慢演化得枝蔓丛杂，虽然有了明确的线索，却缺少了传奇中放宕汪洋的自信，被逻辑的圈套牢牢捆缚了起来。

从这个方向看，希望冷峻弃绝的哲贵，在自己的小说中，对富人们有时未免太过留恋，也太多情了些。那些累积了巨量财富的人物，那些经历过大风大浪的商人们，他们的掠夺性和内心强顽的一面，哲贵下笔有些小心翼翼了，太过于"细致、温和、抒情、通俗"。与此相关，哲贵的小说，也就未能完全达到他所设想的飞翔状态，那些在信河街上寻求心理安慰的富人们，显得过于理性，也太娇柔了。天地不仁，什么不是时过境迁？圣人不仁，哪里有那么多细致的抚慰？笔下信河街上纷纭的人们，按哲贵的设想，或许不只是需要安慰，他们该拥有获得安宁的雄心。而现在所写的这批信河街市井人物，哲贵的冷峻，倒是要从他们残忍地开始了对吧？——这世俗意义上看起来倒转的同情，或许正是哲贵小说向上一路的独特标志。

五

　　大概用不着强调,之所以把话题扯得这么远,是因为哲贵的小说,已经具备了某种卓尔不群的气象,并已接近了传奇的某些特质,因此才有了被郑重讨论的可能。

　　哲贵不是喜欢"龙衔海珠,游鱼不顾"这句话吗?那么,或许就不妨在小说中再"无情"一点?他得专注地盯住问题,不被各种琐碎分心;他得学着面对传统时当仁不让,截断众流;他得试着用自己的作品对传统损益,从而让过往的好东西真正流淌进当下。唯其如此,市井细民的钉铛传奇,才可以是广阔的人世新语;而写作者,也才能在汤汤而去的时间河流之下,寻出更为有力的生机,小说也才能显示出壮阔雄伟的人类景象。

小说的末法时代或早期风格

——霍香结《灵的编年史》

一

或许是因为美学上"无利害性"（Disinterestedness）观念的推广，或许是由于"为艺术而艺术"（Art for Art's Sake）的倡导渐成主流，或许是似是而非的规矩变成了厉禁，小说这一体裁变得越来越有洁癖——不能容纳太多知识，不能容忍太多思辨，不能心存教化，不能批评情欲，不许写高级或完美的人，不许对人物有道德评判，不许有作者跳出来的议论……如果把这些不能和不许列个表，现代小说似乎不再剩下些什么，或者，只剩下一样可怜的东西——"大家当可以看得出：文学是无用的东西。因为我们所说的文学，只是以达出作者的思想感情为满足的，此外再无目的之可言。里面，没有多大鼓动的力量，也没有教训，只能令人聊以快意。不过，即这使人聊以快意一点，也可以算作一种用处的：它能使作者胸怀中的不平因写出而得以平息；读者虽得不到什么教训，却也不是没有益处。"[1]

到最后，小说仿佛只残留了意味，洪荒开阔的世界几乎要在里面

---

[1] 周作人：《中国新文学的源流》，见《儿童文学小论暨中国新文学的源流》，第14—15页。

绝迹。其实从起源看，被各种清规戒律捆绑得高贵冷艳的小说，出身并不怎么遗世绝俗，甚至是跟教化与世俗结结实实长在一起的。公元2或3世纪希腊作家朗戈斯的《达夫尼斯和赫洛亚》是小说的源头之一，在"卷头语"中，朗戈斯表示，写这作品的目的是施教，教育人们认识灵魂与爱欲的关系。现代小说（novel）来源之一的罗曼史（Romance），也远不像人们臆想的那样遗世独立，餐风饮露，差不多是依傍贵人的骚客谀辞，用来换取一点残羹冷炙。18世纪小说的兴起，也离不开贵太太们汗津津的体臭，女仆们烟熏火燎的厨房，并非温室里的花朵、无菌房里的幼苗。因而，小说的起始阶段，在口味上完全不像现在这样苛刻挑剔——明目张胆的教化意图，经不起推敲的道德裁决，浅白无隐的禁忌情欲，怪模怪样的放肆议论，冗长烦闷的景物描写，悖于常理的情节设置……都理直气壮地在小说领地里昂首阔步。

一面在技艺探求上愈发精细入微，一面却因为对体裁的强调而胃口越来越差，于是小说变成了极其娇弱的物种，可容纳的东西越来越少，仿佛一个脑袋巨大而身形孱弱的畸形存在，早已显出日薄西山气息奄奄的样子来。沿着这样一条越规划越窄的航道，最终剩下的不是技艺小打小闹的钻研，就是故事编排的强自聒噪，小说写作者只能遗憾自己没有生在那个蛛丝马迹都如大象脚印的小说创生时代，用尽浑身解数只不过弥补了前人未曾留意的一点罅漏，筋疲力尽地维持着一点创新的样子。这表现让我们差不多可以断言，小说已经无可避免地进入了末法时代，那个诅咒一样的"小说已死"感叹，过段时间就会癫痫性地发作一次，并最终成为事实。

从这个背景看，霍香结《灵的编年史》同时具备了逆流而上的勇气和奔涌向前的锐气。

二

多年前，我听一个小说家说起，他以自己对小说的思考，跟哲学家谈，跟神学家谈，跟历史学家谈，甚至跟各种各样的专家交谈，从来不落下风。这恐怕不是一个小说家的无端自负，"说破源流万法通"，精神世界的所有事情都该有一个秘密通道，不同的知识序列可以在某种意义上对比甄别，深思有得的人当然该有能力跟任何方向的深入思考者交谈。正是在这个意义上，小说对人类精神成果的多重容纳，简直是它的题中应有之义。

霍香结为《灵的编年史》准备的三个指向不同的副标题，几乎已经明确地宣示，作品将尝试勘验那个精神的秘密通道，恢复小说肇造之初的良好胃口——"鲤鱼教团及其教法史"，跟主标题一起，提示这是一部历史或起码涉及历史的作品；"秘密知识的旅程"则是对作者称谓的秘密知识的探究，明确属于哲学（或宗教）；"一部开放性的百科全书小说"，无可置疑地强调出此书的小说属性。四个标题放在一起，是不是作者想要暗示，这个作品将试图打通现下早已分茅设蕝的文史哲界划？

《灵的编年史》果然涉及了方方面面的知识，儒家，墨家，道教，佛教，密教，印度教，琐罗亚斯德教，犹太教，基督教，伊斯兰教，诺斯替，新柏拉图主义，共济会，炼金术，量子力学，相对论，现代生物学，心理学，人类学，人工智能，外星文明……中西华梵，南海北海，往古来今，作者似乎有意把人类在探究、信靠、想象道路上取得的所有卓越精神成果，都有序地置放进书中。不妨试着把这本书看成沟通人类不同方向精神成果的一次尝试性写作，它将散落在不同地域和领域的卓越精神成果当作某个更为复杂完整体系不同形式的显现，然后用想象出的法穆知识体系容纳这千差万别，最终以略显古怪的小说形态集中表现出来。

庞大最容易带来的问题是杂乱，在一个作品中陈放如此多量的知识，就必须将之区别于一本选编的百科全书。霍香结对此有足够的警惕，出现在作品中的法穆典籍分类法——经、史、律、论、子，或道、法、德、律、义——就可以看成他对以上所列知识的整体认识。作者最终的说法更为确切："这次的写作始终遵循一个标准，不涉及第一经典体系，而是在全部所谓异端的思想范畴。也可以说在所谓第一经典删改形成之前的各种教宗以及经典形成后因需要发展而产生的异端思想那里。这些思想全部重新组合，形成一种新的知识，即法穆。法穆是一个全面的整体知识，是这些年的心路历程。"[1] 也就是说，书中看起来庞大的知识群落，其实是作者对各知识系统深思有得的那些部分（异端），甚至直探各系统的源头，最终形成了作品所称的法穆知识体系。

对一个企图在作品中构造完整世界甚至宇宙知识系统的人来说，如果霍香结无法迫使自己相信，他灵魂的命运取决于眼下的这个作品，他便同写作无缘了，"没有这种被所有局外人所嘲讽的独特的迷狂，没有这份热情，坚信'你生之前悠悠千载已逝，未来还会有千年沉寂的期待'——他也不该再做下去了"[2]。在一个被迫和经典生活在一起的时代，霍香结凭靠着某种独特的迷狂，摒弃了作为陈词滥调的知识，生成了对知识的特殊判断，完成了一次自我许可的经典拣择，用带有肉身色

---

[1] 霍香结：《灵的编年史·跋》，未刊稿。
[2] 〔德〕马克斯·韦伯：《学术与政治》，冯克利译，生活·读书·新知三联书店，1998年，第24页。

彩的文字免除了对知识必然枯燥的偏见，让既往的一切有可能成为现代的精神营养。

三

无论要处理多么庞大复杂的知识系统，写作的艰难首先在于逼使作家更深入地勘测自己的内心，检验自己未能留意的空白和涵拟之处，因而更加诚恳地回身认识自己和自己身经的时代，意识到自己此前并未意识到的问题。一个作家的任何作品，都不应该是对已知世界得意扬扬的传达，而是探索未知世界的一次尝试。新作品创造了进入一块从未踏足的空白之地的契机，这是写作者有效自我检讨的最佳可能，也是对以写作为志业者的基本要求。从这个方向上看，《灵的编年史》是一本自我之书。

在天赋和感觉被过分鼓吹的情形下，现下的多数小说写作已经丧失了对有效知识的兴趣并以此为荣，庞大的知识容量对现在的小说写作来说已经称得上是珍罕之物。但对霍香结来说，展览巨量的知识储备根本不是他的目的所在，他最为着力的是一种被称作想象学的陌生之物，并以此区分于此前作为小说核心的虚构："想象学首先强调想象知识是一种被体验过的知识，因此她既不是虚构，也不是非虚构。对主观而言她是真实的，对客观而言她又是虚构的。虚构学是从文本的角度划分的。想象学是从写作经验角度确指的。"[1] 如此，我们或许可以重新定义《灵的编年史》中的知识，即这是一种经过自我内在体验的知

---

[1] 霍香结：《灵的编年史·跋》，未刊稿。

识，因为在心灵上完成了实证，便不再是虚构而出的主观臆想，而是生成为一种可以切实调理身心的客观。

如果不是修行这个词已经在使用中变得陈腐不堪，我想说，这样的写作其实是一种修行的过程——通过想象产生可被体验的知识，能够切实地整理一个人的身心，写作成为一种不断自我认知和自我调整的过程。也因如此，对霍香结而言的写作，就必然是"自我成长的一个缩影。在文本中成长，文本在想象中成长"。这也就难怪他会在关于本书的一则笔记中说："严肃，庄严，刻板，通过这次的写作全部得以释放。这次写作在很多方面改变了自己。"[1] 无论作品的外形如何庞大繁复，写作最终是回身向内的旅程。我甚至想说，能够回身向内并对自己有些微改变（当然也由此带来了作品的改变），才是一次写作真正重要的成果——如果不是唯一重要的话。

内不离外，与内在成长相应的，必然是一个写作者对自己置身时代的认知。虽然《灵的编年史》涉及了古今中外众多的知识，重要的叙事年限放在13世纪和近现代，但只要稍加留心就能发现，作者关注的，始终是眼前的这个时代，"我生在自己的时代，并理解这个时代，才是我写作的资源"。对霍香结来说，我们置身其中的这个时代，"应该是那些能够站在人类各种文明源头具有俯瞰能力的人的最佳恩赐"。[2] 或许只有具备了如此苍茫的大志，所谓对时代的认知才不是跟随着时代的亦步亦趋，而是内在先一步抵达时代的核心，然后整个时代和世界在准确的想象里重新运行。

---

[1] 霍香结：《灵的编年史·跋》，未刊稿。
[2] 同上。

四

14、15世纪之交的能剧宗师世阿弥,在《风姿花传》中嘱咐后来者:"作为'能'演员虽然掌握十体很重要,但更重要的是不可忘记'年年岁岁之花'。""十体"指能剧的各项具体技艺,"年年岁岁之花",则是"幼年时期的童姿,初学时期的技艺,盛年时期的做派,老年时期的姿态等,将这些在各时期自然掌握之技艺,都保存在自己的现艺之中"[1]。一个有雄心的写作者,其拥有的技艺也不应只是单纯的当下技艺,不应只是试着恢复过往的某些技艺,而必然是复合了过往诸种技艺在内的"现艺"。

霍香结对世界各地的文学作品有自己的认识系统,在自己的写作中也有所吸收。他的各类随笔和笔记,既有对东西方小说传统的研判,又有对20世纪以来小说创作的梳理,有取有舍,由此形成了自己系统的小说观。这个小说观既要求作品有百科全书的汪洋恣肆,又需打破情节律,表现集体心理,让汉语小说有可能避免对欧洲和拉美的亦步亦趋,回到东方尤其是中国传统。在我看来,这个小说观的重点是:"颠覆小说的基本元素:情节,人物,环境。给予小说更大的宽松和自由。"[2] 我不知道是这个小说观指导了《灵的编年史》的写作,还是《灵的编年史》促成了此一小说观的形成,反正这个作品试图恢复小说在开端时的好胃口,把各种不同序列的知识放进作品;又遵从内心的感受,企望用作品开启自我命名的想象学;复用九宫的结构方式,尝试打破

---

[1] 〔日〕世阿弥:《风姿花传》,王冬兰译,中国社会科学出版社,1999年,第85页。
[2] 霍香结:《灵的编年史·跋》,未刊稿。

小说固有的线性叙事而完成非线性叙事，最终成为一个繁复地包含诸多过往技艺的"现艺"作品。

根据作者自己的陈述，所谓非线性叙事，即"在众多的混乱当中击碎线性的框框，然后又找到合理性"。从小说使用的九宫结构来看，事情的发展不再有先后，"各宫是平等的，它是一个位置问题，不是卷次先后问题。写作时有时间先后，但不是线性发展"。这个非线性的叙事设想，牵扯到物理上世界观的转变，即从传统热力学的稳定连续时空转向现代量子力学和平行宇宙世界观，"其结果就必然导向了一种猜度和不确然的结束，实际上并没有结束，结束的仅仅是全部文字的边界"。[1] 应该是作者的这一努力方向决定了作品的开放性质，让文本具备了有边无限的特质，并勾画出了某种现代思维下的世界（宇宙）图景——流转，循环，叠加，复杂的织体，不确定的结局……

或许有必要提到"制作"这个词——对造物来说，他们制作了宇宙或世界；对立法者来说，他们制作了礼乐；对写作者来说，则是制作了想象的世界。因为共同分有了制作的特征，写作其实可以看成对造物和立法者制作的世界的模仿；又因为造物和立法者与写作者的位格不同，人在写作之初就表明了与造化和立法者争权的雄心——凭人为技艺创制的想象世界，与造物妙手天成的自然社会和立法者精心搭建的人类社会，形成特殊的竞争关系。只有在这个意义上，我们才可以有限度地承认，霍香结"我把自己的作品当作圣书来对待"的话是合理的，《灵的编年史》展示出的复杂世界观、庞大知识系统、向内的探求和庄重的语调，都可以让人明确意识到，这是一次有意的文字创世之举。

---

[1] 霍香结：《灵的编年史·跋》，未刊稿。

五

任何一个方向的中外小说家的写作试验，本质上几乎都是一种封路游戏，各种领域、各样类型、各色手法，几乎都树立着一些"到此一游"的路标，冷冷地观望着后来者。或者也可以这么说，自小说（或任何一种文体）诞生开始，就注定处于其末法时代。小说的探索领域被前辈精细开掘之后，影响的焦虑会严重困扰后来者，前代的文学造诣"不但是传给后人的产业，而在某种意义上也可以说向后人挑衅，挑他们来比赛，试试他们能不能后来居上、打破纪录，或者异曲同工、别开生面"[1]。筚路蓝缕的创始者，永远不会面对一条现成的路，他只能靠自己从洪荒中开辟出来。走这条路的人，要有"先进于礼乐，野人也"的气魄——最先接近礼乐的人，是创始性的"野人"，前行的路上还没有依傍，在这样的"野人"脚下，新的路才会出现。

或许是出于对新的写作形式的犹疑，在笔记中，霍香结反复思考着这次写作的文体——"我本人并不认为有别的方式不可以是小说的。小说可以是学术，是诗歌，是历史研究，也可以完全是经学。""诸教之争。文明的冲突。在此书之中可以穷尽。小说当经来写。这就是这部书的全部意义。""在开放性百科全书写作这个范畴，该文本属于灵知类型的写作。小说可以当经来写。经史皆文的奥义所在。"[2] 不妨说，《灵的编年史》是一部企图用非线性方式陈述现代精神高度的拟经性叙事作品，作者的知识、才华、品味，乃至于性情、感受力和判断力，

---

[1] 钱锺书：《宋诗选注》，生活·读书·新知三联书店，2002年，第10页。

[2] 霍香结：《灵的编年史·跋》，未刊稿。

都通过这样一种形式表达出来,那些看起来庞杂的经验,在作品里形成了一个足供思考的整体。对这一文本的评价既借用不了小说传统现实主义的理论框架,也无法使用任何一种现代小说的理论尺度。甚而言之,在固有的小说评价坐标所及的每一个点上,作品都刻意与之保持了距离。

因为吞吐材料的庞杂和形式的新颖,《灵的编年史》显现出新事物特有的贼光,明亮得一时还很难看明白它所有的内涵和未来可能。与此同时,正因为是新事物,作品本身还显得不足够成熟,过往知识未经完全提炼的残骸尚留在这一新的织体之中,想象而出的客观性知识还有很多未必经得起更为深入的内在检验,非线性技艺的转折之处还有些不够流转如意(甚至在三维世界中是否可以真的有非线性叙述这回事都需要怀疑),某种不够自信催迫出的大腔圣调还时常出现,满是沟纹疮痍的涩口、扎嘴之处所在多有……任何一个新事物的出现都难免会有一个牙牙学语的阶段,不够圆熟和从容,本来就是一个精神产品新出现时典型的"早期风格"。不应小看任何一个开始——虽然不必过于郑重——对小说而言,只有当某种生涩的早期风格出现之时,我们才隐约看到了一点末法时代倒转的可能性。

在写作《追寻逝去的时光》之前,普鲁斯特始终无法为新作品找到满意的形式。造成这一问题的原因,普鲁斯特认为,不是自己缺乏意志力,就是欠缺艺术直觉。他为此苦恼不已:"我该写一本小说呢?还是一篇哲学论文?我真的是一个小说家吗?"[1] 差不多可以确信,当一个真

---

[1] 转引自〔法〕安卡·穆斯坦:《普鲁斯特的个人书房》,邓伯宸译,立旭文化事业有限公司,2013年,第41页。

诚而有天赋的写作者面对这个问题的时候,他就走到了某种新文体的边缘,再进一步,或许将是一个全新的世界。写作者应该清楚,为自己只千古而无对的体悟寻找独特的表达形式,本就是先进性写作的要义,也是一个人确认自己天赋的独特标志。对我来说,《灵的编年史》是否被称为小说不太重要,记得它是一个优秀的特殊文本就足够了。一如当《追寻逝去的时光》出现的时候,怎样命名它的文体已不再重要,记得它是一本卓越的作品就够了。

参看世间悲喜

——《离弦之箭》及霍艳的小说

> 他是铁匠师傅的徒弟
> 年轻的肺鼓动着风箱
> 他呼吸,火焰也随之抖动
> 待师傅用火钳钳住他的心
> 放在了膝盖的铁石上
>
> "还是一块废铁,
> 看不出未来的形状。"
> 徒弟离开风箱,提起大锤
> 师傅的小锤也从不离手
> 轻点在大锤将要落下的地方
>
> ——韩东《铁匠》

一

二十岁的霍艳，是个出版了七八本小说集、前途无量的青春小说写作者，仿佛沿着这条路，一位广受欢迎的小说家的前途就在前面。不知该庆幸还是感叹，霍艳并没有沿着这个看起来的坦途一路高歌，在类似回忆录的《兔八七的小时代》之后，不只是小说，霍艳几乎停止了写作，一晃就是四五年。再次动笔，霍艳已经决绝地离开青春小说这块领地，而当时的她，虽然只有二十五岁，却是T. S.艾略特说到的，对一个写作者来说很关键的年龄了。

对青春小说，当然包括霍艳的在内，不少批评似乎有一种不当的严苛，挑剔其中各种各样的问题。这些批评归结起来，不过是说这类小说没有历史纵深感，没有社会复杂性，没有对人心微妙的认识。其实，青春小说概念本身，已经预先回应了这些批评。所谓青春阶段，就是涉世未深的，对青春阶段的写作要求深刻和复杂，无异于缘木求鱼。青春小说里，不管虚构了怎样的不实空间，出现怎样奇怪的时间设置，只要写出小小少年真实的小小烦恼，小小欢笑，就算得上完满。对这类小说，里面"我"切切实实的心情故事，切切实实的青春气息，才是虚幻花园里真实的癞蛤蟆，是不可替代的真实事物感[1]。霍艳，包括所有青春阶段的写作者，因为具备了属己的青春气息，便有其自身的意义。

以上并不是说，青春小说的写作者可以一直在这个不受挑剔眼光检验的领域里随意驰骋，维持自己的即使已经畸变的偶像地位。青春期过完之后，很多青春文学的写作者或者销声匿迹，或者小心翼翼地

---

[1] 参看钱锺书《七缀集》，上海古籍出版社，1985年，第183页。

模仿自己曾经的样子——恨不得把文字里偶然浮现的鱼尾纹彻底灭绝。与此同时，对曾经哄传一时的青春小说写作者，读者也会要求他们按照自己想象的样子成长，中途改道将被认为不忠，会被果断放弃。就像歌德在跟爱克曼谈话时说的："在发表《葛兹冯伯里欣根》和《少年维特之烦恼》之后不久，从前一位哲人的一句话就在我身上应验了：'如果你做点什么事来讨好世人，世人就会当心不让你做第二次。'"[1] 要从这自我和读者施加的魔咒里挣脱出来，需要不小的勇气，一种跟曾经成功的自我脱离的勇气。不妨说，重新回到小说写作的霍艳，就具备了这样的勇气。

不过，勇气向来不是装饰，暴虎冯河也称不上勇气。一个写作者表达自己的勇气时，应该同时具备与勇气相配的写作能力。脱离了青春写作，像霍艳这样准备进入另外的竞争领域，就需要把自己置于小说写作的长河之中。艾略特在《传统与个人才能》里说："（历史意识）对于任何人想在二十五岁以上还要继续做诗人差不多是不可缺少的；历史的意识又含有一种领悟，不但要理解过去的过去性，而且还要理解过去的现在性，历史的意识不但使人写作时有他自己那一代的背景，而且还要感到从荷马以来欧洲整个的文学及其本国整个的文学有一个同时的存在，组成一个同时的局面。"[2] 暂且不说艾略特这段话中包含的作家需对传统自觉当下化的要求，即从历史意识最浅显的意思上来说，所有以上对青春写作来说不当的要求，现在都成了题中应有之义，排斥将被看成逃避。

---

[1] 〔德〕爱克曼辑录：《歌德谈话录》，朱光潜译，人民文学出版社，1978年，第20页。
[2] 〔英〕艾略特：《艾略特诗学文集》，王恩衷编译，国际文化出版公司，1989年，第2页。

重新开始写作的霍艳没有逃避,她开始写的第一个作品《秘密》,就直接展现了社会、人性的复杂和微妙。在这篇小说里,作为前台的"我"利用一个购物网站的程序漏洞,看到了公司成员之间错综复杂的关系,以及他们光鲜表面下的压抑、心机甚至歹毒。其中的各色人物,都有着秘而不宣的心事,这些心事受浅层欲望控制,并被这浅层的欲望拖进滥俗或卑劣的深渊。此后不管是《管制》《失败者之歌》《最低温》《李约翰》《无人之境》,还是眼下的这篇《离弦之箭》,在复杂和微妙的基础上,更有了对历史纵深感的把握,不同年龄阶层、对世界有不同感受的各类人,开始慢慢走进霍艳小说的世界,并用自己的方式调整着作者本人的世界。

对一个写作者来说,最初的冲动大多源于表达的需要,她要把自己对世界的想法说给人听,寻求分享和认同。而在更深的意义上,写作,其实是一次次朝向自我的努力。一个写作的人,对自己苛刻,对自己不满,有时处于挣扎之中,通过写作,她接近了一点自己苛刻的标准,对自己的不满得到了弥补,同时部分缓解了不得不面对的挣扎,甚至因为写作而看到了更广阔的世界,磨砺出一个更新过的自我。因为人心和人生的丰富深邃,这样的写作才始终锐利,避免仅限于形式的花样翻新,不会有陈腐老套的模仿和化装变形的重复,从而在更为本质的意义上彰显写作这件事的意义。

霍艳及其小说的意义,或许就在她对自我不断更新的要求中。

二

霍艳的小说里有一种淡漠的气质,这个淡漠蔓延在小说的角角落落,不经意就会瞥见。淡漠的原因,是叙事者或作品中人物的主观视角,始终有一种对人性的挑剔眼光,即使对叙事者或人物心仪的人,这个挑剔也如长明的透视之灯,不眠不休地烛照着人性的腐烂之处。不用说《秘密》中对各色人等显然的蔑视,像《管制》《李约翰》和《无人之境》这样较为克制的作品里,叙事者对其中的人物,也都带着较为明显的不满。而在《最低温》里,即使那个女学生(甚至叙事者)喜欢的、见识不凡、风度翩翩的大学教授朱同,也在人性的天平上被称出了灵魂之轻。

不难看出,这淡漠的气质出于霍艳对人性一贯的苛刻,骨子里或许是一种期望远离世俗的高傲使然。可对这个盼着躲开世俗的作者小说里的世界,你会不自觉地希望离远一点,因为里面有太多比普通世俗更不堪的肮脏。拿《最低温》的一个情节来说,一贯孤高自负的朱同,暗地指示跟自己关系暧昧的女学生报考竞争对手的博士生,以便抓住对方抄袭的把柄,在跟对方的所长之争中获得优势,而这个私心,又用整顿学术风气的冠冕借口遮掩。为了隐藏自私某些不堪的侧面,表里不一差不多是世俗的常情,不妨以宽容待之。可朱同的表里不一,不只是消极地自私,还是积极地攻击;攻击呢,又用对学术的公心来掩盖;这个攻击和掩盖动用的力量,不折不扣是自己心爱的人的命运。这样不断用一层机心掩盖另一层机心的情节,在霍艳的小说里屡见不鲜。凭借这些,作品展示了人性的多个层面,而这些层面又几乎毫无例外地指向人心的低处和更低处,普通世俗在这人性的更低之处显现为远甚于卑琐的肮脏。

按照某种理论，霍艳的这类作品已经为小说世界贡献了某种特殊的东西，事实也确实如此。但我一直对这种发现式贡献，包括对任意一种发现式创新的天然好评，抱持极深的怀疑态度，因为这发现往往以对作者本身的某种损害为代价。具体到霍艳的作品，她在小说里流露的苛刻态度，非常可能是对人性观察的失衡造成的。对一个人，即便是小说中的人来说，如果不能维持感受到的各种伤痛或爱意、看到的不堪或闪光之间的平衡，只强调其中的某个侧面，容易造成习惯性的判断偏差。"凝视深渊过久，深渊将回以凝视"[1]，对人性的低端凝视过久，人性的低端也将回以凝视，写作者自身的思维和感受系统会被这凝视影响，造成进一步的判断偏差。陷入这恶性循环中的人，将不得不面对一个悖论——那些你最蔑视的人性低端部分，会变着花样涌进你用高傲垒出的清净世界。甚至可以说，蔑视某种意义上表明了自己置身蔑视之物中的愿望，虽然是不自觉的。

这个可能的观察失衡，在《失败者之歌》里得到了部分弥补。《失败者之歌》里，女儿张小雯眼中的父亲张功利和母亲沈蓉蓉，无奈而卑微地生活在社会中，在家里则表现出失败者的沉默或尖刻，但在他们的失败者形态里，没有甚于卑琐的肮脏，而是时不时流露出纯净的爱意。几乎可以说，在父亲对张小雯的爱意表达和她的回应里，含着一种中国式的父女之爱在里面："记忆中父亲从来没抱过她，连肌肤相触的机会都少有，唯一就是她发烧时，张功利那双布满老茧的手才肯在

---

[1] 用孙仲旭译文。参看尼采《善恶之彼岸——未来的一个哲学序曲》，程志敏译，华夏出版社，2000年，第81—82页。

她额头上短暂停留一下感受温度,所以张小雯并不是因为可以请假而盼着发烧,她甚至愿意顶着40摄氏度的高温,去学校坐上一整天,这样她会得到父亲最多的关怀。"这种含蓄到甚至有些冷漠的父爱,是一种奇特的父爱表达传统,说不上好坏,但对这种爱意的领会需要学习。经过努力懂得理解这个爱的人,也就学会了用对方的方式来接受对方的爱,同时也会学着如其所是地爱对方。《失败者之歌》因为这种对如其所是的爱的理解,有效纠正了因作者过于严苛的眼光造成的淡漠之感,让人感到一丝明亮的暖意。这个暖意,是人性中的闪光部分在尘世最真实的显露。

《失败者之歌》大概有一些霍艳本人家庭生活的影子,这种偶然流露的暖意或许出于她对父爱的切身感受。而在《离弦之箭》的谋杀故事里,霍艳已经没有较近的情感来源可以借鉴凭靠,她必须试着放开自己,摸索进一个全新的世界,在芸芸众生的复杂形态里去感受宽广的人性事实。霍艳的确这样做了,在这个小说里,人物的悲恸里有真实的伤心,盲目的筹划里有真实的义气,回心转意里有真实的懊悔。随着杀人的原因不断明了,故事一直在翻转,人性的高端和低端在这翻转当中不断交替。按说,"谋杀最能体现人的消极潜能"[1],在一个谋杀故事里,人性的低端部分会显现得极为明确。但在《离弦之箭》里,人性的高端和低端差不多是互相促进的,其高端将低端从自身驱逐出去,低端也同样把高端从自身驱逐出去,并各自因为对方的激励而变得更为显著。在这里,霍艳显示了更加成熟的人性观察角度,她在一定意

---

[1] 〔美〕布罗茨基:《布罗茨基致哈维尔公开信》,黄灿然译,http://www.douban.com/group/topic/3104821/。(因某些原因,此页面已不存在。——编辑注)

义上等视了作品中人性的高端和低端，尝试着如其所是地了解人物的爱，也如其所是地了解他们的恨，从而把人性的两端提炼出来，并在小说的世界里净化。

仔细观察《离弦之箭》里的人性变动，会发现人性的明暗在小说里交织成一条色彩不断变幻的绳索，在世俗之间闪烁，无法从他们置身其中的生活中拆解出来。这条明暗交织的绳索，甚至把对生活冷漠的叙事者"我"也打捞了起来，让她对原本以为与己无关的世界产生了部分热情，甚至在某些时候表现出一种深婉的体谅："我从未见过哭得这么伤心的女人，让我觉得安慰都是一种打扰。"或许正因为作者尝试着去理解多层次的人性表现，这个与谋杀有关的小说，反而成为霍艳小说中最远离淡漠的一篇。

三

霍艳非常讲究小说的结构，有的是明的，有的是暗的。明的，如她每篇小说的开头都会精心设计，注意设置悬念或导开局面，引而不发；结尾都注意力度，有的收拢如并掌握拳，有的散开如银瓶乍裂；小说的进程也有明显的节奏，起伏如丘山连绵。暗的，如有些小说会在显在的故事内部，嵌套欲望或情感的悄悄萌动和慢慢熄灭。拿《李约翰》来说，在一个明显的故事结构之外，李约翰因为与开《庄子》讲座的教授谈得投契，冷如死灰的心复燃，欲望恢复，欲望的对象也随之出现。接下来，不妨看成一个欲望被点燃又熄灭的过程，其间发生了许多其他的事情，作者却始终牢牢把控着李约翰欲望的伸伸缩缩。

这种对结构的把控能力，显示了小说写作者技艺的娴熟——在现今的小说创作中，这不算很低的要求——却并非最高的境界。霍艳的结构设置，有时会让小说直奔某个确定的终结之地，在结尾处高潮或翻转。1944年，胡兰成结识张爱玲："我给爱玲看我的论文，她却说这样体系严密，不如解散的好，我亦果然把来解散了，驱使万物如军队，原来不如让万物解甲归田，一路有言笑。"[1] 对小说结构的严密控制，正像一篇体系严密的论文，最容易出现的问题，是故事会按某种固定的流向前讲，缺少宽阔的人世之光；作者笔下的人物也会束手束脚，没有人生途路上的言笑晏晏。霍艳此前的小说，大概就因为缺少了这种对故事撒手的胆气，虽驱使人物如军队，里面总缺少一点从容的韵致。在这个意义上，《离弦之箭》是个例外，或者我更希望说是个——开端。

因为写的是一起谋杀案，《离弦之箭》牵扯起各式各样的人物，故事的发展，几乎可以用鬼使神差来形容，有很多巧合和离奇的部分。最终的谋杀局面，从田淑贞提议，到玉茹响应，再到周林和黄贤二人承接，一开始就被命运拖上了一条不停奔跑的轨道。运行其中的每个人几乎都有过延宕，也在某些局部减缓它的发展速度，最终却无法让它停止下来。在这个小说里，我们似乎能够听到来自命运的某种回声。在这命运的回声里，故事自己活动起来，拉扯着人物离开作者的控制，作者只能跟随故事，仿佛一个孩子牵着大人的衣角，竟慢慢走进了纷繁复杂的成人世界。这个小说也得以用自己的方式，让作者的小说完成了从结构整饬到自在发展的转变。

在以往的小说理论里，故事差不多只是小说的基本面，算不得什么高妙的东西。小说里的人物、思想或者其他什么，才是小说高企的

---

[1] 胡兰成：《今生今世》，中国社会科学出版社，2003年，第148页。

部分，一个按照人物性格逻辑进展的小说，仿佛也拥有比按照故事逻辑展开更高的段位。如此谈论故事的时候，大概忽视了，严密的故事逻辑会在某种意义上变成事实的逻辑，而事实的逻辑因为勾连着真实的世界，会带着作者走进变动不居的生活之流，让她了解那些她此前不曾知道、不会知道的部分。对一个写作者来说，通过写作知道自己此前未知的部分，感知到此前未曾体味的情感，一方崭新的天空涌现出来，那才是真正喜悦的开端。

故事带着作者走出了结构的整饬，在人性的层面上也让作者扩大了对人性的复杂面的观察，因而《离弦之箭》里的人物，开始显现出它们各自的样子。那些曾经被作者细密心思和严苛眼光捆住手脚的人们，终于有了一次属于他们自己的舒服欠伸。有了这样的舒展从容，即便小说里的世界复杂如故，阴暗如故，也自有生机勃勃的跌宕自喜在里面。

《离弦之箭》对结构的部分解散和对人性观察的趋于宽厚，也把霍艳从置身事外者变成了置身其中的参与者。这次的置身其中，已不再是人性低端部分因作者蔑视而拼命涌进时的争斗情形，而是变成了一种——怎么说呢？关于历史，海德格尔有两个概念，一是 Historie，是被记录下来的历史，是"显"出的历史；一是 Geschichte，是本真的、真实发生的历史，亦显亦隐，和命运相关联[1]。我们试着把"历史"换成"故事"，以上的说法可以转变为如下的陈述：有两种故事，一种是记录"他们"的故事，他们的悲欢与记录者无关，"我"只是个淡漠的旁观者；一种跟写作者自身的命运牵连，"我"的世界与故事中的人物置身其中的，是同一个世界，"我"与他们休戚相关。这一相关性消除了写

---

[1]〔德〕海德格尔：《林中路》，孙周兴译，上海译文出版社，1997年，第334页，注一。

作者和其虚构世界里的人们的敌意，不管是作者的高傲和严苛，抑或是人物的卑琐和无奈，在这里缔结了和解的盟约，共同走进绵长的生活之流。

或许仅仅，也恰恰从这里开始，霍艳将一改她此前小说中"他们的故事，我的小说"的模式，而变为"他们的故事，我们的世界"，写作者"我"和"他们"不再截然两分，"我"将和"他们"生长在一起。如霍艳自己所说，这个慢慢生长在一起的过程，会让她"从一个固执单调的叙事者，变得试着去参透世间的悲喜"。一个参看世间悲喜的写作者，要容忍别人的卑琐和无能，因为大多数人根本无法避免这一切。只有这样，写作者才会跟她小说世界里的人们生长在一起，避免过分凝视引起的人性低端能量的反噬，从而真正走进她内心那干净明亮的地方。

附录

从"抄书"到"两个梦想"

——周作人后期思想述评

小 引

在鲁迅和周作人研究中,有个差别是应当引起重视的。对鲁迅的研究,众多的研究者已经从对鲁迅文学作品艺术特色的研究深入他独特的思想领域。举凡鲁迅所受的外来影响、本土传统,大都有较为详细的研究。但对周作人的思想,尤其是对其后期思想的研究,相比之下就显得较少,甚至可以说是个不算太小的空白。有些论者提到周作人的后期思想,也把它笼统地跟其前期思想合在一起讨论。周作人后期那些与前期矛盾的文章,那些后期相当明显的态度转化,至今没有得到全面的对待。我们要在这里进行的,就是尝试对这欠缺的方面做一点探究。

这个尝试也有我一点私自的疑问在里面。在泛民主化和泛美国化的今天,周作人再三致意的故纸堆里的传统是不是还有意义?在文学的现代性越来越受重视的现在，貌似复古的周作人是不是具有现代意义？这个意义在什么方向上和在什么情景中可以救治目前日益单调的精神困境？……可以说，这篇文章的起因就是以上这一连串的疑问。但我自己的疑问不能强周作人做出回答，因此，我在写作中始终小心翼翼地控制着自己的笔，避免让周作人变成我们任意打扮的"小姑娘"。也因为如此，这篇文章述的成分更多一些，以期可以还原出一个基本符合事实的周作人后期思想形象。

临了还有一个"后期"的概念问题。为了避免按照作家生平分期的生硬和按照事件分期的牵强，我在参酌其他研究者成果的基础上，采取按照周作人自编文集的顺序分期的方式。从1918年10月出版《欧洲文学史》开始，中间结集有《艺术与生活》《自己的园地》《雨天的书》《泽泻集》《过去的生命》《谈龙集》《谈虎集》《永日集》《儿童文学小论》《中国新文学的源流》《看云集》《知堂文集》《周作人书信集》等，到1934年3月出版《苦雨斋序跋文》为**前期**。从1934年9月出版《夜读抄》开始，中间结集有《苦茶随笔》《苦竹杂记》《风雨谈》《瓜豆集》《秉烛谈》《秉烛后谈》《药味集》《药堂语录》《书房一角》《药堂杂文》《苦口甘口》《立春以前》《过去的工作》等，到1961年2月出版《知堂乙酉文编》为**后期**。从《老虎桥杂诗》起，中间结集有《鲁迅的故家》《鲁迅小说里的人物》《鲁迅的青年时代》《木片集》和《知堂回想录》等为**晚年期**。其余如《知堂集外文》《饭后随笔》之类的他人辑录的文章按不同的创作时间分入以上时期。为了细致地分析周作人后期的作品，又把从《夜读抄》到《书房一角》的一段时间叫作周作人的"抄书期"，而把从《药堂杂文》到《知堂乙酉文编》的一段时间叫作他的"总结期"。

第一章　转变的可能：《中国新文学的源流》

1932年2月25日，周作人在辅仁大学演讲。在这里，周作人连续讲了八次。这一系列演讲为后来的著名历史学家邓广铭（恭三）记录，周作人亲自校订后交北京人文书店出版。这就是一时洛阳纸贵的《中国新文学的源流》。

《中国新文学的源流》"基本观点有两点：一、明末公安派、竟陵派的新文学运动，和民国以来的这次文学革命运动，趋向上和主张上，不期而合；二、把文学史分为'载道'和'言志'两派的互为起伏，所谓'文以载道'和'诗以言志'"[1]。这书在当时是新奇而富有理趣的，甫一出版，称扬之声就不绝于耳："发前人之所未发，确为周君独到之创见。"[2] "不明白新文学与自以为明白新文学的人，请翻阅一遍（这本书——引者）。"[3] 诸如此类的评论构成了对这本薄薄的小册子的主要看法。在周作人演讲的时候，上海良友图书公司还没有出版十卷本《中国新文学大系（第一个十年：1917—1927）》，新文学作为后起之物，其合法性还没有得到完全的认同。而这时的新文学创作实绩，以散文最富成就。"到'五四'运动的时候，才又来了一个展开，散文小品的成功，几乎在小说戏曲和诗歌之上。这之中，自然含着挣扎和战斗，但因为常取法于英国的随笔（Essay），所以也带一点幽默和雍容；写法也有漂亮和缜密的，这是为了对旧文学的示威，在表示旧文学自以为特长者，

---

[1] 张文江：《营造巴比塔的智者——钱锺书传》，上海文艺出版社，1993年，第26页。
[2] 佚名：《中国新文学的源流》，见陶明志编《周作人论》，上海书店，1987年，第164页。
[3] 孙福熙：《中国新文学的源流》，见陶明志编《周作人论》，第167页。

白话文学也并非做不到。"[1] 而"中国现代散文的成绩，以鲁迅周作人两人的为最丰富最伟大"[2]。这样，由一个最富实绩的文体创作中极有分量的人物来对新文学做一个回顾和总结，当然会引起广泛的注意。除了称扬之外，这本小册子也遭到了怀疑和批评。当时在清华大学读书的钱锺书认为，"周先生以'文以载道'和'诗以言志'，分为文学史上互相起伏的两派，这原是很普通的说教，研究历史的人，都知道有这种 Diaclectic Movement。不过，周先生根据'文以载道''诗以言志'来分派，不无可以斟酌的地方，并且包含着传统的文学批评上一个很大的问题……许是中国人太'小心眼儿'（Departmentality）罢！'诗'是'诗'，'文'是'文'，分茅设蕝，各有各的规律和使命"[3]。"周先生引鲁迅'从革命文学到遵命文学'一句话，而谓一切'载道'的文学都是遵命的，此说大可斟酌。研究文学史的人，都能知道在一个'抒写性灵'的文学运动里面，往往所抒写的'性灵'固定成为单一的模型（Pattern）；并且，进一步说所以要'革'人家的'命'，就因为人家不肯'遵'自己的'命'。'革命尚未成功'，乃须继续革命；等到革命成功了，便要人家遵命。这不仅文学为然，一切社会上政治上的革命，亦何独不然。所以，我常说：革命在事实上的成功便是革命在理论上的失败。"[4] 钱锺书关于中国古代文学史中"诗""文"分属不同的看法后来得到朱自清的一本

---

[1] 鲁迅：《小品文的危机》，见《南腔北调集》，人民文学出版社，1973年，第136页。
[2] 郁达夫：《现代散文导论（下）》，见蔡元培《中国新文学大系导论集》，上海书店，1982年，第218页。
[3] 中书君：《中国新文学的源流》，见陶明志编《周作人论》，第156—157页。
[4] 同上书，第161页。

书——《诗言志辨》——的支持[1]。金克木在《为载道辩》中,则先分析了"言志"和"载道"两个词的内涵,进而把周作人及其弟子的文章分剖解析,认为他们也不可能完全做到毫不"载道"的"言志",而"言志风气是自发的,自然的,事实上的结局,是不能提倡,不能有意去制造的。《中国新文学的源流》出来以后,接着出来《近代散文钞》。有了理论,有了模范,言志文学的大旗堂堂出来,但旗下掩护着的著作已不是言志文学了"[2]。这就言及了周作人的"内在紧张"(internal tension)。

在演讲之前,周作人散文有两大类,一类是谈文学的,一类是谈时事的。"近几年来所写的小文字……略略关涉文艺的四十四篇……另编一集,叫作《谈龙集》","《谈虎集》里所收的是关于一切人事的评论"。[3]"我在文章中所谈的总还是不出文学和时事两个题目。"[4] 而这两类文章,周作人都是关注现实的,对中国社会的种种不平进行着文化和政治批评,也就是他自己所说的"流氓鬼"的一部分。或许有人会认为周作人的文艺批评不是"流氓鬼"的,而他自己也没有明讲。但事实上,在周作人的文艺批评中,对黑幕小说的批判,对《沉沦》《情诗》和《阿Q正传》的肯定,以及他"人的文学"的主张等等,无不切中了当时社会的弊病,是文艺批评,同时也是文化批评,对当时的社

---

[1] 朱自清:《诗言志辨》,华东师范大学出版社,1996年。在序言里,朱自清隐约地对周作人以"言志"和"载道"划分中国文学史提出了自己的不同意见:"现代有人用'言志'和'载道'标明中国文学的主流,说这两个主流的起伏造成了中国文学史。'言志'本义和'载道'差不多,两者并不冲突;现时却变得和'载道'对立起来。"

[2] 金克木:《为载道辩》,见《蜗角古今谈》,辽宁教育出版社,1995年,第162页。

[3] 周作人:《〈谈虎集〉序》,见《谈虎集》,河北教育出版社,2002年,第1、2页。

[4] 同上书,第1页。

会冲击是相当大的。正因为如此,我们把周作人文艺批评的大部分也划归"流氓鬼"的文章。而周作人自己相当重视的"绅士鬼"的文章,更多地体现在他的闲适小品中,谈酒、谈茶、谈苍蝇、谈故乡的野菜等文章都属于这一类。《中国新文学的源流》之前的周作人文章大要就是如此,但他自己却并不甘心自己以"流氓鬼"的文章名家,更欣赏的是自己"绅士鬼"的文章。因此,一面是大量写作"流氓鬼"的文章,一面还要表达自己对"绅士鬼"的肯定,周作人言论里自内的紧张就时不时发抒出来。"我近来作文极慕平淡自然的境地。……(但)像我这样褊急的脾气的人,生在中国这个时代,实在难望能够从容镇静地做出平和冲淡的文章来。"[1] 周作人这种对"相反的自我(the most unlike, being my anti-self)"[2] 的追求,一直伴随他很长时间,直到他的"总结期"才告结束。

因此,到《中国新文学的源流》,周作人仿佛是为他的前期做个总结。一方面是概括自己关于文学的主张,也就是"诗言志",为自己那些闲谈类的文章找个传统;另一方面是为自己"流氓鬼"的文章寻个出路——虽然不是平和冲淡的,但仍然是"言志"之作。用他后来的话来说,就是"凡载自己的道者即是言志,言他人之志者亦是载道"[3]。但这里有个现实的矛盾。周作人言的志来于何处呢?他所言的"志"是天生的还是别人倡导的?如果处理不好其中的关系,会不会像钱锺书和金

---

[1] 周作人:《〈雨天的书〉自序二》,见《雨天的书》,第4页。
[2] 钱锺书:《中国诗与中国画》,见《钱锺书论学文选》第六卷,花城出版社,1990年,第26页。
[3] 周作人:《自己所能做的》,见《秉烛后谈》,河北教育出版社,2002年,第4—5页。

克木所说的那样出现主张和行为的两歧呢？其内心不便揣测，但在行为上周作人就此转入了他的"抄书期"，开始了他长长地做"文抄公"的时期。

第二章　周作人的"抄书"

第一节　周作人逆境中的选择

1934年，周作人《夜读抄》由上海北新书局出版。此书的大部分文章作于1933和1934年，是《中国新文学的源流》出版之后一本标志性的文集。周作人自己曾总结说："我写文章始于光绪乙巳，于今已三十六年了。这个时间可以分为三节，其一是乙巳至民国十年顷，多翻译外国作品，其二是民国十一年以后，写批评文章，其三是民国二十一年以后，只写随笔，或称读书录，我则云看书偶记，似更简明的当。"[1] 周作人创作的一个重要时期就从这些"看书偶记"开始了。"周氏由此建立了自己成熟定型的风格。……新的文体的特点，正如后记中所说：'我所说的话常常是关于一种书的。'也就是后人所谓'书话'。这可以被认为是作者特有的一种切入方式，即以阅读为契机，依靠知识的绵延和思想的碰撞，深入到文化、文明、人类、历史和社会等各个领域。而具体写法，则是摘抄原著，中缀少量按语，亦即'文抄公'是也。这一写法周氏以后沿用多年，甚至成为最显著的特色了。"[2] 周作人的这种

---

[1] 周作人：《〈书房一角〉原序》，见《书房一角》，河北教育出版社，2002年，第3页。
[2] 止庵：《关于〈夜读抄〉》，见周作人《夜读抄》，河北教育出版社，2002年，第2页。

写作方式在当时并没有得到广泛的认同，但知道其中甘苦的人则表示了极大的赞赏。[1]后来的批评也是褒贬不一，抑扬都有稍过之弊，而近年来的批评就显得公允多了[2]。外界环境给周作人带来莫大的刺激，在种种事件的影响下，周作人开始把自己藏在书丛里，在故纸堆中爬剔梳理。而这种受到外界影响即把感觉旁移，最终落实到读书上的行为，或许在周作人早年的诗文里就蕴着影子。

1899年2月22日，15岁的周作人因为"四弟去世未久，而大哥又背井离乡，前往南京求学，失弟别兄的'鸰原'之恨，充塞心头，所以只得用读书来遣忧解闷了"[3]。

---

[1] 周作人1965年4月21日致鲍耀明的信，仿佛还在为他的"文抄"辩护："承示诸人议论甚感，语堂系是旧交，但他的眼光也只是皮毛，他说后来专抄古书，不发表意见，此与说我是'文抄公'者正是一样的看法，没有意见怎么抄法。"而周氏的朋友和赏识者并不是都如林语堂似的不懂欣赏这种妙处。钱玄同1939年1月14日致周作人信云："鄙意老兄近数年来之作风颇觉可爱，即所谓'文抄'是也。"又如曹聚仁《夜读抄》甫出版即云："《夜读抄》大部分是周先生谈他读过的书；周先生读书没有半点冬烘气，懂得体会得，如故交相叙，一句是一句，两句是两句，切切实实地说一番。"（曹聚仁《夜读抄》）就连对周作人《中国新文学的源流》颇致不满的朱自清也认同周的这种"抄书"方式："有其淹博的学识，就没有他那通达的见地，而胸中通达的，又缺少学识；两者难得如周先生那样兼全的。"（曹聚仁《苦茶》引朱自清语。以上两文均见刘如溪编《周作人印象》，浙江文艺出版社，1997年）

[2] 刘绪源在其《解读周作人》（上海文艺出版社，1994年）中列举了很多贬斥的例子，其中包括李景彬的《周作人评析》，还有倪墨炎的《中国的叛徒与隐士：周作人》；其实那个褒贬各有一点的司马长风也可以算在内。刘绪源的评论很有意味，"上述意见，有的是将文学的含义理解得过于狭窄；有的恐怕是由于一种先验的气闷感，而根本未将那些包含着艰涩引文的书话包括进去"。刘绪源就此说出自己的观点，认为周的这种抄书文章可以"让人得到极为丰富的美的享受"。（前揭书118—121页）

[3] 此序及下所引诗，均自王仲三《周作人诗全编笺注》，学林出版社，1995年，第303页。

春雨

满眼薜萝藤,春光到未曾。

斜风飞野燕,微雨唤苍鹰。

柳线青盈树,秧针绿上塍。

鸰原多少恨,尽付读书灯。

1901年6月1日,周作人又作《嘲蠹》诗一首,云:

(辛丑中春十又二日五更,梦中得后二句,醒而了了,因足成之。嘲蠹,亦以自嘲。)

缥帙缃囊任久居,一从宛委寄微躯。

笑他生死书丛里,咀得书中旨味无。

(末句改"食得神仙字也无"亦妙)[1]

这两首周作人的"少作"很有意思,不光写出了少年他多愁又稍嫌孱弱的性格,还仿佛预言一样,把他一旦遇到复杂的社会现实或者难以调处的矛盾就转向读书的人生姿态刻画了出来,或隐或现地规划着周作人的创作和生命之路。

对周作人《中国新文学的源流》之前创作的概括,阿英的说法很具代表性:"关于周作人小品文发展的路,一般说来,是可以分作两期的,前期是从《新青年》时代(1918)一直到《谈虎集》(1927)的编成;后

---

[1] 张菊香、张铁荣:《周作人年谱(1885—1967)》,第35—36页。

期则是从《永日集》(1927)的开始写作,通过了《看云集》(1932),直到现在(阿英的文章作于1935年年初——引者);在《永日集》的序言里,他就正式地申明过:'至于时事,到现在决不谈了。'(1929)在前期,无论属于哪一类的文字,论文的,说社会人事的,抒情的,处处是表现着一种战斗的意味,'说着流氓似的土匪似的话'(《〈自己的园地〉自序二》);而后期,则'我在文章中所谈的总还是不出文学和时事这两个题目'(《〈永日集〉序》),已经把'时事'一项完全删去了。"[1]周作人在1928年写的《闭户读书论》,应该就是这种状态的一个典型的代表。此前的周作人经历了什么呢?当时的周作人跟鲁迅一样,在瞬息万变的外部社会中"见过辛亥革命,见过二次革命,见过袁世凯称帝,张勋复辟"[2],见过五卅,见过三一八,也见过了奉系军阀的逮捕革命志士,见过国民党的清党;而周作人原先托身的"《新青年》的团体散掉了,有的高升,有的退隐,有的前进,……同一战阵中的伙伴还是会这么变化"[3]。而对于周作人自己来说,1920年和1921年的那场大病,给他带来的不仅是肉体的伤痛,更大的是精神隐忧。"我近来的思想动摇与混乱,可谓已至其极了,托尔斯泰的无我爱与尼采的超人,共产主义与善种学,耶佛孔老的教训与科学的例证,我都一样的喜欢尊重,却又不能调和统一起来,造成一条可以实行的大路。我只将这各种思想,凌乱的堆在头里,真是乡间的杂货一料店了。"[4]而在养病时期经常看望自己,精神导师一样关心着自己的兄长,这时却仿佛天上的启明和长

---

[1] 阿英:《周作人的小品文》,见陶明志编《周作人论》,第103—104页。
[2] 鲁迅:《〈自选集〉自序》,见《南腔北调集》,第31页。
[3] 同上书,第32页。
[4] 周作人:《山中杂信》,见《雨天的书》,第133页。

庚，早已彼此不再来往了。没有了兄长的支撑，周作人这种思想上的无法调和，到他1928年写《闭户读书论》的时候就迅速扩展开来。以上所说的让人心寒的政治和社会事件，更加重了周作人的困惑。"'此刻现在'，无论在相信唯物或是有鬼论者都是一个危险时期。除非你是在做官，你对于现时的中国一定会有好些不满或是不平。这些不满和不平积在你的心里，正如噎隔患者肚里的'痞块'一样，你如没有法子把他除掉，总有一天会断送你的性命。那么，有什么法子可以除掉这个痞块呢？我可以答说，没有好法子。"[1] 以下列举了几种法子，但"结局是一样，医好了烦闷就丢掉了性命，正如门板夹直了驼背"，那么，"最好是从头就不烦闷"，而"平常人民是不能仿效的"。"其次是有了烦闷去用方法消遣"。[2] 在"寒士"只有一个办法，那就是"闭户读书"。读什么呢？"我所觉得重要的还是在于乙部，即是四库之史部。……我很相信二十四史是一部好书，他很诚恳地告诉我们过去曾如此，现在是如此，将来要如此。……正如獐头鼠目再生于十世之后一样，历史的人物亦常重现于当世的舞台，恍如夺舍重来，慑人心目。"[3] 而"浅学者妄生分别，或以二十世纪，或以北伐成功，或以农军起事划分时期，以为从此是另一世界，将大有改变，与以前绝对不同，仿佛是旧人霎时死绝，新人自天落下，自地涌出，或从空桑中跳出来，完全是两种生物的样子：此正是不学之过也。宜趁现在不甚适宜说话做事的时候，关起门来读书，翻开故纸，与活人对照，死书变成活书，可以得道，可以养生，岂

---

[1] 周作人：《闭户读书论》，见《永日集》，第113—114页。
[2] 同上书，第114页。
[3] 同上书，第114—115页。

不懿欤？"[1] 这正是周作人在"少作"中出现的思路，"鹄原多少恨，尽付读书灯"，只是此处把鹄原之恨变成了对社会的不满。但一贯的思路是不变的：一旦在社会上遇到烦忧，周作人的首选思路就是转向读书。在这个思路的形成过程中，周作人完成了他的历史观。这个历史观周作人一再表露，也为后来的读者常常诟病。这个被诟病的历史观，一般被称为"轮回观"。

第二节　周作人的历史观

1923年，周作人在《重来》中感叹："我现今所想说的，只是中国现社会上'重来'之多。"[2] 1925年的《代快邮》中又云"我相信历史上不曾有过的事中国此后也不会有，将来舞台上所演的还是那几出戏，不过换了脚色，衣服与看客"[3]。而在稍后于《闭户读书论》的1929年所作的《伟大的捕风》中，这种观点显得更加彻底。开头云："我最喜欢读《旧约》里的《传道书》。传道者劈头就说，'虚空的虚空'，接着又说道，'已有的后必再有，已行的后必再行。日光下并无新鲜事。'这都是我很喜欢读的地方。"[4] 周作人接着发挥说："我想，今有的事古必已有，说的未必对，若云已行的事后必再行，这似乎是无可疑的了。"[5] 钱理群

---

[1] 周作人：《闭户读书论》，见《永日集》，第115页。
[2] 周作人：《重来》，见《谈虎集》，第72页。对于"重来"，周作人这样解释："易卜生做有一本戏剧，说遗传的可怕，名叫《重来》（Gengangere），意思是僵尸，因为祖先的坏思想坏行为在子孙身上再现出来，好像是僵尸的出现。"
[3] 周作人：《代快邮》，见《谈虎集》，第109页。
[4] 周作人：《伟大的捕风》，见《看云集》，河北教育出版社，2002年，第47页。
[5] 同上书，第47—48页。

评论说:"他……陷入了历史循环论的虚无主义。"[1] 而黄开发则有一个类似的概括:"周作人对历史持一种虚无主义的循环论态度。"[2] 周作人固然对历史上的很多事件都采取这种故鬼重来的态度,但他的历史观是不是就此可以称为虚无主义的循环论呢?

《伟大的捕风》中除了上面所引,还有另外的话:

> 我又专心察明智慧狂妄和愚昧,乃知这也是捕风,因为多有智慧就多有愁烦,加增知识就加增忧伤……话虽如此,对于虚空的唯一的办法其实还是虚空之追迹,而对于狂妄与愚昧之察明乃是这虚无的世间第一有趣味的事,在这里我不得不和传道者的意见分歧了……察明同类之狂妄和愚昧,与思索个人的老死病苦,一样是伟大的事业。虚空尽由他虚空,知道他是虚空,而又偏去追迹,去察明,那么这是很有意义的,这实在可以当得起说是伟大的捕风。[3]

而他在这篇文章的结尾处还引用了法儒巴思加耳(Pascal)《感想录》上的话:

> 人是一根芦苇,世上最脆弱的东西,但他是一根会思想的芦苇。这不必要世间武装起来,才能毁坏他。只须一阵风,一滴水,便足以弄死他了。但即使宇宙害了他,人总比他的加害者还要高

---

[1] 钱理群:《周作人论》,上海人民出版社,1991年,第65页。
[2] 黄开发:《人在旅途——周作人的思想和文体》,人民文学出版社,1999年,第53页。
[3] 周作人:《伟大的捕风》,见《看云集》,第49页。

贵，因为他知道他是将要死了，知道宇宙的优胜，宇宙却一点也不知道这些。[1]

如果历史仅仅是无限地循环，那么只要把历史的经验挪到现在就可以了，为什么还要这样尽心尽力地去察明狂妄和愚昧呢？虚无主义怎么会对这个荒凉的人世取这种态度呢？周作人对于思想显然是信仰的，而一个有信仰的人，我们决不能轻易地说他是"虚无主义"。虽然世上有这样多的不平和"故鬼重来"，但周作人看取的却不只是这个。上面所引的周作人那些仿佛循环论的话，不过是他在革命失败后的一些激烈反应，鲁迅在不同的场合也表露过类似的想法。在说到中国历史的时候，鲁迅相当激烈地说，中国的历史不过是"一，想做奴隶而不得的时代；二，暂时做稳了奴隶的时代。这一种循环，也就是'先儒'之所谓'一治一乱'"[2]。而关于中国现代史，鲁迅说，"'戏法人人会变，各有巧妙不同。'其实是许多年间，总是这一套，也总有人看，总有人 Huazaa，不过其间必须经过沉寂的几日。"[3] 这里有两个方面的问题，一是历史曾发生的事确实有许多会改头换面地重新来过，我们不能说这种判断不对；二是这种说法是针对不同的事件而发的激烈言辞，我们也不能就此判断说话者对于历史的态度只是这样。周作人这些"故鬼重来"类的言论，仿佛也应该这样看。《闭户读书论》的文章我们上面已经引过了，而在周作人总结期的《灯下读书论》中，除了自己引述了《闭户读书论》

---

[1] 巴思加耳（Pascal），现译帕斯卡尔；《感想录》现译《思想录》。引文见《思想录》，何兆武译，商务印书馆，第157—158页。文句稍有不同。
[2] 鲁迅：《灯下漫笔》，见《坟》，人民文学出版社，1973年，第176页。
[3] 鲁迅：《现代史》，见《伪自由书》，人民文学出版社，1980年，第85页。

和《伟大的捕风》中的话以外，这个思路进一步得到强化，并且对历史的悲观更增加了，"据我多年杂览的经验，从书里看出来的结论只是这两句话，好思想写在书本上，一点儿都未实现过，坏事情在人世间全已做了，书本上记着一小部分"[1]。无疑，这种历史观是黑暗和阴沉的，但我们既然不能把鲁迅的历史观叫作"虚无主义的循环论"，就同样不能把周作人的历史观这样称谓。还是回到《中国新文学的源流》。

在《中国新文学的源流》中，周作人把变迁无端的中国文学史概括为"言志"和"载道"两种潮流的交替起伏，而周作人又独赏"言志"。"言志"的"志"周作人没有特别说明，或许在周作人是无须说明的，但"志"也不是从产生就不变更的东西，它随着时代的变化不断变化。晚周的"志"断断不同于魏晋六朝，而五代的"志"也与元代的不全相同。所谓"凡一代有一代之文学：楚之骚，汉之赋，六朝之骈语，唐之诗，宋之词，元之曲，皆所谓一代之文学"[2]。所谓一代的文学，不只是文学体裁变迁，同时也是思想变迁的产物。拿周作人自身来说，他虽然一再说民国初年跟明季非常相似，但我们如果说他自己的文章中所言的"志"跟明季的李贽是一样的，他先就不会同意。而除了这个变迁的"志"，"载道"的文章所载的"道"是不是就从两汉到清末都"一以贯之"呢？用周作人自己的说法，"言志"要"出于性情的流露"[3]。而"道"呢，"我常想儒道法实在原是三位一体，儒家一面有他的理想，一面又想顾实行，结果是中庸一路，若要真去实行，却又不能不再降低而成法家，又如抛开实行，便自然专重理想而成道家了。这在当初创始的都

---

[1] 周作人：《灯下读书论》，见《苦口甘口》，第36页。

[2] 王国维：《〈宋元戏曲史〉自序》，见《宋元戏曲史》，东方出版社，1996年，第1页。

[3] 周作人：《陶庵梦忆序》，见《苦雨斋序跋文》，河北教育出版社，2002年，第115页。

是高明的人，后来禁不起徒子徒孙的模拟传讹，一样地变成了破落户，期间也有陶渊明、颜之推等人能自振作的，实际已是江河日下之势，莫可挽救了。外来的思想也曾来注灌过，如佛教是也，这原是伟大的思想，很可以佩服的，可是他自成一统系，他的倾向又比道家更往左走，他的影响好容易钻到文学里去之后，结果只有两样，这如不是属于宗教类的佛教文学，那就是近似道家思想的一种空灵作品而已"[1]。这样，载道派文学所载的"道"，也就不会是一以贯之的。而这样的思想，我们怎么化约，也不可能把它归入循环论的"虚无主义"里吧——除非我们的循环论"虚无主义"是别有会心或别有用心的。那么，周作人这种态度到底是什么呢？

"周先生的思想是可以归纳成一以贯之的'道'的。然而正因为它是那么单纯，所以才那么圆融，那么触类旁通无远弗届，因而便那么艰于了解。例如周先生的历史观便是只注意一方面，即所谓'自其不变者而观之'的，但正因为不注意另一方面，所以才把这一方面看了个透彻，而要达到同样的程度也就更不容易了。"[2] 正如金克木这里所说的，周作人不是没有看到历史另外的一面，而只是注重了一个方面。这种注重从历史不变的一面进行思维的习惯，也成了周作人"文抄公"阶段的主要倾向。他"抄书期"的主要文章，创作时间从1933年到1939年左右。在这个时期，周作人"自其不变而观之"，对历史进行了自己独特的梳理，在梳理过程中，就不只是类乎"故鬼重来"的感叹了，还有对那些在历史中闪光的东西的重视——这些闪光的东西也同样不变。

---

[1] 周作人：《现代散文导论》，见蔡元培等著《中国新文学大系导论集》，第193—194页。
[2] 金克木：《为载道辩》，见《蜗角古今谈》，第160页。

第三节　历史观决定的周作人的自我定位

周作人自出道以来对蔼理斯的赞赏就没有停止过，不但在自己的文章中把蔼理斯的话引了再引，并且在各种场合表明了他对蔼理斯有加无已的佩服。周作人对蔼理斯的欣赏建立在他对蔼理斯人生态度的认同上。我们上面已经引用了周作人三番五次引用的蔼理斯的话，而周作人自己也明确表示了对蔼理斯人生态度的佩服，并再次引用蔼理斯结论性的话来表明自己的态度，"'一切生活是一个建设与破坏，一个取进与付出，一个永远的构成作用与分解作用的循环。要正当的生活，我们须得模仿大自然的豪华与其严肃。'他在上面又曾说道，'生活之艺术，其方法只在于微妙地混合取与舍二者而已，'很能简明的说出这个意思。"[1] "性的心理给予我们许多事实与理论，这在别的性学大师如福勒尔，勃洛赫，鲍耶尔，凡特威尔特诸人的书里也可以得到，可是那从明净的关照出来的意见与论断，却不是别处所有。"[2] 周作人对于蔼理斯关于性的许多"意见……觉得极有道理，既不保守，也不急进，据我看来还是很有点合于中庸的吧。说到中庸，那么这颇与中国接近，我真相信如中国保持本有之思想的健全性，则对于此类的意思理解自至容易"[3]。因为欣赏这种不偏颇，周作人的对于历史和人生的态度不看好暴风骤雨式的革命，只重视其缓慢前进的一面。上面所引周作人那些类乎循环论的话，不过是他在革命失败后的一些激烈反应，而他真实的对于历史和人生的态度隐藏在他反复引用的蔼理斯的话里。

---

[1] 周作人：《蔼理斯的话》，见《雨天的书》，第89页。

[2] 周作人：《我的杂学》，见《苦口甘口》，第77页。

[3] 同上书，第78页。

在《性的心理研究》第六卷跋文末尾有这两节话："有些人将以我的意见为太保守，有些人以为太偏激。世上总常有人很热心的想攀住过去，也常有人热心的想攫得他们所想象的未来。但是明智的人，站在二者之间，能同情于他们，却知道我们是永远在于过渡时代。在无论何时，现在只是一个交点，为过去与未来相遇之处，我们对于二者都不能有什么争向。不能有世界而无传统，亦不能有生命而无活动。正如赫拉克来多思（Herakleitos）在现代哲学的初期所说，我们不能在同一川流中入浴二次，虽然如我们在今日所知，川流仍是不断的回流。没有一刻无新的晨光在地上，也没有一刻不见日没。最好是闲静地招呼那熹微的晨光，不必忙乱的奔向前去，也不要对于落日忘记感谢那曾为晨光之垂死的光明。"……在道德的世界上，我们自己是那光明使者，那宇宙的顺程即实现在我们身上。在一个短时间内，如我们愿意，我们可以用了光明去照我们路程的周围的黑暗。正如在古代火炬竞走——这在路克勒丢思（Lucretius）看来似是一切生活的象征里一样，我们手里持炬，沿着道路奔向前去。不久就要有人从后面来，追上我们。我们所有的技巧，便在怎样的将那光明固定的炬火递在他的手内，我们自己就隐没到黑暗里去。[1]

就这样，因为"自其不变而观之"的世界观的决定，周作人把自己定位为一个社会前进的途路上的过渡者。这样一个过渡者的心态，也就在他随后长长的"抄书期"中表现出来了。

---

[1] 周作人：《蔼理斯的话》，见《雨天的书》，第89—90页。

第四节　周作人"抄书"的态度和标准

周作人进入"抄书期"之后,受到了很多人的指责,大略是认为他太消极了,其中的一些批评是朋友的。周作人就此写信答复说:"不佞自审日常行动与许多人一样,并不消极,只是相信空言无补,故少说话耳。大约长沮桀溺辈亦是如此,他们仍在耕田,与仲尼不同者只是不讲学,其与仲尼同为儒家盖无疑也。"[1] 也就是说,周作人并不认为自己"抄书"就是消极,就是对身前的世事不闻不问,而是把过去自己那些杂乱的言论,变成了现在的躬行,不求给人家讲明什么,只是耕耘自己所知的那块园地。而在耕种自己园地的过程中,周作人也不免受到些另外的指责,主要是认为他的"抄书"太过讨巧了,较之不"抄"的文章少用力气。

对那些批评自己"抄书"写法的人,周作人在1935年的一封书信中答复道:"足下需要创作,而不佞只能写杂文,又大半抄书,则是文抄公也,二者相去岂不已远哉。但是不佞之抄却亦不易,夫天下之书多矣,不能一一抄之,则自然只能选取其一二,又从而录取其一二而已,此乃甚难事也。……讲学问不佞不敢比小草堂主人,若披沙拣金则工作未始不相似,亦正不敢不勉。……我的(抄书的——引者)标准是那样的宽而且窄,窄时网不进去,宽时又漏出去了,结果很难抓住看了中意,也就是可以抄的书。不问古今中外,我只喜欢兼具健全的物理与深厚的人情之思想,混合散文的朴实与骈文的华美之文章,理想固难达到,少少具体者也就不肯轻易放过。然而其事甚难。孤陋寡闻,

---

[1] 周作人:《〈夜读抄〉后记》,见《夜读抄》,第202页。

一也。沙多金少,二也。若百中得一,又于其中抄一,则已大喜悦,抄之不容易亦已可以不说矣。故不佞抄书并不比自己作文不为苦,然其甘苦则又非他人所能知耳。"[1] 这是周作人对自己"抄书"的正式声明,即认为自己的工作是在前人的书中披沙拣金,披沙拣金又为的是达到自己的目的。他的目的是什么呢?

《中国新文学的源流》中,周作人在关于文学的起源的讲说中谓:"文学和宗教两者的性质不同,是在于其有无'目的';宗教仪式都是有目的的,而文学则没有。"[2] 又关于文学的用处云:"大家当可以看得出:文学是无用的东西。因为我们所说的文学,只是以达出作者的思想感情为满足的,此外再无目的之可言。里面,没有多大鼓动的力量,也没有教训,只能令人聊以快意。不过,即这使人聊以快意一点,也可以算作一种用处的:它能使作者胸怀中的不平因写出而得以平息;读者虽得不到什么教训,却也不是没有益处。"[3] 周作人对于文学的意见无疑受到了现代西方美学的影响。现代西方美学的核心观念之一是"无利害性"(Disinterestedness)以及由此而发展出来的"为艺术而艺术"。虽然鲁迅在《魏晋风度及文章与药及酒之关系》中说:"曹丕的一个时代可说是'文学的自觉时代',或如近代所说是为艺术而艺术(Art for Art's Sake)的一派。"[4] 但鲁迅此处的引用似乎抽离了这句话的具体背景。"为艺术而艺术"的口号在西方的兴起是针对维多利亚时期渐成主流的功利

---

[1] 周作人:《〈苦竹杂记〉后记》,见《苦竹杂记》,河北教育出版社,2002年,第220—221页。
[2] 周作人:《中国新文学的源流》,见《儿童文学小论暨中国新文学的源流》,第14页。
[3] 同上书,第14—15页。
[4] 鲁迅:《魏晋风度及文章与药及酒之关系》,见《而已集》,人民文学出版社,1973年,第84页。

主义,并且此后成为西方美学的主流思想之一。而曹丕的言论除了因为他已经是对曹植的政治斗争的获益者,因此力倡文学的非功利之外;还有就是他的理论此后并没有成为此后中国文学的主流。拿中国古诗做个不甚恰当的例子,"在中国文艺批评的传统里,相当于南宗画风的诗不是诗中高品或正宗,而相当于神韵派诗风的画却是画中高品或正宗。"[1]中国古代的散文——这近代西方文学观念中的一个体裁,却是中国古代文学中的长子,它背负着更多属于近代西方"文学"观念以外的东西,连诗歌那样的偶尔放松一下都要受到相当严厉的对待——虽然也有像周作人在《中国新文学的源流》中所说的那样有放纵和恣肆的时候,但骨子里却也是极有"道",极严肃的。[2]周作人在这里认同了西方近代以来的这个美学主流观点,而他又是关注思想的,那么,他的反复宣布自己"文学小店关门","文士歇业"就非常容易理解了。那么,只是抒发自己情感的文学不能满足周作人的需要,他显然要转一个方向,转到文学无功利的背面去。而转向的体现,就是"抄书期"的思想,而这种思想,显然已经跟五四时期大部分作家和思想界人士的思路远离了。

"五四思想之实质内容,实在地说,是与他们未能从传统一元论的思想模式(monistic mode of thinking)中解放出来有很大关系。而这种思想模式是导引形式主义式的全盘否定传统的重要因素。"[3] "现代中

---

[1] 钱锺书:《中国诗与中国画》,见《钱锺书论学文选》第六卷,第26页。

[2] 后来周作人也致了不满的三袁等却不能算文学上真正一流的人物——他们的文章倒是有些"为艺术而艺术"的气象。这点鲁迅有很斩截的说明,参看其《魏晋风度及文章与药及酒之关系》及《小品文的危机》等。

[3] 林毓生:《五四式反传统思想与中国意识的危机——兼论五四精神、五四目标与五四思想》,见《中国传统的创造性转化》,第148页。

国社会、政治与经济改革的先决条件是思想革命，而这种思想革命首先需要全盘摒弃中国的过去。"[1] "五四反传统思想的一个极重要因素，便是笔者所称谓的'借思想、文化以解决问题的方法'（the cultural-intellectualistic approach）。"[2] "关于'借思想、文化以解决问题的方法'之形成的原因，我们可由对儒家思想模式（Confucian modes of thinking）的考察中加以探讨。儒家思想模式或分析范畴（categories of analysis）中极重要的特征之一，便是强调人类意识的功能（即'心'之内在道德与/或理知经验之功能）（the function of the inward moral and/or intellectual experience of human mind）。"[3] 虽然五四时期的思想状况远比此处描述的复杂[4]，但主流思路却是如此。这种激进的思维方式几乎可以代替世界观。也就是沿着这个激进的思路，中国渐进的改良思路慢慢被挤压成了激烈的革命思路。在这个意义上，李泽厚的结论显得尤有意义："封建主义加上危亡局势不可能给自由主义以平和渐进的稳步发展，解决社会问题，需要'根本解决'的革命战争。革命战争却又挤压了启蒙运动和自由理想，而使封建主义乘机复活，这使许多根本问题并未解决，却笼罩在'根本解决'了的帷幕下被视而不见。"[5] 也正是在这个意义上，周作人"抄书期"的思想方式就因为难能而显得可贵。

---

[1] 林毓生：《五四时代的激烈反传统思想与中国自由主义的前途》，见《中国传统的创造性转化》，第153页。

[2] 同上书，第167—168页。

[3] 同上书，第168页。

[4] 王元化在很多场合重新表述了五四，周策纵也表述了很多不同的观点。而鲁迅晚年的《故事新编》也表示了他对传统文化不同于以往的认识思路。（参看张文江《论〈故事新编〉的象数文化结构及其在鲁迅创作中的意义》，《社会科学》1993年第10期。）

[5] 李泽厚：《中国现代思想史论》，安徽文艺出版社，1994年，第44页。

"（我的这些知识——引者）实在凌乱得很，不新不旧，也新也旧，用一句土话来说，这种知识是叫作'三脚猫'的。三脚猫原是不成气候的东西，在我这里却又正有用处。猫都是四条腿的，有三脚的反而稀奇了，有如刘海氏的三脚蟾，便有描进画里去的资格了。全旧的只知道过去，将来的人当然是全新的，对于旧的过去或者全然不顾，或者听了一点就大悦，半新半旧的三脚猫却有他的便利，有点像革命运动时代的老新党，他比革命成功后的青年有时更要急进，对于旧势力旧思想很不宽假，因为他更知道这里边的辛苦。我因此觉得也不敢自菲薄，自己相信关于这些事情不无一日之长，愿意尽我的力量，有所贡献于社会。"[1] 周作人这种半新不旧的思想方式，就是后来论者经常提到的"中庸主义"[2]。在周作人这里，"中庸主义"脱离了原先的理学含义，成了他反旧思想的一个核心概念。这个概念中和了周作人前期作为出发点的"人道主义、世界主义、个人主义、无政府主义"[3]、民族主义等，又吸收了周作人从西方近代学会的"科学"和"理性"，造成了一种近代意义上的世界观。这种"中庸主义"反对中国古代的道教式"虚妄"，也反对圣经贤传的徒托空言，提倡的是履实和言论的平实，因为"履实者万里同符"[4]。这种"中庸主义"喜欢平实普通的言论，反对尖新的怪论，

---

[1] 周作人：《自己所能做的》，见《秉烛后谈》，第3—4页。

[2] 关于古代和当代对于中庸主义的解释，可参看李泽厚《论语今读》（安徽文艺出版社，1998年，第166—167页）论"中庸"部分，并参看李泽厚的《历史本体论》（生活·读书·新知三联书店，2002年）论"度"的部分。

[3] 木山英雄：《周作人——思想和文章》，见张菊香、张铁荣编《周作人研究资料》（上），天津人民出版社，1986年，第601页。

[4] 周作人：《兰学事始》，见《夜读抄》，第48页。

因为言论的"无甚新奇处正是最不可及处"[1]。而周作人"抄书"时期对文章的选择正是建立在这些思想基础上的，所谓"不问古今中外，我只喜欢兼具健全的物理与深厚的人情之思想，混合散文的朴实与骈文的华美之文章"[2]。

第五节 周作人"抄书"的重点

周作人的"抄书"，诚如张中行所说："他喜欢涉览笔记，中国的，他几乎都看过。如他的文集多提到的，绝大多数是偏僻罕为人知的，只此一类，也可见数量是如何大。何况还有杂，杂到不只古今，还有中外。"[3] 但随着时间的过去，周作人的"抄书"渐渐地把"外"和"今"去了。1931年写的《苦茶随笔》的小引里，周作人还肯说："在这小文章里所说的大抵是关于书或人，向来读了很受影响或是觉得喜欢的，……这里所谈的差不多都是外国的东西，这当然不是说中国的无可谈，其原因很简单，从小读中国书惯了，就不以为奇，所受影响自己也不大觉得，所以有些茫然，即使想说也有无从说起之概。"[4] 但从《苦竹杂记》开始，周作人所抄的书，中国古书所占的分量渐渐加大。1940年他为《书房一角》所写的原序中说，"近来三四年久不买外国书了，一天十小时闲卧看书，都是木板线装本，纸墨敝恶，内容亦多是不登大雅之

---

[1] 周作人：《颜氏家训》，见《夜读抄》，第111页。
[2] 周作人：《〈苦竹杂记〉后记》，见《苦竹杂记》，2002年，第221页。
[3] 张中行：《再谈苦雨斋并序》，见刘如溪编《周作人印象》，学林出版社，1997年，第105页。
[4] 周作人：《〈苦茶随笔〉小引》，见《苦雨斋序跋文》，第68页。

堂的，偶然写篇文章，自然也只是关于这种旧书的了"[1]。不买外国书固然是一方面的原因，即使不买，他自己书架上那些硬领西装的书尽在，要"抄"也还是可以抄的。出现这种情况，我们只能认为周作人的思路已经发生了转移，而这个转移要到他"总结期"的自我陈述中才看得更加清楚。我们在这里先来看周作人"抄书"的重点所在，在那些"纸墨敝恶"中国古书中，周作人到底"抄"了些什么呢？

在五四前后的一段时间，周作人跟鲁迅走着约略相似的路，尽管有各种各样的异点，但总的方向都是指向旧的文化思想和伦理道德观念。周作人的名气则是确立在他五四时期"反封建"的文章上的。在这一时期内，周作人向着封建禁欲主义挑战，在中国争取做"人"的权利；周作人为争取妇女儿童的地位大声呐喊，猛烈攻击封建的贞操观、节烈观，在此基础上，他自然强调人的个性解放，主张建立新的道德观。[2] 此后，周作人在历次的各种重大政治事件中都做了旗帜鲜明的斗争，他最为突出的特点是"继续猛烈地批判封建禁欲主义，提倡新的两性道德和以儿童为本位的新道德观"[3]。这时期的周作人充分显示了他"流氓鬼"的一面，对时事的批评不留情面，并且显示了与生俱来的老辣和干练。而"他从《人的文学》起，多年之间几次说到西洋历史上'人的自觉'过程中的三大发现：十六世纪发现了人，十八世纪发现了妇女，十九世纪发现了儿童。这也就是他进攻封建主义的三条主要战线"[4]。"作为思想革命的战士，周作人有两个一贯的特点，一是提倡

---

[1] 周作人：《〈书房一角〉引言》，见《书房一角》，第4页。
[2] 钱理群：《周作人论》，第11—12页。
[3] 同上书，第19—20页。
[4] 舒芜：《以愤火照出他的战绩》，见《周作人的是非功过（增订本）》，辽宁教育出版社，2000年，第11页。

宽容，一是反对复古"[1]。即便兄弟失和后，周作人对鲁迅那些刻薄的影射攻击也大部分没有脱出这个范围。周作人对鲁迅攻击的中心，就是鲁迅从一个反封建的战士变成了一个封建的人物或者是封建的卫道士——并且打着反封建的旗号。[2]我们显然不能把周作人对鲁迅的攻击看成毫无诚意的，并把他当成一个虚诈的、只会对自己兄长进行人身攻击的狡诈之人。当然，周作人自身确实存在问题，但这个问题是他自己思想内在矛盾的反映，并不是完全虚伪的呓语。在着力提倡的思想问题上，周作人显然是认真的。他把他的这些提倡当成了不朽的名山事业，不可能随意处置。那么，周作人当成名山事业的这个思想是什么呢？

在《中国新文学的源流》第一讲"关于文学之诸问题"中，周作人关于"研究文学的预备知识"中认为第一应该注意的是文字学。其二是生物学，"生物学说明了生物的生活情形，人也是生物之一，人生的根本原则便可从这里去看出来了。文学，和生物学一样，是以人生为对象的东西，所以，这两者的关系特别密切，而研究文学的人，自然也就应当去研究一下生物学"[3]。其三是历史，"历史所记载的是人类过去生活的经验，是现在人类生活的根据。……几年前，郭沫若就主张诗人必须懂得人类学，——即社会学，亦即我所说的历史，不过我所说的历史的范围是比较广些。……人类学是研究人类形体精神两方面的学问，

---

[1] 舒芜：《以愤火照出他的战绩》，见《周作人的是非功过（增订本）》，辽宁教育出版社，2000年，第11页。
[2] 关于这点，参看舒芜《周作人的是非功过（增订本）》中《周作人对鲁迅的影射攻击》。
[3] 周作人：《中国新文学的源流》，见《儿童文学小论暨中国新文学的源流》，第12页。

对于研究文学的人，帮助的确很多"[1]。关于生物学，周作人早在1919年就有很明确的提倡："我不信世上有一部经典，可以千百年来当人类的教训的，只有纪载生物的生活现象的Biologie（生物学）才可供我们参考，定人类的标准。"[2] 这种对于生物学的重视贯彻了周作人的一生。《看云集》里的那些对"草木虫鱼"的观察，抄书阶段对生物学类书籍的重视，以及在《我的杂学》的专节讲自己的生物学兴趣都很好地说明了这个问题。就是在周作人写作短小而琐细的作品的晚期，也仍然保持着对生物学的兴趣。在他晚年唯一自行编订并争取出版的文集《木片集》中，有很大一部分是专门讲各种动物的。而在陈子善编订的《知堂集外文·〈亦报〉随笔》[3] 中，关于生物的也占了相当不小的一部分。

周作人这种对生物学的重视，显然有他们那代人在五四以前接受的达尔文进化论的影响。周作人虽然没有像鲁迅那样对进化论表示过狂热和真诚的爱戴，但从他文章中的这些表达，可以看出他并没有脱离这样一个进化的现代思路。这一点我们在论述周作人总结期的时候还会说到。周作人在追迹这些进化的理路的时候，也特别重视神话、儿童和医学史等等。神话是人类童年时期的事，而儿童是单个人的童年，医学史是人对于自身的研究和探讨，如此等等合在一起，是周作人"抄书"的一大部分内容。

另外，周作人自己也表述过他"抄书"的重点内容：

---

[1] 周作人：《中国新文学的源流》，见《儿童文学小论暨中国新文学的源流》，第12页。

[2] 周作人：《祖先崇拜》，见《谈虎集》，第5页。

[3] 陈子善编：《知堂集外文——〈亦报〉随笔》，岳麓书社，1988年。收入的文章发表日期从1949年11月22日至1952年3月27日。加上《木片集》中的文章，大约可以看到周作人晚期创作中生物学类文章的分量。

> 自己觉得文士早已歇业了，现在如要分类，找一个冠冕的名称，仿佛可以称作爱智者，此只是说对于天地万物尚有兴趣，想要知道他的一点情形而已。[1]

> 以后应当努力，用心写好文章，莫管人家鸟事，且谈草木虫鱼，要紧要紧。[2]

> 孔子云，知之为知之，不知为不知，是知也。……其实我所知的是什么呢，自己也说不上来，不过比较起来对于某种事物特别有兴趣，特别想要多知道一点，这就不妨权归入可以谈谈的方面，虽然所知有限，总略胜于以不知为知耳。我的兴趣所在是关于生物学人类学儿童学与性的心理，当然是零碎的知识，但是我惟一的一点知识，所以自己不能不相当的看重，而自己所不知的乃是神学与文学的空论之类。[3]

> 文学是专门学问，实是不知道，自己所觉得略略知道的只有普通知识，即是中学程度的国文，历史，生物和博物，此外还有数十年中从书本和经历得来的一点知识。[4]

在这里，周作人所说自己知道的东西比起后来在《我的杂学》中罗列的种种还是比较有限的，大略是草木虫鱼与各种常识，所谓"经验与理

---

[1] 周作人：《〈夜读抄〉后记》，见《夜读抄》，第202页。
[2] 周作人：《〈苦茶随笔〉后记》，见《苦茶随笔》，河北教育出版社，2002年，第196页。
[3] 周作人：《〈瓜豆集〉题记》，见《瓜豆集》，河北教育出版社，2002年，第3页。
[4] 周作人：《自己所能做的》，见《秉烛后谈》，第3页。

性"。在周作人"总结期"所作的《我的杂学》中，周作人把自己的学问分为非正轨的汉文、非正宗古书、非正统的儒家、欧洲文学、希腊神话、神话学、文化人类学、生物学、儿童学、性心理学、蔼理斯的思想、医学史与妖术史、日本的乡土研究、写真集与浮世绘、川柳落语滑稽本、俗曲童谣玩具图、外文与译书、佛经与戒律。其中非正轨的汉文、非正宗古书、希腊神话、神话学、文化人类学、生物学、儿童学、性心理学、蔼理斯的思想周作人在这里讲到了，但还有很多没有提到的部分。这些没有提到的部分中，特别重要的就是在"抄书"过程中多次出现，而此时还没有作为要点陈说的非正统的儒家。这与周作人后期直认自己是儒家的信徒并梳理出属于自己的儒家系统大不一样。或许周作人此时还处于思想的调整期，没有想清楚自己跟这个非正统的儒家的关系。而还没有完全确认这种关系的周作人，其"抄书"行为已经走到了一个危险的地点，《书房一角》的出现或许就是起于青萍之末的那一丝微颤。

《书房一角》是周作人最后一本"抄书"之作。此前是周作人"抄书"的全盛时期，外面虽然仍然是无边的黑暗、无量的牺牲，但周作人却把自己垒在书房的这一角，用自己说得通的对社会的贡献来应对越发逼仄的现实困境。但到《书房一角》，周作人的"抄书"行为却渐渐走到了它的末路，大有回到古代，自我作古的趋势。这个集子里的文章，写作时间大都在1938到1943年间，文章内容还是如他自己所说，是披沙拣金，磨杵成针，把前人书刊中值得珍重的材料抄录出来，一面加以表彰，一面也助成自己的观念。而在写作过程中，文字越来越趋向于典重的文言，而中心思想并没有变，还是前面所说的"疾虚妄"和"爱真实"。文章的篇幅也越来越小，每篇五六百字，约略相似于古代的笔记。这种相似是一个不错的赞扬，同样也是一个严厉的批评。我们说一个人学习一样东西学到可以列入那样东西中了，或许并不只是对它的表彰。周作人的这种越来越像古代笔记的文章，我们同样也不能称颂太多。

就是在写作《书房一角》的这个时期，日本侵略的烽火燃烧到中国的家门上。周作人对这种关乎切身的事情势必不能不闻不问。摆在周作人面前一个最现实的问题就是，离开或者留在北平——是留在沦陷的北平，还是过流离失所的生活呢？如果在北平留下，接踵而来的问题是：在日本的治下艰难困苦地活下去，做个现代苏武；还是投降日本，做个衣食无忧的李陵呢？这些问题都一下子涌在周作人面前，而周作人此前的思想体系也受到了前所未有的冲击。苟全性命于乱世固然是周作人既定的选择，但像嵇康这种人就很难存活在魏晋那样的乱世，那么，声名极盛的周作人有可能在苦雨斋过上苟全的日子吗？当外界的骚扰还仅仅涉及身外的事情时，周作人可以指责这些东西的错处，用古代的话来指涉目前的现实，提出自己的看法。但事情到自己身上呢？那种用常识和经验环绕起来的平常的伦理观真的可以抵挡外面的风沙吗？那个"诗言志"的"志"如果只在自己的范围之内，或者只是单个人的，它还起作用或有必要吗？后来，周作人终于觍颜事敌了，这个事件引起了相当恶劣的反响，也让周作人不得不重新思考一些问题，对这些问题的思考伴随的是周作人两年多的沉默。重新执笔的周作人思路为之一新，就此开始了他的总结期。

第三章 "我的杂学"与"两个梦想"

第一节 从"言志"到"载道"

周作人总结期的文章主要收在以下五本文集中:《药堂杂文》《苦口甘口》《立春以前》《过去的工作》《知堂乙酉文编》。在这里,周作人一改早先对"载道"的反感态度,开始明确表示自己写的文章关于道德的是重点。

周作人在其前期作品中,已经说着道德的话,他自己的表态却是以不喜欢的时候居多,"我平素最讨厌的是道学家,(或照新式称为法利赛人,)岂知这正因为自己是一个道德家的缘故;我想破坏他们的伪道德不道德的道德,其实却同时非意识地想建设起自己所信的新的道德来。……我很反对为道德的光彩与光芒,虽然外面是说着流氓似的土匪似的话。我很反对为道德的文学,但自己总做不出一篇为文章的文章,结果只编集了几卷说教集,这是何等滑稽的矛盾"[1]。在"抄书期"的文章中,虽然周作人仍然说着道德的话,却仍然不太认同自己的这种态度(当然,我们不排除周作人故作姿态的成分,但大方向上周作人还是对在书中宣教抱比较敏感的态度。这种态度又与周作人对文学的现代理解有关,就是与"为艺术而艺术"的现代美学主潮有关),"我并不是说《夜读抄》的文章怎么地有用得好,但《夜读抄》的读书的文章有二十几篇,在这里才得其三分之一,而讽刺牢骚的杂文却有三十篇以上,这实在太积极了,实在也是徒劳无用的事。宁可少写几篇,须得更充实

---

[1] 周作人:《〈雨天的书〉自序二》,见《雨天的书》,第3页。

一点，意思更诚实，文章要平淡，庶几于读者稍有益处。这一节极要紧，虽然尚须努力，请俟明日"[1]。

但进入总结期之后，周作人对于文章中谈道德的态度已经不一样了，"照例说许多道德家的话，这在民国十四年《雨天的书》序里已经说明，不算新了"[2]。虽然语气仍然生涩，但基本态度已经有些不同了。而1944年写作《苦口甘口》的序，周作人仍然没有完全摆脱现代的美学主流观念，对于文章中讲道德问题还是有些犹疑，"《苦口甘口》重阅一过之后，照例是不满意，如数年前所说过的话，又是写了些无用也无味的正经话。难道我的儒家气真是这样的深重而难以涮除么"[3]。而1945年所写的《立春以前》的《后记》中，语气却相当坚决了："但是自己反省一下，近几年来可以找出两个段落，由此可看得出我的文章与思想的轨道。其一，民国廿九年冬我写一篇《日本之再认识》。正式声明日本研究店的关门，以后对于不懂得的外国事情不敢多开口，实行儒家的不知为不知的教训。其二，民国卅一年冬我写一篇《中国的思想问题》，离开文学的范围，关心国家治乱之源，生民根本之计，如顾亭林黄梨洲书中所说，本国的事当然关切，而且也知道得较多，此也可以说是对于知之为知之这一句话有了做起讲之意吧。我对于中国民族前途向来感觉一种忧惧，近年自然更甚，不但因为己亦在人中，有沦胥及溺之感，也觉得个人捐弃其心力以至身命，为众生谋利益至少也为之有所计议，乃是中国传统的道德，凡智识阶级均应以此为准则，如经传所广说。……以前杂文中道德的色彩，我至今完全的是认，觉得这

---

[1] 周作人：《〈苦茶随笔〉后记》，见《苦茶随笔》，第194—195页。
[2] 周作人：《〈药堂杂文〉序》，见《药堂杂文》，第1页。
[3] 周作人：《〈苦口甘口〉自序》，见《苦口甘口》，第1页。

样是好的，以后还当尽年寿向这方面努力，虽然我这传统的根据却与世界的知识是并行的，我的说话永久不免在新的听了以为旧，在旧的听了以为新，这是无可如何的事。"[1] 而在《过去的工作》中，由现在支配的对过去的叙述也显然不同了，"民国八年《每周评论》发刊后，我写了两篇小文，一曰《思想革命》，一曰《祖先崇拜》，当时并无甚计划，后来想起来却可以算作一种表示，即是由文学而转向道德思想问题，其攻击的目标总结拢来是中国的封建社会与科举制度之流毒"[2]。就这样，周作人表明了他对"非正统的儒家"的好感。

第二节　"非正统的儒家"

台湾学者王汎森这样评价周作人的道德意识，"周作人则专心致志于提倡一种新道德哲学，这一哲学以戴震、焦循、程瑶田等几位清儒为代表。这些思想家的特征都是重人权、体人情、重女权、重体谅、尊欲望、体恤细民百姓，且不抹杀现实常识与人在生物层次的实际需要。他再三致意于戴震《孟子字义疏证》、程瑶田《论学小记》、焦循《易余籥录》及俞理初的几篇维护女权的文字，并一再强调'通情时变'之哲学，甚至特别欣赏《易余籥录》中讲'模糊'的一段，无非是希望人们不要以'天理'的高调来责备人、约束人，希望以'模糊'来消解理学的道德严格主义"[3]。很有意思的是王汎森先生为这段话做的注："但我们应当留意，周作人大量写这类文字是在敌伪下做事时。这些文字可能一

---

[1]　周作人：《〈立春以前〉后记》，见《立春以前》，第190页。
[2]　周作人：《过去的工作》，见《过去的工作》，第83页。
[3]　王汎森：《中国近代思想与学术的系谱》，第121—122页。

方面呼吁时人体恤沦陷区人民的现实感受,不要以道德高调的'理'来评判他们;一方面又为自己的行为辩解,希望人们考虑现实景况而予以谅解。心情及用意很复杂。不过,这些言论亦与其前后思想相当一致。"[1]

王汎森此处所说的周作人的道德意识以及他"前后相当一致"的"思想",就是周作人自己确认的"非正统的儒家"道德思想。不过王汎森指出的周作人所重视的传统的这一部分,周作人本人的思路延伸得还更深远些。"我在中国文人中又找出俞理初,袁中郎,李卓吾来,大抵是同样的机缘,虽然今人推重李卓老者不是没有,但是我所取者却非是破坏而在其建设,其可贵处是合理而有情,奇辟横肆只是外貌而已。"[2] "昔孔子诲子路,知之为知之,不知为不知,是知也。鄙人向来服膺此训,以是于汉以来最佩服疾虚妄之王充,其次则明李贽,清俞正燮,于二千年中得三人焉。"[3] "上下古今自汉至于清代,我找到了三个人,这便是王充,李贽,俞正燮是也。……我尝称他们为中国思想界之三盏灯火,虽然很是辽远微弱,在后人却是贵重的引路的标识。"[4] 这里,周作人的思路从前面王汎森所说的清代延伸到有明以至汉代,找到了自己的"同路人"。这个思路随着周作人认识的深入,延伸到更远的地方。在《汉文学的传统》中,周作人就把自己的思路上溯到先秦,"禹稷颜回并列,却很可见儒家的本色。我想他们最高的理想该是禹稷,但是儒家到底是懦弱的,这理想不知何时让给了墨者,另外排上

---

[1] 王汎森:《中国近代思想与学术的系谱》,第122页。
[2] 周作人:《读书的经验》,见《药堂杂文》,第40页。
[3] 周作人:《〈药味集〉序》,见《药味集》,第1页。
[4] 周作人:《我的杂学》,见《苦口甘口》,第64页。

了一个颜子，成为闭户亦可的态度，以平世乱世同室乡邻为解释，其实颜回虽居陋巷，也要问为邦等事，并不是怎么消极的。再说就是消极，只是觉得不能利人罢了，也不会如后世'酷儒莠书'那么至于损人吧"[1]。"单说儒家，难免混淆不清，所以这里须得再申明之云，此乃是以孔孟为代表，禹稷为模范的那儒家思想。"[2] 至此，周作人关于自己所倡导的中国思想的思路基本梳理清楚了，就是自上古的大禹和稷肇端，中得孔子和孟子发扬，后经颜回，由墨子承其余绪，到汉之王充，再延之明之李贽，清之俞正燮。在周作人看来，这是一个对中国思想有益，却两三千年隐而不彰的传统。那么，在众多的思想家中，周作人为什么选择这些人作为中国思想的代表人物，其弃取的标准是什么呢？

周作人在《我的杂学》中论到自己的儒家思想时说过，"我自己承认是属于儒家思想的，不过这儒家的名称是我所自定，内容的解说恐怕与一般的意见很有些不同的地方。我想中国人的思想是重在适当的做人，在儒家讲仁与中庸正与之相同，用这名称似无不合，其实这正因为孔子是中国人，所以如此，并不是孔子设教传道，中国人乃始变为儒教徒也。儒家最重的是仁，但是智与勇也很重要，特别是后世儒生成为道士化，禅和子化，差役化，思想混乱的时候，须要智以辨别，勇以决断，才能截断众流，站立得住"[3]。那么，周作人在说明自己的"儒家"是什么的时候，就需要说明自己反对的所谓"道士化、禅和子化、差役化"的儒家是什么。

周作人第一要反对的是"道士化"的儒家。"道士化"的儒家是指

---

[1] 周作人：《汉文学的传统》，见《药堂杂文》，第 6—7 页。
[2] 周作人：《中国的思想问题》，见《药堂杂文》，第 12—13 页。
[3] 周作人：《我的杂学》，见《苦口甘口》，第 63 页。

羼杂了道教信仰的儒家徒,而道教不同于道家。鲁迅先生在1918年8月20日给许寿裳的信中曾说:"前曾言中国根柢全在道教,此说近颇广行。以此读史,有多种问题可以迎刃而解。"[1] "人往往憎和尚,憎尼姑,憎回教徒,憎耶教徒,而不憎道士。懂得此理者,懂得中国大半。"[2] 周作人关于这方面的意见与鲁迅基本一致,所说也较多,并且很早就开始注意道教对中国文化的影响了。"改良乡村的最大阻力,便在乡人们自身的旧思想,这旧思想的主力是道教思想。所谓道家,不是指老子的道家者流,乃是指有张天师做教王,有道士们做祭司的,太上老君派的拜物教。……支配国民思想的已经完全是道教的势力了。"[3] "真正的中国国民思想是道教的,即萨满教的。"[4] "中国人拙于观察自然,往往喜欢去把他和人事连接在一起。最显著的例,……第二是道教化,如桑虫化为果蠃,腐草化为萤,这恰似仙人变形,与六道轮回又自不同。"[5] 第二要反对的儒家是"禅和子化"的。虽然"中国自隋唐至明,千百年

---

[1] 《鲁迅书信集》上卷(上),人民文学出版社,1976年,第18页。
[2] 鲁迅《小杂感》,见《而已集》,第102页。鲁迅这两句话的意义近几年有些疑问出现,其中最具新鲜意义的是四川大学卿希泰教授的《重温鲁迅先生"中国根柢全在道教"的科学论断》,载《中国道教》(双月刊)2001年第6期与《社会科学研究》(双月刊)2002年第1期。文章认为,鲁迅这些话是"道教在中国传统文化中的地位和作用"的"肯定"。但不管是较早的陈方竞先生的《"中国根柢全在道教"——鲁迅对浙东民间文化的理性批判》(载《鲁迅研究月刊》1993年第7期,李允经先生编著的《走进鲁迅世界——鲁迅著作解读文库·书信卷》(北京工业大学出版社,1995年,第187页),还是刘仲宇先生的《"中国根柢全在道教"是肯定道教吗?》(载《香港道讯》第17期),还是邢东田先生的《应当如何理解鲁迅先生"中国根柢全在道教"之说——与卿希泰教授商榷》(载《学术界》2003年第6期),都否定了卿希泰教授的结论。
[3] 周作人:《乡村与道教思想》,见《谈虎集》,第222页。
[4] 周作人:《专斋随笔》,见《看云集》,第131页。
[5] 周作人:《螟蛉与萤火》,见《风雨谈》,河北教育出版社,2002年,第53页。

间思想的活泼在禅"[1]。但随着后世的发展，"一种宗教，因信受奉行难而降低要求，甚至改变旨趣，不管怎样用巧妙的言辞回护，衰微以至消亡的危险总是难免的"[2]。特别是顿派发展之后，规矩老实的修行减少了，代之以求速成，找妙悟，呵佛骂祖，"所以就容易流于妄和放"[3]。第三要反对的是差役化的儒家信徒，也就是说儒家的理论成为统治者治人之术的一部分，这主要反映在儒家学说被作为"经学"，成为统治术的一部分，因而"学随术变"[4]。学术成为统治者的工具，人就成了统治者的差役。第三点也反映在他的《中国新文学的源流》中，就是他讲究文学的独立地位。周作人在论到韩愈和各种道学家时要反对的也正是同样的问题。而对于道教与"禅和子化"的攻击，正好命中了周作人自我总结出的中国国民性的错失。救正的良药，在周作人看来，就是他提倡的"非正统的儒家"。"非正统的儒家"不只是消极的驳斥，还有积极的主张，这个积极的主张，就是周作人的"两个梦想"。

第三节 "两个梦想"

周作人在《梦想之一》中写道："在不久前曾写小文，说起现代中国心理建设很是切要，这有两个要点，一是伦理之自然化，一是道义之事功化。现在这里所想说明几句的就是这第一点。"[5] 在《道义之事功

---

[1] 胡兰成：《禅是一枝花·自序》，上海社会科学院出版社，2004年，第2页。
[2] 张中行：《禅外说禅》，黑龙江人民出版社，1991年，第151页。
[3] 同上书，第202页。
[4] 朱维铮：《简说中世纪中国经学史》，见《中国经学史十讲》，复旦大学出版社，2002年，第3页。
[5] 周作人：《梦想之一》，见《苦口甘口》，第13页。

化》中他又说道,"这可以叫作《梦想之二》,因我在前年写过一篇《梦想之一》,略谈伦理之自然化问题,所以这可以算是第二篇"[1]。《梦想之一》所论的是"伦理之自然化"。

文章起首引用了他自己在《螟蛉与萤火》中的话,除了上面所引的对道教的批评之外,还有对于儒家的批评,"中国人拙于观察自然,往往喜欢去把他和人事连接在一起。最显著的例,第一是儒教化,如乌反哺,羔羊跪乳,或枭食母,都一一加以伦理的附会。第二是道教化……"。引述完毕,周作人接着说,"说起来真是奇怪,中国人似乎对于自然没有什么兴趣,近日听几位有经验的中学国文教员说,青年学生对于这类教材不感趣味,这无疑的是的确的事实"。"我个人却很看重所谓自然研究,觉得不但这本身的事情很有意思,而且动植物的生活状态也就是人生的基本,关于这方面有了充分的常识,则对于人生的意义与其途径自能更明确的了解认识。"[2] 从这里,我们可以看到达尔文进化论对周作人的潜在影响。周作人不像其兄鲁迅,常把进化论挂在嘴边,但从以上所引可以看出,周作人受进化论的影响是相当大的,并直接影响了他的思想和学理选择。达尔文的进化论建立在实地观察基础上,所用的方法是归纳法。我们暂且不谈目前世界上对于进化论的怀疑,仅就达尔文进化论对周作人他们那代人所产生的影响来说,是普遍和具有基础作用的,是他们那代大多数人理解世界的基点,周作人也不例外。他在《梦想之一》接下来的部分中写道:"我很喜欢《孟子》里的一句话,即是,人之所以异于禽兽者几希。这一句话向来也为

---

[1] 周作人:《道义之事功化》,见《知堂乙酉文编》,第78页。
[2] 周作人:《梦想之一》,见《苦口甘口》,第13—14页。

道学家们所传道，可是解说截不相同。他们以为人禽之辨只在一点儿上，但是二者之间距离极远，人若逾此一线堕入禽界，有如从三十三天落到十八层地狱，这远才真叫得远。我也承认人禽之辨只在一点儿上，不过二者之间距离却很近，仿佛是窗户里外之隔着一张纸，实在乃是近似远也。"[1] 下面，周作人引用了他常引的焦理堂的话，并加以引申：

"先君子尝曰，人生不过饮食男女，非饮食无以生，非男女无以生生。唯我欲生，人亦欲生，我欲生生，人亦欲生生，孟子好货好色之说尽之矣。不必屏去我之所生，我之所生生，但不可忘人之所生，人之所生生。循学易三十年，乃知此言圣人不易。"我曾加以说明云：

"饮食以求个体之生存，男女以求种族之生存，这本是一切生物的本能，进化论者所谓求生意志，人也是生物，所以这本能自然也是有的。……他（人——引者）与生物同样的要求生存，但最初觉得单独不能达到目的，须与别个联络，互相扶助，才能好好的生存，随后又感到别人也与自己同样的有好恶，设法圆满的相处……"[2]

周作人首先肯定了人的生物本能，认为人没有什么了不起的，不过是生物门类中的一个品种，"未尝与生物的意志断离"。这正是进化论思路的典型体现。但人又毕竟不能完全等同于生物，"人类的生存的道德既然本是生物本能的崇高化或美化，我们当然不能再退缩回去，复

---

[1] 周作人：《梦想之一》，见《苦口甘口》，第15页。
[2] 同上书，第15—16页。

归于禽道,但是同样的我们也须留意,不可太爬高走远,以致与自然违反"[1]。其实,后面的论述才是周作人的重点。周作人反对的"虚妄",正是因为人类凌空蹈虚,陈义太高造成的,所以周作人就对这方面投入了很大的篇幅:

> 人类摈弃强食弱肉,雌雄杂居之类的禽道,固是绝好的事,但以前凭了君父之名也做出好些坏事,如宗教战争,思想文字狱,人身卖买,宰白鸭与卖淫等,也都是生物界所未有的,可以说是落到禽道以下去了。……我们应当根据了生物学人类学与文化史的知识,对于这类事随时加以检讨,务要使得我们道德的理论与实际都保持水线上的位置,既不可不及,也不可过而反于自然,以致再落到淤泥下去。[2]

周作人的思路至此清楚了。他所提倡的"伦理之自然化",就是以进化论为基点,承认人的生物性,所以要给人以充分自然的发展,不能认为人真的是万物的灵长,宇宙的精华,从而脱离人是从生物进化来的这个周作人认为的客观事实。同时,周作人还强调,这种让人脱离兽性的伦理的崇高之处也不可走得太远,以至于违反自然,成为另一种不自然的伦理观。这种去其两端,独标中间的方式,正是周作人"中庸主义"的良好体现,也是孔子"扣其两端而竭焉"的思路。看来周作人真的得到了些儒家的真传。这种真传还体现在他的另外一个梦想中。

---

[1] 周作人:《梦想之一》,见《苦口甘口》,第16页。

[2] 同上。

在《道义之事功化》的开头，周作人云："董仲舒有言曰，正其谊不谋其利，名其道不计其功。这两句话看去颇有道理，假如用在学术研究上，这种为学问而学问的态度是极好的，可惜的事是中国不重学问，只拿去做说空话唱高调的招牌，这结果便很不大好。"[1] 这也正是周作人第一个梦想的思路延伸，就是他一直反对的"虚妄"，这种"虚妄"，多的是空头招牌，少的是力行。因而周作人的意见是"道义必见诸事功，才有价值，所谓为治不在多言，在实行如何耳"[2]。而这一点"是儒家的要义，离开功利没有仁义"[3]。在说完这个之后，周作人引用了很多人的话来说明这个观点符合儒家的基本教义，而首选的是孟子。除了这种类似造家谱的热望之外，周作人重新提到他所说的"思想界的三盏灯火"，并把他们的优异之处细细分析了，这是周作人文章中很少有的结论性的话：

> 王充在东汉虚妄迷信盛行的时代，以怀疑的精神作《论衡》，虽然对于伦理道德不曾说及，而那种偶像破坏的精神与力量却是极大，给思想界开了一个透气的孔，这可以算是第一个思想革命家。中间隔了千余年，到明末出了一位李贽通称李卓吾，写了一部《藏书》，以平等自由的眼光，评论古来史上人物，对于君臣夫妇两纲加以小打击，如说武则天卓文君冯道都很不错，可说是近代很难得的明达见解，可是他被御史参奏惑乱人心，严拿治罪，死在狱内，……第三个是清代的俞正燮，他有好些文章都是替女

---

[1] 周作人：《道义之事功化》，见《知堂乙酉文编》，第70页。

[2] 同上。

[3] 同上。

人说话，幸而没有遇到什么灾难。上下千八百年，总算出了三位大人物，我们中国也足以自豪了。因此我们不自量也想继续做下去，……空言无补，所以我们希望不但心口相应，更要言行一致，说得具体一点，便是他的言论须得兑现，即应在行事上表现出来，士庶人如有仁心，这必须见于宗族乡党才行。[1]

在这篇文章的下面部分，周作人引用了蔼理斯的文章，说的是一个看护妇不顾抽象道德的约束，脱衣跳水救人的事。周作人发挥说，新的道德应该"以仁存心，明智的想，勇敢的做，地中海的看护妇是为榜样，是即道义之事功化也"[2]。周作人这里所说跟《梦想之一》中的话是相关的，都是反对抽象的高远的道德诉求，而主张平常的人生观，在伦理上是如此，在道义上也不例外。世事大抵如此，空言动听是很容易的，一落实在做上，事情马上变得复杂和曲折了。因此，在周作人的心目中，做是更重要的，而在封建高调唱了千八百年的中国尤其如此。

周作人的这两个提倡显然跟他对五四新文化运动的基本判断有关，"五四运动的前夜，所谓新文化运动正极活泼，可是不曾有这样（像上面所引的蔼理斯那样——引者）明快的主张，后来反而倒退下去，文艺思潮只剩了一股浑水，与封建思想的残渣没甚分别了。现在的中国还须得从头来一个新文化运动，这回须得实地做去，应该看那看护妇的样，如果为得救小子们的命，便当不客气的脱衣光膀子，即使大哥们要见怪也顾不得，至多只能对他们说句抱歉而已"[3]。这就是我们常说

---

[1] 周作人：《道义之事功化》，见《知堂乙酉文编》，第70、74—75页。

[2] 同上书，第70、76页。

[3] 同上。

的五四新文化运动的缺少"实绩"。"德先生""赛先生"地喊了多年,但落实到行动上,仍然是一个黑暗的中国,这就不免让周作人深深地感到空言无补,也就无怪乎他一再提倡力行了。这是周作人总结一生的经验所得的结论,而这个结论同样体现在他晚年翻译的书中。

第四节 "两个梦想"与晚年翻译

仿佛是为了弥补自己"抄书期"很少抄外国书的过失,周作人在新中国成立后翻译了很多外国书,除了不得已的成分而外,这些翻译正是周作人关于传统文化取向的一个延伸。周作人新中国成立后主要翻译了:《希腊的神与英雄》(署周遐寿译,文化生活出版社,1950年11月初版)、《欧里庇得斯悲剧集》(1—3卷,署周启明、罗念生译,人民文学出版社,1957年2月、1957年11月、1958年9月分别初版)、《伊索寓言》(署周启明译,人民文学出版社,1955年2月初版)、《日本狂言选》(署周启明译,人民文学出版社,1955年4月初版)、《浮世澡堂·浮世理发馆》(署周启明译,人民文学出版社,1958年9月初版)、《日本古代随笔选》(周作人、王以铸译,人民文学出版社,1988年9月版,中有周作人一直很欣赏的《枕草子》),还有一本更重要的书——《路吉阿诺斯对话集》,先由人民文学出版社1991年9月出过一版,易名为《卢奇安对话集》,2003年1月中国对外翻译出版公司出版了止庵校订的本子,改回原名。

在这些翻译中,日文的翻译周作人显然注重其"情"的一面,而希腊文的翻译则注重其"知"的一面。日本文学的翻译在周作人是大宗。在这方面,周作人早有说法,"日本的国民性的优点……即是富于人情"[1]。关于"狂言",周作人说,"我译这狂言的缘故只是因为他有趣味,好玩。……我愿读狂言的人也只得到一点有趣味好玩的感觉,倘若大家不怪我这是一个过大的希望"[2]。另关于《浮世澡堂·浮世理发馆》周作人说:"我有一种偏好,喜欢搞不是正统的关于滑稽讽刺的东西,有些正经的大作反而没有兴趣,所以日本的《古事记》虽有名,我觉得《狂言选》和那《浮世澡堂》与《浮世理发馆》更有精彩。"[3] 这就是周作人从日本文学中借鉴来的东西,浮世的悲欢,苍凉的谐趣,就这样涵养着周作人的性情,也让他在乱世中"得体的活着"。

周作人跟希腊神话的关系可谓极深,在"抄书"时期之前,周作人就介绍了不少希腊方面的东西,其中很大一部分是神话。而在"抄书"阶段,他更是很经常地介绍关于希腊神话的东西了。新中国成立后初版的英国人劳斯(W. H. D. Rouse)著的《古希腊的神、英雄与人》(*Gods, Heroes and Men of Ancient Greece*),英文原版于1934年,周作人1935年2月3日就在《大公报》上撰文予以介绍。但在很长时间内,周作人因为它是用英文写的儿童读物,并非希腊神话专门之书,所以并未起意翻译。1947年,周作人觉得此书虽有各种缺点,但它毕竟是英美人所作同类著作中最好的一部,加上周氏又爱好其人其文,因此花了两个月时间,将它译成中文,可是交到出版社的稿子不久即被焚。1949年,周作人又重译了此书,1950年由文化生活出版社印行,题为《希腊的神与英雄》。1958年,又改题《希腊神话故事》,由天津人民出版社出版。而希腊神话,"如哈里孙女士所说,希腊民族不是受祭司支配而是受诗

---

[1] 周作人:《日本的人情美》,见《雨天的书》,第119页。
[2] 周作人:《狂言十番序》,见《苦雨斋序跋文》,第43页。
[3] 周作人:《饭后随笔——周作人自选精品集》,河北人民出版社,1994年,第300页。

人支配的，结果便由他们把那些都修造成为美的影像了。'这是希腊的美术家与诗人的职务，来洗除宗教中的恐怖分子，这是我们对于希腊的神话作者的最大的负债'"[1]。这正是周作人"疾虚妄、有常识"的思路体现。周作人跟罗念生合译的《欧里庇得斯悲剧集》的作者欧里庇得斯则是古希腊三大悲剧家之一，是三大悲剧家的最后一位。那时，神灵凭附[2]式的酒神精神开始消退，作为神话的理性登场了。"他（欧里庇得斯——引者）必定常常勇于认为，他理应把阿那克萨哥拉著作开头的话语活用于戏剧：'泰初万物混沌，然后理性出现，创立秩序。'阿那克萨哥拉以其'理性'（Nous）的主张置身于哲学家之中，犹如第一个清醒者置身于喧哗的醉汉之中。"[3]正像欧里庇得斯的那出《酒神的伴侣》，"这部剧起初似乎是在告诫不要过度理性，不要轻蔑神，不要轻蔑'宗教肯定'，到头来却变成了它的反面，告诫不要过度的宗教热忱，或许还抗议神的任意和武断"[4]。而这种理性的精神和不过度的要求也正是周作人的标准。周作人翻译的另一本古希腊的书是《伊索寓言》，正像尼采在《悲剧的诞生》中微讽的那样：

> 苏格拉底唯一理解的诗歌品种是**伊索寓言**，而且必定带着一种微笑的将就态度来理解，在"蜜蜂和母鸡"这则寓言中，老好人格勒特也是带着这种态度为诗唱赞歌的：

---

[1] 周作人：《我的杂学》，见《苦口甘口》，第67页。
[2] 关于这点，参看《柏拉图文艺对话集》的《伊安篇》《斐德若篇》，朱光潜译，人民文学出版社，1963年。
[3] 〔德〕尼采：《悲剧的诞生》，周国平译，生活·读书·新知三联书店，1986年，第53页。
[4] 〔美〕大卫·丹比：《伟大的书》，曹雅学译，江苏人民出版社，1999年，第161页。

> 从无身上你看到，它有何用，
>
> 　　　　对于不具备多大智慧的人，
>
> 用一个形象来说明真理。[1]

这里我们不管尼采的态度，但他所说的《伊索寓言》具备的理性精神，恰恰是周作人所赞赏的。这些翻译是周作人从希腊领会其"知"的一部分。而周作人的"天鹅之歌"《路吉阿诺斯对话集》，就更突出地体现了这一点。在遗嘱定稿中，周作人特别强调了《路吉阿诺斯对话集》的重要性，"余一生文字无足弥道，唯暮年所译希腊对话是五十年来的心愿，识者当自知之"[2]。此前，周作人在《八十自寿诗说明》中，表现了很少见的放松和对自己喜欢的对象的较热烈的倾慕，"近译希腊路吉阿诺斯（Loukianos）对话，中多讽刺诙谐之作，甚有趣味。出语不端谨，古时称撒园荽，因俗信播芜荽时须口作猥亵语，种始繁殖云"[3]。虽然没有正面的表彰，但字里行间的热情是一望而知的。"琉善（即周氏译的路吉阿诺斯——引者）这位'古希腊的伏尔泰'以一位杰出的讽刺作家的身份享誉后世。他对古希腊罗马晚期社会生活的尖锐嘲讽给今人仍然带来无穷的乐趣和回味。"[4] 王焕生先生的这段话颇具说服力，正像周作人自己在《欧洲文学史》中写的那样，"Lukianos 本异国人，故抨击希腊宗教甚烈，或谓有基督教影响，亦未必然。Lukianos 著 Philopseudes（《爱

---

[1] 〔德〕尼采：《悲剧的诞生》，周国平译，第58页。黑体和楷体原文如此。
[2] 转引自钱理群《周作人传》，北京十月文艺出版社，1990年，第582页。
[3] 王仲三：《周作人诗全编笺注》，第288页。
[4] 〔古罗马〕琉善：《被盘问的宙斯》，罗念生、陈洪文、王焕生译，西安出版社，1998年，第6页。

说谎的人》)文中云,唯真与理,可以已空虚迷罔之怖。则固亦当时明哲,非偏执一宗者可知也"[1]。就这样,周作人把自己平生的所爱所憎都调整到了"两个梦想"的思想框架下,有了一个统一的出口。但这个出口是不是就尽善尽美了呢?

第五节 "两个梦想"的局限

在说周作人"两个梦想"的局限之前,我们不妨看看周作人《我的杂学》。《我的杂学》中,周作人罗列了自己各种各样的知识兴趣,前三样的非正轨的汉文、非正宗的古书、非正统的儒家,正是周作人对董仲舒以来的中国传统的批判,这个批判借助的是那些周作人从西方舶来的学问,"我从古今中外各方面都受到各样影响,分析起来,大旨如上边说过,在知与情两面分别承受西洋与日本的影响为多"[2],知的部分与下面提到的种种都有关系,而周作人在北大教授欧洲文学时所做的工作,无疑跟这个知的完整形成有不可分割的关系,而外文与译书给了周作人最初觉醒的种子。杂学另外的种种,希腊神话、神话学、文化人类学、生物学、儿童学、性心理学、医学史与妖术史,和俗曲、童谣、玩具图正是周作人最着力的地方,生物学和神话以及儿童学、文化人类学,正是在进化论的影响下研究人类进化之迹的。性心理学、医学史和妖术史是研究人对自身的认识的,在科学观的影响下,周作人认为,只有这种对人自身的认识和人类总体的认识建立在这样的基础上,

---

[1] 周作人:《欧洲文学史》,第52—53页。
[2] 周作人:《我的杂学》,见《苦口甘口》,第96页。

才可以讲到对各种观点的提倡。周作人杂学中还有很重要的一部分是关于日本的，从日本那里，周作人吸取了"情"的成分。"我爱浮世绘。苦海十年为亲卖身的游女的绘姿使我泣。凭倚竹窗茫然看着流水的艺妓的姿态使我喜。卖宵夜面的纸灯寂寞地停留着的河边的夜景使我醉。雨夜啼月的杜鹃，阵雨中散落的秋天树叶，落花飘风的钟声，途中日暮的山路的雪，凡是无常，无告，无望的，使人无端嗟叹此世只是一梦的，这样的一切东西，于我都是可亲，于我都是可怀。"[1] 这样的态度正是周作人观察世界的出发点。而川柳、落语和滑稽本则是周作人的另外一种态度，它启示着周作人从无奈的人生中找出些东西来咂摸，像极了他经常说的"吃苦茶"。周作人杂学中还有很关键的一类是佛经与戒律。"虽然我读了《阿弥陀经》各种译本，觉得安养乐土的描写很有意思，又对于先到净土再行修道的本意，仿佛是希求住在租界里好用功一样，也很能了解，可是没有兴趣这样去做。……禅宗的语录看了很有趣，实在还是不懂……佛教的高深的学理那一方面，看去都是属于心理学玄学范围的，读了未必能懂，因此法相宗等均未敢问津。这样计算起来，几条大道都不走，就进不到佛教里去，我只是把佛经当作书来看，而且汉文的书，所得的自然也只在文章及思想这两点而已。"[2] 从中获得的思想的教益也不是佛教的"甚深义谛，实在但是印度古圣贤对于人生特别是近于入世法的一种广大厚重的态度，根本与儒家相通而更彻底……我在二十岁前后读《大乘起信论》无有所得，但是见了《菩萨投身饲恶虎经》，这里边的美而伟大的精神与文章至今还时

---

[1] 周作人：《我的杂学》，见《苦口甘口》，第85页。
[2] 同上书，第93页。

时记起，使我感到感激，我想大禹与墨子也可以说具有这种精神，只是在中国这情热还只以对人间为限耳"[1]。周作人看到的佛经，实在正是他前面所说的"儒家精神"而已。但儒家精神是不是就是周作人所提倡的这些呢？

"《管锥编》引《论语·述而》：'子不语怪、力、乱、神'，可参观《论语·公冶长》子贡曰：'夫子之文章可得而闻也，夫子之言性与天道不可得而闻也'；又《子罕》：'子罕言利与命与仁。'此构成孔门'罕言'，或'不语'系列。《子罕》之'仁'上接'性与天道'；'命'居中；'利'下接'怪、力、乱、神'，含阴阳两端。以阳端而论，《公冶长》之'性与天道'即寓于'文章'中，此实孔门彻上彻下语，子贡其时尚未知也。《易·系辞》上六章有云：'大衍之数五十，其用四十九'，凡'性与天道'，盖大衍不用之一乎？《论语·阳货》子曰：'予欲无言。'又曰：'天何言哉？四时行焉，百物生焉，天何言哉？'后世理学反复读解'性与天道'而忽略'文章'，有所得亦有所失。至于《述而》之'怪、力、乱、神'，孔门有其理性原则，《论语·先进》所谓'未能事人，焉能事鬼'，'未知生，焉知死'，《雍也》所谓'务民之义，敬鬼神而远之'，均佳义也，乃化解于寻常日用间矣。"[2] 后世理学反复读解"性与天道"固然有其弊端，而忽视了孔门不语系列中的这一部分，只取寻常日用一端，也显出周作人在选择中国传统资源时的局限。对于佛道两家，周作人的择取也是这样。于两家的出世或者玄深的部分，周作人采"不知为不知"的态度，从而只选取了他喜欢而能理解的"重情理、有常识"

---

[1] 周作人：《我的杂学》，见《苦口甘口》，第94页。
[2] 张文江：《管锥编读解》，上海古籍出版社，2000年，第100—101页。

的一面，而忽视了其他。这里，我们仿佛可以下个结论了：周作人在梳理中国传统的时候，在出世法和入世法之间选择了入世法，而在入世法中间又只是截取了其中"重情理，有常识"的一端，一切人生问题都被看成平常的世间问题，最后周作人的结论只能是"得体的活着"的中庸之论。套用熊十力先生的话，就是周作人重视了人生中"踏实"的一面，而对"凌空"的一端相应忽视[1]。

但这正如对宗教的看法，"十八世纪英史家吉朋（Gibbon）尝谓，众人（the people）视各教皆真（equally true），哲人（the philosopher）视各教皆妄（equally false），官人（the magistrate）视各教皆有用（equally useful）"[2]，而或真或妄，或有用或无用，依赖的是"判断之理与决断之人，其间有神思寓焉"[3]。具体到我们对周作人的批评上，则周作人忽视的高远的一面照样可以砺人心智，而平实的一面也可能会助成无数乡愿，"运用之妙，存乎一心"。周作人一方面是个"少信的人"，另一方面所在的时代面对的更具体的问题是虚妄盛行，高调大倡，所以周作人的主张具有非常强的针对性。而周作人所竭力反对的东西在周作人活着的时候就露出了端倪，这也就让周作人不得不感叹"寿则多辱"。我们只有这样看待周作人，才不至于犯怀特海所谓的"错置具体感的谬误"（fallacy of misplaced concreteness）[4]，从而低估周作人的贡献。

---

[1] 熊十力：《佛家名相通释》，东方出版中心，1985年，第6页。这里，熊十力先生是说读佛书的要求，但套用到对周作人的评论中，也正相契合。
[2] 钱锺书：《管锥编》，第19页。
[3] 张文江：《管锥编读解》，第6页。
[4] 这里用的是林毓生的译法，而在何钦译的怀特海《科学与近代世界》中译为"实际性误置的谬论"。其上下文是："质料瞬时位形的简单位置作为自然界的具体基本事实，以及它与时间的关系都是柏格森所反对的。他认为这是由于理知上将事物空间化而把（转下页）

小结　周作人后期思想的意义

"如果从中国文化变革的角度,把新文化运动掀起以后中国知识分子看作是一个整体,那么,他们是从这样两个方面进行努力的。一是彻底清算封建文化,其代表是鲁迅。……但是,还有一条构建重组中国文化的道路。……胡适……周作人……从胡适和周作人对古典文学的评价中,我们不难发现,他们对古典文化的梳理是站在当代人立场上的。……破与立是一个事物的两个方面,新文化运动疾风暴雨式的狂飙过去后,这一代知识分子转入了对古典著作的梳理,这也是一种正常的现象。"[1] 而周作人"立"的一面也不仅仅表现在用当代观念重新阐释文学上,他对文化的重新审查和阐释具有更广泛的意义。大一点说,后期的周作人不但是个传统的阐释者,同时是个认认真真做出了实绩的人。

陈寅恪在《冯友兰〈中国哲学史〉审查报告》中谓:"窃疑中国自今日以后,即使能忠实输入北美或东欧之思想,其结局当亦等于玄奘

(接上页)自然歪曲了。在这方面我同意柏格森的反对意见。但我却不同意说如果从理智上来理解自然,这种歪曲就一定是一个缺点。在往后的几次讲演中,我都将说明,这种空间化是把具体的事实,在非常抽象的逻辑结构下表现出来了。这里面有一个错误。但这仅是把抽象误认为实际的偶然错误而已。这就是我们说的'实际性误置的谬论'中的例子。这种谬论在哲学中引起了很大的混乱。"(商务印书馆,1959年,第49页)林毓生解释为:"把具体感放错了地方的谬误。一个东西本身有其特殊性:它不是这个,也不是那个;它就是它。它有自身的特性;但,如果把它放错了地方,那么它的特性被误解,给予我们的具体感也就不是与它的特性有关了。换句话说,它本来没有这个特性,但因为它被放错了地方,我们却觉得它有这个特性,这就是'错置具体感的谬误'。"(林毓生:《中国传统的创造性转化》,第19页。)

[1] 张文江:《营造巴比塔的智者——钱锺书传》,第198—199页。

唯识之学，在吾国思想史上既不能居最高之地位，且亦终归于歇绝者。其真能于思想上自成系统，有所创获者，必须一方面吸收输入外来之学说，一方面不忘本来民族之地位。此二种相反而适相成之态度，乃道教之真精神，新儒家之旧途径，而二千年吾民族与他民族思想接触史之所昭示者也"。[1]尽管有些学人对陈寅恪这里提出的想法表示了质疑[2]，但无疑，陈寅恪的看法代表了一个典型的思路，即在面对西方文化大量输入的近代，中国学人如何择取的问题。我们从这个方向来看周作人，真觉得陈寅恪跟周作人的主张若合符节。我们有必要再引一次周作人在《我的杂学》末一节中的说法，"我从古今中外各方面都受各样影响，分析起来，大旨如上说过，在知与情方面分别承受西洋与日本的影响为多，意的方面则纯是中国的，不但未受外来感化而发生变动，还一直以此为标准，去酌量容纳异国的影响。这个我向来称之曰儒家精神，虽然似乎有点笼统……"[3]。而在此前的第六节他表述了同样的意思，"我并不一定以希腊的多神教为好，却总以为他的改教可惜，假如希腊能像中国日本那样，保存旧有的宗教道德，随时必要的加进些新分子，有如佛教基督之在东方，调和的发展下去，岂不更有意思"[4]。正是在这个思路下，周作人以"自其不变而观之"的历史观为基本立足点，对传统文化的积弊以及其在大小文化中的影响的批判开始，而以自己梳理的"疾虚妄，有常识"的传统为起点，酌量容纳了日本的人情美，古希腊重知的传统，并且把近代西方兴起的进化论纳

---

[1] 陈寅恪：《金明馆丛稿二编》，上海古籍出版社，1980年，第252页。
[2] 参看刘小枫：《圣灵降临的叙事》，生活·读书·新知三联书店，2003年，第15—16页。
[3] 周作人《我的杂学》，见《苦口甘口》，第96页。
[4] 同上书，第68页。

入传统，从人的进化角度观看草木虫鱼，使无命的生物得到了与人相关的意义。在这些的影响下，周作人研究性心理学，研究医学史、妖术史等，把这些近代以来的科学成就纳入中国古代思想中，使线装书中的思想具备了鲜活的现代意义。"抄书"的过程是周作人对传统文化的一个反刍。通过他的"抄书"，我们看到了传统中被我们或多或少忘记的一面。这一面在加入了周作人自己的东西之后，传统就成了新知。这也正是中外古代的惯例，"无论什么新思想都得依傍并引证古圣先贤，好比新开店也要用老招牌，不改字号。中国儒家是'言必称尧舜'，其他家也多半这样标榜祖师爷。外国古代也不例外。从印度到欧洲古代总要引经据典，假借名义，改窜古籍，直到'文艺复兴'还要说是'复兴'（再生）"。而"其实古书的整理和解说往往是已经'脱胎换骨'了"。[1] 同时，在整理古籍的过程中，新的人也把自己的兴趣和爱憎投入里面，把改造的旧传统变成了自己的文化生命。

胡晓明在一篇论文中这样论述陈寅恪：

> 说到底，学术的不同最终是学者人本身的不同。在解诗方面，陈、钱（钱锺书——引者）都不愧为"艺术家"。然而钱是智慧型的解诗艺术家，他那浓厚的智者品性、他那慧光四溢的探索意趣，都不能不最终自觉发展成熟一套打通四部、破体成文的方法。而陈寅恪则是情感型的解诗艺术家。这种"情"当然不是一般日常人生之"情"，而是对于历史文化近乎宗教般的痴情。他几乎是带着深深的宗教情怀，在那古代的世界中，唏嘘呼吸，为沉睡于故纸

---

[1] 金克木：《读〈大学〉》，见《探古新痕》，上海古籍出版社，1998年，第239页。

中的历史人物招魂返魅。所以他要精心发展出一套诗史互证方法，以及古典今典同异俱泯的方法，以延伸他的文化生命。[1]

而周作人——这个在历史上争执颇多的人物——也具有这样的意义。他通过黑压压的"抄书"，不厌其烦地宣讲，就是要为那些淹没在故纸堆里"疾虚妄，有常识"的人物招魂。通过周作人，他们那些日将淹没的呼声才让我们迟钝的耳朵有一些回响。也就是在这个意义上，周作人——这个古衣装，爱好很多古代生活方式的人物——具备了充分的现代意义，他的选择和行为正是一个冷静的知识分子的选择。"一方面用外来的思想文化，认识自己的传统，另一方面又在进行着传统的改造和革新。他们是在用各自不同的方式唤醒一个沉睡的民族进行文化的自救，使中国社会走向现代化。"[2] 而现代化不单纯是一个学习的概念，同样也不是单纯的复古。吸纳旧学，融会新知，这才是真正的现代化。如果只是单纯的模仿，只是把中国变成美国或欧洲的翻版，那么世界是不是会单调得可怕呢？

一种旧文化如果能够很好地吸纳新学，并且在文化瞬生瞬灭的时代站稳脚跟，那么它就是充满张力的。周作人发掘出来并经过自己改造的这个传统，虽然有这样那样的缺点，但同样具备这样的张力。就因为这个，我们引用陈寅恪先生的话来作为这篇小文的结尾，或许不是照例的客套：

---

[1] 胡晓明：《陈寅恪与钱锺书：一个隐含的诗学范式之争》，《华东师范大学学报》1998年1月号。

[2] 张文江：《营造巴比塔的智者——钱锺书传》，第198页。

凡两种不同之教徒往往不能相容，其有捐弃旧日之信仰，而归依他教者，必为对于其夙宗之教义无创辟胜解之人也。……故渊明之为人实外儒而内道，舍释迦而宗天师者也。推其造诣所极，殆与千年后之道教采取禅宗学说以改进其教义者，颇有近似之处。然则就其旧义革新，"孤明先发"而论，实为吾国中古时代之大思想家，岂仅文学品节居古今之第一流，为世所公知者而已哉！[1]

---

[1] 陈寅恪：《金明馆丛稿初编》，上海古籍出版社，1980年，第196、203页。